조
용
한

여
행

서두를 것도
꼭 해야 하는 일도 없는,

오래 바라보고
가만히 귀 기울이는 여행

조용한 여행

최승표 지음

어떤
책

'조용한 여행'이라는 여행의 태도

"당신은 참 언밸런스해."

아내에게 가끔 듣는 말이다. 100퍼센트 인정한다. 이를테면 나는 사람이 넌더리 난다며 사람 없는 곳을 찾아가서는, 말이 통하는 이를 만나면 하염없이 이야기를 이어 간다. 나이 먹을수록 삶의 태도가 분명해질 줄 알았는데 여전히 나는 나를 종잡기가 힘들다.

다행히 여행 취향만큼은 분명해지고 있다. 나는 조용한 여행을 선호한다. '조용한 여행지'가 아니라 '조용한 여행'이다. 조용한 여행지를 찾기는 어렵지 않다. 인스타그램에서 #조용한여행지 #힐링여행지를 검색하면 된다. 독채형 리조트에 가거나 고즈넉한 산사를 찾아가도 된다.

조용한 여행에는 이보다 여러 결이 있다. 물리적으로 고요한 환경은 절대적으로 중요하다. 천만 인구의 메가시티 서울에서 살다 보니 더욱 그렇다. 자동차 소음과 가게 밖으로 흘러나오는 음악 등 온갖 소리에서 해방되고 싶다. 산란한 네온사인, 나날이 밝아지는 모바일기기 액정 화면으로부터 단절되고 싶다.

연예인이 아닌 일반인도 자기 여행을 실시간으로 중계하는 시대, 일거수일투족을 요란하게 드러내지 않고 속으로 곱씹거나 가만히 묵히는 태도도 조용한 여행일 수 있다. 심심함의 재미, 여백의 미덕을 아는 여행도 점점 소중해진다.

직업상 여행을 많이 다니다 보니 이렇게 됐는지도 모르겠다. 2008년부터 여행기자로 일했다. 여행지를 다녀와서 독자들이 가보고 싶도록 소개하는 게 업이다. 운 좋게도 남들이 부러워할 만한 곳을 많이 갔다. 민망하지만 조금만 열거해 볼까. 차로 미국의 국립공원 열다섯 곳을 순회했고, 오로라를 보러 북위 60도가 넘는 도시를 여러 차례 다녀왔다. 아시아의 최빈국과 서구 부호들의 휴양지를 방문해 자본주의의 양극단을 목도했고, 태평양과 인도양의 바닷속, 이스라엘과 사우디아라비아 등 세계의 대자연과 종교 문화의 심장부를 두루 경험했다. 그러나 취재를 가면 아무리 멋진 곳도 제대로 누리지 못한다. 일이니까 당연하다. 사람을 만나 취재하고, 보고 들은 걸 기사로 만들기 위해 골몰하고, 사진뿐 아니라 요즘은 영상도 촬영하느라 분주하다.

그럼에도 출장 중 잠깐잠깐 누리는 아늑한 순간, 고요가 깃드는 찰나에서 위안을 얻었다. 뜻밖의 재미, 우연한 발견을 뜻하는 세렌디피티*serendipity*라는 말이 딱 들어맞는 순간이었다. 세렌디피티는 장소를 가리지 않고 찾아왔다. 세계적인 관광명소나 잔뜩 기대를 품었던 목적지뿐 아니라 스치듯 들른 소도시, 우연히 찾아간 카페, 여행지에서 만난 평범한 사람들의 말 한마디가 내 마음을 흔들었다.

이 책에는 바로 그런 이야기를 담았다. 기사보다 무겁거나 가벼운, 깊거나 얕은, 혹은 과감하거나 소심한 이야기들. 배경은 다양하다. 다시 가기 쉽지 않은 오지와 극지, 아내와 휴가로 떠난 국내외 여행지와 동네 공원도 나온다. 조용한 여행이라 해서 정적인 풍경, 차분한 분위기만 예찬한 건 아니다. 달리기, 스키, 스쿠버다이빙 같은 격정적인 운동이나 익스트림 레저를 하는 가운데 맞닥뜨린 뜻밖의 고요한 순간에 대해서도 나눈다. 정작 템플스테이나 명상, 힐링 프로그램에 대한 이야기는 없으니 그런 곳을 소개하리라는 기대는 미뤄 두시면 좋겠다.

조용한 여행의 순간에 무얼 할 것인가? 그건 각자의 몫이다. '진짜 나'를 찾는 게 여행의 이유라고 말하는 사람이 많다. 어떤 이는 '다른 나'가 돼 보고자 먼 길을 떠난다. 자아를 성찰하든, 자아를 발견하든 나에게 집중하는 모든 노력이 값질 수 있지만 잠시 나를 벗어나는 것도 좋다. 우리에게는 비대해진 자아를 내려놓고 나를 먼지나 안개쯤으로 여긴 채 큰 세상을 바라보는 시간이, 다른 존재를 헤아리는 시간이 필요하다. 바라보는 대상이 오로라든 동네 공원의 꽃이든 사람이든 상관없다. 그럴 때 우리는 리베카 솔닛이 말한 대로 "세상이 크다는 사실이 구원이 된다"는 말에 고개를 끄덕일 수 있을 것이다. 세상의 일부인 나를, 다른 존재와 연결된 나를 찾을 수 있을 테다.

짧지 않은 시간 일을 하면서 큰 세상을 많이 만났다. 이야깃거리도 두둑하게 쌓였다고 생각했다. 그러나 경험과 후일담만으로 책을 만들 수는 없었다. 미욱한 글과 아이디어를 다듬어 준 어떤책 김정옥 편집자에게 감사드린다. 또 많은 여행의 순간을 함께해 준 아내에게 각별한 애정을 전한다. 우리의 여행과 인생이 밸런스를 잘 잡아 가길 바란다.

| 1장 |

수면제 없는 고요한 밤

TV가 없어도 괜찮고,
며칠쯤 인터넷이 안 터져도
괘념치 않는다. 디지털 디톡스 같은
거창한 수식어는 필요 없다.
고요하면 된다.

완벽한 적요 속에 잠이 들다

스위스 체어마트시 고르너그라트

귀가 예민하다. 음악 쪽으로 재능을 타고났다거나 경청하는 태도가 좋다면 보다 쓸모 있는 사람이 됐을 텐데 쓸데없이 특정 소리에 청각이 과민하게 반응한다. 그래서 타인의 귀를 배려하지 않는 사람에 도무지 적응이 안 된다. 버스에서 어금니로 껌을 딱딱 씹는 승객, 음악 소리를 잔뜩 높인 채 질주하는 자전거 라이더, 카페를 전세 낸 듯 목소리를 드높이는 손님을 마주칠 때마다 어디로든 도망치고 싶다. 음악 애호가를 자처하지만 좋아하는 노래도 생뚱맞은 분위기에서 흘러나오면 소음처럼 느껴진다. 분위기와 동떨어진 음악, 식상하고 뻔한 노래만 주야장천 트는 카페도 괴롭다. 요란한 카페에서도 글을 술술 쓰는 사람이 존경스럽고, 아무데서나 머리만 대면 잠드는 사람이 부럽다.

예민한 귀 때문에 인생이 피곤하다 보니, 고막이 안식을 누릴 때 깊이 쉴 수 있다. 완벽한 적막까지는 바라지 않는다. 그런 곳은 지구상에 존재하지 않을 테고, 귀에 거슬리는 소리만 없다면 더 바랄 게 없다. 여행지나 숙소를 선택할 때도 그렇다. TV가 없어도 괜찮고, 며칠쯤 인터넷이 안 터져도 괘념치 않는다. 디지털 디톡스 같은 거창한 수식어는 필요 없다. 고요하면 된다. 깊은 산속 오두막이나 외딴 갯마을, 사막 같은 곳에 끌리는 건 그래서다.

스위스 알프스산맥의 정상부에 자리한 호텔에 묵은 적 있다. 해발고도 3천 미터가 넘는 구름 위 세상으로 가는 법은 의외로 단순했다. 산골마을 체어마트에서 산악열차 고르너그라트 산악열차Gornergrat Bahn를 탔다. 톱니바퀴의 힘을 빌어 꾸역꾸역 산을 오른 열차는 40분 뒤 종점 고르너그라트역에 도착했다. 산 아래 마을에서 아득하게 올려다봤던 명봉 마터호른이 눈앞으로 성큼 다가와 있었다. 영화사 '파라마운트'의 로고로 익숙한 뾰족한 산봉우리 마터호른은 어느 방향에서 봐도 존재감이 압도적이지만 맞은편 산등성이인 고르너그라트를 향해 가장 매혹적인 제 얼굴을 드러낸다.

고도계를 보니 해발 3,100미터다. 주변은 온통 눈 천지였다. 눈에 반사된 햇빛이 얼마나 강렬한지 선글라스가 무용지물이었다. 새하얀 눈 세상은 고요했다. 이따금 까마귀 우는 소리 외에는 정말 아무 소리도 들리지 않았다.

트렁크를 끌고 기차역 위쪽에 보이는 건물로 향했다. 두 개의 커다란 돔, 그러니까 옥상에 천문관측 시설이 있어 도무지 호텔처럼 보이지 않는 건물이 이날 묵을 '3100쿨름호텔Kulm Hotel'이었다. 이름 참 쉽다. 해발 3,100미터에 있는 봉우리kulm 호텔. 스위스에는 수많은 봉우리 호텔이 있지만 이 호텔이 단연 최고 높이를 자랑한다. 역사도 깊다. 1896년에 지었다. 2년 뒤인 1898년에 고르너그라트 산악열차가 개통했다.

'4190슈트랄호른'. 호텔 프론트에서 배정해 준 객실이었다. 22개 객실의 이름이 모두 이런 식이었다. '4478마터호른', '4633 몬테로사'. 호텔에서 보이는 4천 미터급 알프스 봉우리 이름과 그 높이다.

객실은 아담했다. 내부 색상은 단 세 가지로 이뤄졌다. 새하얀 벽과 알프스소나무로 만든 가구, 그리고 감색 카페트와 커튼. 까마득한 130년 전에 지은 숙소지만 낡은 느낌은 전혀 없었다. 앞으로 130년이 더 지나도 촌스럽지 않을 단아한 멋이 풍겼다. 호텔 홈페이지에는 "투숙객이 창밖 경관에 집중하도록 미니멀리즘 콘셉트로 객실을 디자인했다"고 쓰여 있었다. 커튼을 젖혔다. 마터호른과 알프스 고봉이 눈부셨다. 그 풍경이 너무 고요하고 깨끗해 연필 소묘화를 보는 것 같았다. 객실 안에 어떤 장식도 필요하지 않은 이유를 알 만했다.

저녁 먹기 전 숙소 주변을 산책했다. 한없이 정적인 풍경이었

조용한 여행

지만 심심하진 않았다. 돌로 만든 작은 교회를 구경했고, 알파인 아이벡스(알프스 고산지대에 사는 산양)가 서커스하듯 눈 덮인 절벽을 저벅저벅 걷는 모습을 지켜봤다.

오후 8시. 마지막 열차가 승객 몇 명을 내려두고 하산했다. 초여름 스위스는 해가 늦게 진다. 역무원이 열차를 떠나보낸 뒤 뒷짐 진 채 환하게 자태를 뽐내고 있는 마터호른을 바라봤다. 그 자세로 한참을 목석처럼 서 있었다. 그는 무슨 생각을 했을까?

타인을 상상하는 행위가 여행에 제법 흥미를 안겨 준다. 나는 소설가는 아니지만 여행 중 스치는 이들의 삶을 상상하며 이야기를 그려 보는 취미가 있다. 쓸쓸한 표정으로 카페 창가에 앉아 있는 이, 단체관광객 무리에 끼어서 외톨이로 지내는 여행자, 고국을 떠나 먼 타지의 작은 숙소에서 늦은 밤 프론트데스크를 지키는 호텔리어. 상상을 불러일으키는 존재는 하나같이 외로워 보이는 이들이다.

거대한 마터호른 앞에서 역무원은 너무도 작아 보였다. 누군가에겐 죽기 전 꼭 한 번 보고 싶은 풍경이겠으나 그에게는 매일 일터에서 마주하는 장면이니 지겹지 않을까. 아니, 꼿꼿한 역무원의 뒷모습을 보니 꼭 그렇지는 않을 것 같았다. 아마도 계절에 따라 미세하게 달라지는 봉우리를 바라보며 일기를 쓰듯 날마다 그 풍경을 마음에 새기지 않았을까. 내가 20년 전에 그랬듯.

그러니까 20년 전 나는 설악산 울산바위가 보이는 미시령에

조용한 여행

서 군 생활을 했다. 당시 야간 경계 근무 서는 시간이 싫지 않았다. 고요한 밤 산중에서 홀린 듯 울산바위를 바라봤다. 2년을 그렇게 지냈지만 전혀 질리지 않았다. '힐링' 같은 단어가 유행하기 전이었고, 군인에게 '위로', '치유' 같은 말도 낯선 시절이었지만 울산바위가 내 마음을 어루만져 주었던 것만은 분명하다.

사위가 어둑해진 뒤에야 레스토랑으로 향했다. 호텔은 투숙객에게 저녁과 아침 식사 두 끼를 제공한다. 산꼭대기 호텔 밖에 식당은커녕 슈퍼마켓도 없으니 선택의 여지가 없다. 레스토랑은 숙연함이 느껴질 만큼 조용했다. 몇몇 백인 커플을 제외하고는 동양인이 대부분이었다. 일본인 같아 보였다. 레스토랑 직원도 속삭이듯 주문을 받았다. 포크와 나이프가 조심스레 그릇에 닿는 소리, 와인잔 부딪히는 소리가 이따금 정적을 깨뜨렸다. 4코스 정찬을 먹었는데 맛이 어땠는지 잘 모르겠다. 가벼운 고산병이라도 들었던 걸까? 지독하게 낯설었던 그 차분함만이 기억에 깊이 남았다.

나중에서야 호텔 직원에게 들었다. 이 호텔이 일본인 사이에서 버킷리스트로 꼽힌다는 사실을. TV프로그램에라도 소개됐던 걸까. 어쨌든 평생 소원을 이뤄 먼 이곳까지 왔을 텐데도 호들갑을 떠는 사람은 보이지 않았다. 고산병 때문인지 모르겠으나 모두 조심조심 걸었고, 목소리를 낮춰 대화를 나눴다. 마치 성지를 방문한 순례자처럼.

식사를 마치고 객실로 돌아왔다. 50개 케이블 채널이 나오는 TV도 있고 무선인터넷도 잡혔지만 거들떠보지 않았다. 대신 창문을 열었다. 달빛을 받아 환하게 빛나는 설산이 낮보다 훨씬 아름다웠다. 해발 3,100미터가 아니라 지구 궤도 밖으로 벗어나 다른 행성에 온 듯한 기분이 들었다. 마터호른이 거대한 행성 같았다. 바람 소리마저 들리지 않았다. 우주를 유영하면 이런 느낌이 아닐까.

이때 이후로 '우주적'이란 표현을 아껴서 사용했다. 두려울 정도로 압도적인 규모의 자연, 진공상태 같은 적막, 내 존재가 티끌만도 못하다는 무아無我의 자각. 이런 조건이 충족될 때에야 우주를 상상할 수 있다.

마터호른을 머리맡에 두고 잠을 자는 건 그냥 봉우리를 구경하는 것과는 전혀 다른 경험이었다. 여러 뮤지션이 총출동하는 공연에서 멀찍이 떨어진 자리에 앉아 선망하는 가수의 노래를 한두 곡 감상하는 것과 그 가수만의 서너 시간짜리 단독 공연을 1열에서 흠뻑 즐기는 것이 다르듯 말이다.

언젠가부터 해외 출장을 갈 때 일종의 수면 보조제인 멜라토닌 알약을 챙겨 다닌다. 출장지에 도착하자마자 취재 일정을 시작하기 때문에 서둘러 현지 시간에 몸을 맞추기 위한 고육지책이다. 중독성과 부작용이 없다는 이 약에 나는 꽤 의지하게 됐다. 특히 시차가 많이 나는 유럽이나 미주 쪽으로 출장을 가면 일정

내내 잠들기 전마다 약을 먹었다. 국내 출장을 가서도 숙면이 절실할 때면 멜라토닌을 복용했다. 제아무리 호텔 침구가 아늑하더라도 내 집처럼 익숙하진 않고 방 공기도 다르다. 멜라토닌이 실제 수면에 얼마나 도움이 되는지는 모르겠다. 약을 먹고도 잠을 설친 날이 있으나 약을 삼키면 조금이라도 안심이 되는 플라시보 효과는 확실했다. 그렇다 보니 출장지에서 수면제 없이 숙면을 취하는 밤은 아주 가끔 누리는 선물 같은 시간이다.

4190슈트랄호른에서, 멜라토닌은 생각도 안 났다. 한참을 창가에 서 있다가 그대로 침대에 몸을 뉘었다. 베개는 적당한 깊이감으로 폭신했고, 얇은 솜이불은 기분 좋게 까슬까슬했다. 객실 인테리어로 활용한 소나무에서 풍기는 향기가 짙었다. 출장 일정의 후반부여서 조금은 홀가분한 기분도 들었다. 이대로 깊은 잠에 빠지는 게 지금 이 순간 누릴 수 있는 가장 호사스러운 경험이리라. 머리맡에 마터호른을 두고 완벽한 적요 속에 눈을 감았다. 눈을 감았는데도 맑은 밤하늘과 환한 설산이 내내 아른거렸다. 잠이 달았다. 우주에서 잠을 자면 이런 기분이려나.

사방에 아무 사물도 보이지 않는
드넓은 황톳빛 세상에
한 톨의 모래 알갱이처럼
존재하고 싶었다.
궁극의 무아 상태를
경험하고 싶었다.

별이 속삭이는 사막의 한가운데

미국 데스밸리국립공원

알프스 고산 호텔을 다녀온 뒤 어떤 풍경을 '우주적'이라고 표현하는 데 신중해졌다고 했지만, 민망하게도 머지않아 진짜 우주의 어떤 행성을 닮은 곳을 방문했다. 내내 우주를 상상했고 나의 궁핍한 어휘력을 탓하며 기사에도 "지구가 아닌 듯한", "낯선 행성" 같은 수식어를 남발했다. 나름 변명거리는 있다. 우주 전쟁을 소재로 한 영화 〈스타워즈〉를 이곳에서 촬영했으니 영 억지는 아니라고 할 수 있겠다. 미국 데스밸리국립공원 이야기다.

신문 기사는 최상급 표현을 신중하게 쓴다. 기사는 다루는 대상과 적당한 거리를 둬야 하고, 사실을 따지다 보면 세간에 알려진 것과 달리 진짜 최고, 최대가 아닌 경우가 많다. 반면 '최고, 최대, 최초'라는 사실이 자명할 때 언론은 그 내용을 낯간지러울 만큼 앞세운다. 요즘은 기사 제목에 "단독"을 거는 인터넷 기사가 흔하다. 정말 특종이라 할 만한 단독 기사도 더러 있지만 '첫 보도'라는 사실을 강조해서 클릭을 유도하는 수법이라고도 볼 수 있다. 그리고 많은 사람이 "단독"이라는 깃발에 혹해서 귀한 클릭을 뉴스 회사에 헌납한다.

데스밸리국립공원을 취재한 뒤 기사를 쓸 때도 최상급을 마구마구 썼다. "미국 본토 최대 국립공원", "북미 최저 해수면", "미국에서 가장 뜨겁고 건조한 땅", 이런 수식어를 총동원했다. 무엇보다 이름 하나만으로 끝판왕의 느낌이 풍기지 않나. 죽음의 계곡이라니. 상상 너머의 대자연을 기자가 직접 누볐다는 사실을 알아 줬으면 했다(단독 취재였지만 기사에 "단독"을 걸진 않았다).

기사를 생각하면 민망하지만 데스밸리가 '가장' 인상 깊었던 건 사실이다. 몇 해 전 미국 국립공원 100주년을 맞아 20여 개의 국립공원을 현장 취재하는 프로젝트에서 나는 요세미티, 옐로스톤, 디날리, 에버글레이드 등 열다섯 곳을 취재했다. 그중 어디가 최고였냐고 물으면 주저하지 않고 데스밸리를 꼽았다.

솔직히 이런 심사도 있었다. 그랜드캐니언이나 요세미티처럼 누구나 알 만한, 미국 패키지여행 코스에 단골로 들어가는 곳을 꼽으면 너무 뻔하고 대중적인 취향으로 보이지 않을까 하는 의식 말이다. 그러니까 "저는 말이에요. '죽음의 골짜기'라는 비장미 넘치는 사막을 좋아하는, 조금 다른 차원의 여행자(혹은 여행기자)입니다"라고 말하고 싶었달까.

그 겨울, 캘리포니아주에 있는 국립공원 네 곳을 열흘간 혼자서 훑고 다녔다. 데스밸리에 대한 기대가 가장 컸다. 사막이 처음은 아니었고 이후에도 여러 사막 지역에 가 봤다. 사막은 형체도 색채도 제각각이고, 즐기는 방법도 다채롭다. 이를테면 중국 내몽골사막에서는 낙타를 탔고, 이스라엘 사해사막에서는 고대 요새가 있는 500미터 바위산을 걸어 올랐다. 두바이에서는 사륜구동차를 타고 사막을 질주하는 '듄 베이싱'을 경험했다. 사우디아라비아 알울라사막에서는 별 관측 투어를 해 봤다. 쿠션에 몸을 기댄 채 목소리가 낭랑한 여성 가이드의 별 이야기를 듣고 있자니《아라비안나이트》속에 들어온 것 같았다.

이 모든 사막은 환상적이었지만 데스밸리는 달랐다. 무엇보다 철저히 나 혼자였다. 고독을 벗 삼아, 졸음 방지용으로 USB에 꾹꾹 눌러 담아 온 록 음악을 동행자 삼아 사막을 만끽했다. 데스밸리를 찾아간 시점에 내면의 요구 같은 것도 있었다. 사방에 아무 사물도 보이지 않는 드넓은 황톳빛 세상에 한 톨의 모래 알갱이처럼 존재하고 싶었다. 궁극의 무아 상태를 경험하고 싶었다. 무엇이든 가득 찬 높은 밀도의 도시와 가장 대척점에 있는 곳이 사막이다. 그러니까 여행으로 일상 탈출을 노린다면 텅 빈 사막만큼 적절한 곳은 없으리라.

데스밸리국립공원 하나가 전라 남도와 북도를 합친 크기라고 하는데, 가늠이 안 됐다. 다행히 190번 도로 주변으로 관광지가 모여 있어 전라도를 다 훑고 다니는 불상사는 일어나지 않았다. 차를 몰고 다니다가 주요 포인트를 방문하는 식으로 사막을 훑었다.

한데 어쩌다 아름다운 사막이 '데스밸리'가 됐을까. 1849년 골드러시 시대, 금광꾼들이 마차 20대를 몰고 캘리포니아 중부를 찾아갔다. 길을 잘못 들었는데 하필이면 미국에서 가장 덥고 건조한 황무지였다. 몇 날 며칠을 유랑해도 계곡은 끝나지 않았다. 물과 식량도 다 떨어졌다. 마차를 부숴 땔감으로 썼고, 마차 끌던 소를 잡아서 구워 먹었다. 간신히 계곡을 빠져나간 뒤 그들은 외쳤다. "굿바이, 데스밸리."

금광꾼들이 지나간 계절이 여름이 아닌 건 천만다행이었다. 데스밸리는 여름 최고 기온이 섭씨 46~47도고, 57도를 찍은 적도 있다. 49도를 기록한 2023년 7월에는 70대 남성이 하이킹을 하다가 사망했다. 그런가 하면 2023년에는 이상기후로 역대 최고 강수량을 기록하기도 했다. 데스밸리의 연 강수량은 60밀리미터 미만인데, 8월 27일 하루 동안만 56.9밀리미터를 기록했다. 여름 장마가 익숙한 한국인에게 60밀리미터는 우스운 숫자지만 데스밸리에서는 최악의 물난리가 났다. 도로가 잠기고 야자수가 뽑히고 여행객 400명이 대피했다. 기후위기가 심각해지면 앞으로 얼마나 더 큰 난리가 닥칠지 모를 일이다.

사막이라고 황량할 거라 생각하면 오산이다. 데스밸리는 화려하고 역동적이다. 방문자센터에서 남쪽으로 내려가다 보면 바닥이 온통 하얀 지대가 나타난다. 해발고도 마이너스 85.5미터, 북미 최저지대인 배드워터 분지의 정체는 소금이다. 해발고도 마이너스 420미터인 이스라엘 사해처럼 더 고도가 낮았다면 물이 찰랑이는 소금 바다가 됐으려나. 소금이 눈처럼 깔린 모습만으로도 기이하다. 차를 몰고 단테스뷰 전망대에 올라서면 분지가 한눈에 보인다. 희끗희끗한 계곡이 끝간 데 없이 뻗은 모습을 보면서 생과 사 너머의 어떤 세계를 상상하게 된다. 천국도 지옥도 아닌 세상. 그래서 누군가 이 자리에서 단테의《신곡》에 묘사된 연옥을 떠올렸나 보다.

데스밸리에서 가장 많은 시간을 보낸 곳은 따로 있었다. 단테스뷰에서 차로 한 시간 거리에 있는 메스키트플랫. 우리가 상상하는 사막의 모습, 그러니까 너울 같은 사구(모래언덕)가 한없이 펼쳐진 곳이다. 데스밸리의 사구는 자극적이지 않다. 낙타를 탈 수도 없고, 사륜구동차를 타고 질주할 수도 없다. 철퍼덕 앉아서 파도 같은 모래의 움직임을 감상하거나 저벅저벅 걷는 수밖에 없다. 사막은 길이 없다. 길이 없으니 정답도 없다. 정답이 없으니 오답도 없다. 온갖 네온사인 반짝이는 도시처럼 정신을 산란하게 하는 사물이 아무것도 없고, 다양한 종의 수목이 어우러진 숲처럼 눈이 휘둥그레질 일도 없었다. 그저 모래언덕을 걷기만 하면 될 일이었다.

막상 사막 걷기는 쉽지 않았다. 발이 푹푹 빠져 체력 소모가 심했다. 석양이 내릴 무렵, 사진 촬영을 위해 발자국이 없는 언덕을 찾아 허우적대며 걷던 와중에 무릎 뒤쪽, 오금에서 '두둑' 하는 소리가 들렸다. 속근육을 누가 끌어당기는 것처럼 뻐근했다. 머릿속에서 몇몇 단어가 맴돌았다. '조난, 데스, 산재, 여보'. 진땀이 줄줄 흘렀다. 그렇게 절뚝거리는데, 그 와중에도 붉게 물든 모래언덕이 황홀했다. 해가 먼 산을 넘어갈 때까지 채도를 높이며 사막을 물들이는 장면을 넋 놓고 바라봤다.

모래언덕에 걸터앉아 다리를 절더라도 밤에 다시 와서 밤하늘을 꼭 봐야겠다고 생각했다. 데스밸리는 별 천지다. 별을 보기 위한 완벽한 조건이 갖춰졌다. 전라남북도를 합한 면적 안에 인공 빛이 거의 없는 데다 공기가 건조하고 깨끗하다. 세상에는 별별 협회가 다 있는데 밤하늘이 깨끗한 지역을 선정하는 '국제밤하늘협회'라는 곳도 있다. 데스밸리국립공원이 전 세계 100여 곳과 함께 이 협회의 '밤하늘보호공원'으로 등재됐다. 참고로 한국에서는 경북 영양 반딧불이생태공원이 이름을 올렸다.

숙소에서 느지막이 저녁을 챙겨 먹고 오후 10시께 다시 밖으로 나갔다. 목적지는 없었다. 30분쯤 이동해서 허허벌판에 차를 세웠다. 머리에 랜턴을 두르고 삼각대에 카메라를 설치했다. 랜턴을 껐다. 인공 빛을 전부 제거하니 하늘이 밝다는 게 느껴졌다.

고개를 치켜들었다. 우와, 아무도 없는 사막 한복판에서 옅은 탄성이 터졌고 그 소리에 내가 놀랐다. 하늘이 보랏빛에 가까웠다. 별들은 끊임없이 반짝이며 소곤거렸다. 북서쪽 하늘에 은하수가 또렷했다. 난생 처음 별똥별도 봤다. 그것도 세 개나. 마음에 품은 소원을 빌었냐고? 너무 순식간이어서 그러지 못했다. 아쉬움이 들긴 했으나 그조차 별똥별이 스친 속도로 사라졌다. 지금 이 순간만으로 충분히 벅찼다.

시인 다니카와 슌타로는 〈20억 광년의 고독〉에서 "우주는 점점 팽창해 간다 / 그리하여 모두는 불안하다"라고 썼다. 내 기분은 조금 달랐다. 수십억 광년 떨어진 별들이 반짝이는 사막의 밤은 고독하지 않았다. 나는 불안하지 않았다. 지독한 어둠과 고요 속에서 지극히 눈부신 평화를 누렸다. 별을 보느라 소중한 잠을 희생했지만 전혀 아깝지 않았다.

철저히 혼자였다.

무섭진 않았다.

가을볕이 따사로운

오지마을 운동장에는

안온한 기운이 감돌았다.

우리 앞의 생이 끝나 갈 때

강원도 홍천군 살둔마을

한국에 데스밸리 같은 사막은 없지만 사막만큼 막막한 오지는 많다. 데스밸리국립공원과 함께 국제밤하늘공원에 등재된 경북 영양도 그런 곳이고, 강원도 방태산 자락의 깊고 깊은 산골마을도 꼽을 수 있다. 홍천군과 인제군, 그러니까 한국에서 면적으로 1, 2위에 해당하는 지역에는 한국전쟁 당시 전쟁이 난 줄 몰랐다는 곳도 있다. '3둔 4가리'라 불리는 일곱 개 오지 마을을 취재차 모두 가 봤는데 21세기에 전기가 안 들어오는 곳도 있었다.

나는 일곱 곳 가운데 살둔마을에 단단히 꽂혔다. 2016년 취재하다가 반해 몇 해 뒤 다른 주제로 또 한 차례 취재를 갔고 나중에는 휴가로 찾았다. 일하러 갔다가 다시 놀러 가는 곳, 출장지에서 여행지로 카테고리가 바뀐 곳. 이렇게 개인적인 인연으로 이어지는 여행지는 많지 않다.

다른 여섯 개 마을에 비하면 살둔마을은 제법 크다. 내린천이 말발굽처럼 휘감고 도는 아담한 분지에 마을이 들어앉아 있다. 약 30가구가 살고, 산장과 캠핑장도 있다. 다른 마을보다 낫다고는 하지만 물건 가짓수를 셀 수 있을 만큼 허름한 구멍가게가 하나뿐이고, 차를 몰고 10분을 나가야 밥을 사 먹을 수 있다.

2018년 '솔캠(솔로 캠핑)'을 주제로 취재를 준비했다. 국내든 해외든 대체로 혼자 출장을 다니니 '솔로'라는 상황이 부담스럽진 않았다. 장소가 중요했다. 도시에서 적당히 떨어져 있어야 하고, 야영 공간이 넉넉하며 불을 피울 수 있는 곳. 가을이 무르익었으니 단풍도 좋아야 했다. 살둔마을 생둔분교캠핑장이 이 모든 조건을 충족했다. 인터넷으로 캠핑장을 예약하고 마을을 찾았다. 학교 운동장 한쪽 구석에 텐트 한 동이 보였다. 마을 사무장에게 물었다.

"저 말고 한 팀이 더 있나 보네요?"

"아뇨. 저건 글램핑용 텐트입니다. 아무도 없어요."

철저히 혼자였다. 무섭진 않았다. 가을볕이 따사로운 오지마을 운동장에는 안온한 기운이 감돌았다.

해가 지기 전에 단풍놀이를 나섰다. 마을 인근 문암골로 향했다. 아는 사람만 아는 홍천의 비밀한 계곡이다. 2킬로미터쯤 걸으니 본격적으로 비포장도로가 시작됐는데 이때부터 눈앞이 환해졌다. 계곡물 소리가 우렁찼고 가까이는 오색찬란한 단풍이, 멀리는 점묘화처럼 알록달록한 가을 산이 모습을 드러냈다. 걷는 동안 마주친 사람은 중년 커플 한 쌍뿐이었다.

다시 캠핑장으로 돌아왔다. 운동장 한쪽 아름드리 벚나무 아래에 텐트를 쳤다. 평소 쓰던 3~4인용 돔 텐트가 아니라 사진발 잘 나오는 2인용 백패킹 텐트를 빌려 왔다. 5분 만에 설치를 끝냈다. 이때 미니멀 캠핑 장비의 맛을 처음 경험했다. 가을과 어울리는 조동진의 노래를 들으며 책을 읽었다. 출장 갔지 놀러 갔냐는 따끔한 시선도 있겠으나 이건 엄연히 캠핑 체험 취재였다. 출장 중에도 일과가 끝나면 나만의 짧은 여행의 순간을 누리곤 하는데 이럴 때는 출장과 여행의 경계가 애매하다.

곧 저녁 준비에 돌입했다. 캠핑해 본 사람이야 알겠지만 캠핑장 가면 하는 일이라곤 '돌밥돌밥(돌아서면 밥하고 돌아서면 밥하고)'이 거의 전부다. 혼자인데 굳이 삼겹살을 구울 필요는 없었다. 평소 캠핑을 다닐 때도 먹는 일에 매진하지 않는 편이다. 캠핑장 갈 때마다 모든 텐트에서 연기를 자욱하게 피어올리며 바비큐 파티를 벌이는 모습을 보며, 저렇게까지 고기에 열광할 일인가 생각한다. 집에서 챙겨 온 다시마와 멸치로 육수를 내고 냉동만두를 투척해서 만둣국을 끓여 먹었다.

땅거미가 완전히 내려앉았다. 가장 기다렸던 불놀이 시간. 화로에 장작을 얹고 불을 붙였다. 타닥타닥, 타닥타닥. 금세 온기가 번졌다. 장작 타는 소리를 들으며 춤추는 불길을 보니 묘하게 차분해졌다.

가로등이 모두 꺼진 깊은 밤, 운동장 한가운데 서서 밤하늘을 올려다봤다. 한국에서 이렇게 눈부신 별을 본 적이 언제였던가. 벅찬 마음을 안고 텐트로 들어갔다. 완벽한 고요와 고독, 그리고 정적. 이 맛에 솔캠을 하나 보다.

이런 환경이라면 머리를 대자마자 꿈나라로 입장해야 할 텐데 안타깝게도 아니었다. 강원도 첩첩산중 오지마을은 일교차가 너무 컸다. 텐트 안 공기가 쌀랑했다. 알레르기성비염이 도져서 콧물이 줄줄 흘렀다. 빌려 온 침낭도 불편해서 내내 이리 뒤척, 저리 뒤척거렸다. 뜬눈으로 괴로워하고 있는데 수상한 기척이 느껴졌다. 분명 이 캠핑장에는 나밖에 없는데. 혹시 폐교 건물에 누가 숨어 있기라도 했던 걸까. 정체를 알 수 없는 발자국 소리가 텐트 쪽으로 접근했다. 어두워서 형체가 안 보였는데 어떤 동물이 텐트 주변을 쿵쿵거리다가 다시 후다닥 달려갔다. 목줄 풀린 마을 개인지, 멧돼지 혹은 고라니인지. 겁이 나서 잠이 싹 달아났고 솔캠의 낭만도 더불어 증발했다.

설핏 잠이 들었다가 강렬한 햇볕이 내리치는 아침에 눈을 떴다. 문암산 너머로 해가 고개를 내밀고 있었다. 서리가 내릴 정도로 추웠지만 나무와 꽃이 햇볕 받아 반짝이는 풍경이 따스했다. 공포스러웠던 불면의 밤은 딴 나라 얘기 같았다. 빵을 데우고 커

피를 내렸다. 캠핑 중 가장 행복한 순간이다. 아내도 캠핑장에서 따사로운 아침 햇볕을 쬐며 커피 마시는 순간을 가장 좋아한다. 번거로워도 캠핑 짐을 챙겨 집을 나서는 이유다. 몇 개 남은 장작에 다시 불을 붙였다. 손을 벌려 불을 쬐며 다짐했다. 솔캠은 이번이 마지막이라고. 아내가 보고 싶었다.

솔캠의 상처를 안은 채 시간이 흘렀다. 코로나가 지구를 휩쓸었다. 국경이 닫혀서 해외여행이 불가능해졌고, 국내에서도 집합 금지와 이동 제한 탓에 여행 심리가 크게 위축됐다. 이런 와중에 기현상이 있었으니 전국의 캠핑장이 호황을 누렸다. 가족끼리 차 몰고 자연으로 들어가서 텐트 치고 먹다 놀고 오는 캠핑이야말로 전염병 시대에 가장 안전한 여행법으로 통했다. 잊고 있던 살둔마을이 생각났다. 나와 아내는 코로나 첫해 추석 때 짐을 챙겨서 홍천으로 향했다.

당혹스러웠다. 살둔마을에 이렇게 사람이 많다니. 사방에서 블루투스 스피커로 음악을 틀어 댔다. 언제부터 스피커가 캠핑 필수품이 된 걸까. 우리는 소음을 피해 물소리가 큰 천변에 텐트를 쳤다. 미니멀 캠핑에 걸맞게 먹는 일에 목숨 걸지 말자고 의기투합했다. 고기 굽고 치우는 일에 기력을 낭비하지 않기로 했다. 즉석밥과 반조리식 주꾸미볶음을 데워 먹었다. 주변 텐트에서는 모두 고기를 구웠다. 이날따라 그 냄새가 강렬했다. 밥을 다 먹었

는데도 군침이 돌았다. 나는 소심하게 말했다.

"우리도 내일은 좀…… 구울까?"

나의 의지력이란 빨간 점으로 솟아오르다가 순식간에 사그라드는 불꽃만큼이나 허약한 것이었다.

기다렸다는 듯 아내도 화답했다.

"삼겹살 말고 한우 먹자."

솔캠 취재 때와는 달리 아내와 꼭 붙어서 단잠을 잤다. 따뜻했다. 역시 사람이란 36.5도짜리 육체일 뿐만 아니라 좋은 기운까지 내뿜는 온기의 존재였다.

이튿날 아침, 모든 캠퍼들이 텐트를 정리하고 돌아갔다. 2박을 하는 건 우리뿐이었다. 2년 전처럼 다시 캠핑장을 전세 냈다. 책을 읽으며 오지마을의 고요하고 평화로운 시간을 만끽했다. 저녁 때는 마을에서 한참 떨어진 정육점을 찾아가서 한우를 샀다. 구수한 냄새를 풍기며 고기를 구웠다. 마파람에 게 눈 감추듯 저녁밥을 해치웠다.

아무도 없었던 터라 이날은 눈치 안 보고 음악도 들었다. 라디오에서 그룹 무한궤도의 노래 〈우리 앞의 생이 끝나 갈 때〉가 흘러나왔다. 오랜만에 듣는 나의 어릴 적 우상 신해철의 목소리가 유난히 호소력 짙었다. 아내와 나는 약속이나 한 듯 노래를 따라 불렀다. 한 번으로는 아쉬워서 스트리밍 앱으로 다시 찾아 들었다.

세월이 흘러가고 우리 앞의 생이 끝나 갈 때

누군가 그대에게 작은 목소리로 물어보면

대답할 수 있나 지나간 세월에 후회 없노라고

지나치게 비장한 가사인데 이날은 그 비장미가 부담스럽다기보다는 사무치게 다가왔다. 생의 끝을 떠올린 건 아니었지만 지나간 세월에 후회가 없었으면 하는 마음이 들었다. 아내도 비슷한 생각을 했을까. 여행지가 어떤 노래와 함께 박제될 때가 있다. 살둔마을 하면 이 노래가 떠오르고, 이 노래를 들을 때마다 살둔마을이 연상된다. 세월이 흘러도 살둔마을이 변치 않았으면, 언제 다시 찾아가도 후회 없을 곳으로 남았으면 하고 바라는 마음도 함께.

그 밤 도시의 백색소음을 들으며
깊은 잠에 들었다.
내가 살고 있는 도시에서
가능하리라고 생각해 본 적 없는
고요한 밤이었다.

강변북로 자동차 소리를 자장가 삼다

서울시 마포구 노을공원

캠핑을 즐기는 편이지만 아무 캠핑장이나 가지는 않는다. 아름드리나무가 우거진 깊은 숲과 청량한 공기는 기본이고, 캠프사이트 사이의 거리가 넉넉해서 프라이버시가 어느 정도 보장되는 캠핑장을 선호한다. 자연휴양림이나 홍천 살둔마을이 바로 그런 곳이다. 온갖 소음이 그득한 도시, 새만금 잼버리 야영장처럼 그늘은 없고 텐트가 다닥다닥 밀집한 곳은 어떤 일이 있어도 피한다. 그러나 오랜 다짐과 뾰족한 취향을 뒤집고 서울 한복판 캠핑장에서 이틀을 보낸 적이 있으니, 온 세상이 멈춘 듯 숨죽였던 코로나 시기였다.

서울에서 나고 자랐지만 이 도시에 대한 감정은 부정적인 쪽으로 기울 때가 많다. 부러운 구석이 많은 도시를 다녀오거나 열대 휴양지에서 늘어져 있다가 돌아오면 더하다. 인천공항에 착륙한 비행기 창으로 뿌연 하늘이 보이면 괜히 목이 칼칼하고, 공항버스가 꽉 막힌 올림픽대로에서 가다 서다를 반복할 때면 숨이 턱 막힌다. 이 도시가 견디기 힘들 만큼 못마땅해서라기보다는 다시 올라타야 할 쳇바퀴 일상에 대한 답답함, 막막함이 작용해서일 테다. '여행 후유증' 아니면 '출장병'이라고 할 수도 있겠다. 그래서 나 같은 떠돌이는 흐트러진 일상의 리듬을 되찾으려 적지 않은 에너지를 소모하게 된다.

2021년 가을, 마포 노을공원에서 캠핑을 했다. 당시 비대면, 언택트 여행이 새로운 레저 문화로 떠오른 까닭에 노을공원 캠핑장 역시 평일에도 자리 하나 잡으려면 '광클릭'이 필요했고, 중고 거래 사이트에서 웃돈을 받고 캠핑 자리를 사고팔기도 했다. 그런 와중에 '예약의 신' 아내가 무려 2박 예약에 성공했다.

캠핑장에 대한 기대는 크지 않았다. 십수 년 전, 회사에서 노을공원 인근 난지캠핑장으로 야유회를 갔는데 캠핑장이 아니라 갈빗집 같았다. 자욱한 고기 연기, 여유라곤 없는 캠프 사이트의 빽빽한 밀도, 사방에서 들려오는 고성방가. 탈출하듯 공원을 떠나며 말했다. 영원히 안녕.

노을공원은 달랐다. 주말인데도 한산했고, 고기 굽는 연기도 진동하지 않았다. 평소의 노을공원이라면 십수 년 전의 난지캠핑장과 비슷했을 수도 있다. 그러나 코로나가 많은 것을 바꿨다. 사회적 거리두기 4단계가 적용된 이후 캠프 사이트 절반만 예약을 받고 사이트당 이용객 수도 제한했다. 샤워실을 폐쇄했고, 오후 10시 이후에는 음주도 금지했다. 이러니 호젓할 수밖에. 오후 6시쯤 체크인을 했는데, 우리가 예약한 사이트의 전후좌우에 아무도 없었다. 느긋하게 텐트를 설치하고 선선한 가을바람을 쐬며 저녁밥을 해 먹고 모닥불을 피워 불멍을 즐겼다. 덥지도 춥지도 않은 9월 중순의 서울이 이렇게 캠핑하기에 완벽한 때인지 몰랐다.

10시가 넘으니 공원 직원들이 캠핑장을 순찰하며 누가 술을 마시지 않는지 일일이 확인하고 다녔다. 모닥불 앞에서 종이컵을 들고 있는 내게도 공원 직원이 뚜벅뚜벅 다가왔다. 컵을 들어 보이며 당당하게 말했다.

"이거 율무차예요."

지금 생각하면, 이렇게 여러 방면에서 국가의 통제가 강했고 또 시민들이 순한 양처럼 고분고분했다는 사실이 우습다.

이틀 밤을 지내 보니 캠핑장의 쾌적함이 강력한 방역 조치 때문만은 아니라는 생각이 들었다. 공원 자체가 가진 고유함이 눈에 들어왔다. 공원 구조가 특이했다. 캠핑장은 주차장에서 약 2킬로미터 떨어져 있다. 캠핑 좀 해 본 이라면 알 테다. 텐트 칠 자리 바로 옆에 차를 대는 오토캠핑이 아니라면 짐이 간소할 수밖에 없다. 집 안 살림 다 챙겨서 이사 가듯 캠핑하는 방식이 이곳에선 안 통한다. 이용객 대부분은 주차장에 자가용을 세우고 공원 측

에서 운영하는 맹꽁이 전기차를 타고 캠핑장으로 이동한다. 커플이나 4인 이하 가족이 대다수였고 더러 혼자 온 솔캠족도 보였다. 다행히 블루투스 스피커로 쩌렁쩌렁 음악을 듣는 이도 없었다. 캠핑하는 내내 아내에게 말했다.

"여기 진짜 물 좋다."

사방으로 건물 한 채 보이지 않는 환경이야말로 노을공원의 가장 큰 장점이었다. 해발 100미터 높이에 캠핑장이 있고 가까이에 고층 건물이 없어서 어떤 인공 구조물도 보이지 않았다. 어디를 가나 탁 트인 하늘이 널따랗게 펼쳐졌다. 눈 씻고 봐도 서울이라고 믿기 힘든 풍광이었다.

노을공원은 월드컵공원을 이루는 다섯 개 공원 중 하나다. 2002년 월드컵을 앞두고 완공한 월드컵공원은 도시 재생의 대표 사례로 꼽힌다. '쓰레기 산'이었던 난지도를 공원으로 바꾸기로 한 건 누구의 발상이었을까. 어릴 적 차를 타고 지나가기만 해도 냄새가 진동해 코를 막던 곳이었는데 그 위에서 고기를 구워 먹고 누워서 자다니.

이곳은 애초 골프장으로 개발했다가 시민들의 반대에 부딪혀 캠핑장으로 용도를 바꿨다. 덕분에 골프장 수준의 천연 잔디로 이뤄진 유휴공간이 정말 많다. 곳곳에 원두막이 있어서 캠핑을 하지 않더라도 맹꽁이차를 타고 와서 피크닉을 즐기기에 좋다. 주말에도 반경 50미터 안에 아무도 없는 잔디 놀이터를 독차

지하고 놀 수 있는 공원을 서울에서 처음 봤다.

그때 그 시절, 모두가 해방의 날을 기다렸다. 나도 그랬다. 하루라도 빨리 마스크를 벗고 싶었고, 저녁 때 친구들도 편하게 만나고 싶었다. 그러나 노을공원 캠핑 환경을 생각하면 코로나 종식 이후가 걱정됐다. 늦은 밤까지 술 취해 놀고, 옆 텐트에서 들려오는 코 고는 소리 때문에 잠 못 이루고, 아침이면 화장실 대기 줄이 길게 늘어설 모습을 상상하니 절로 도리질이 나왔다. 2024년 현재 노을공원 캠핑장은 100퍼센트 개방해 130개가 넘는 사이트를 운영 중이다. 나와 아내는 정부가 공식적으로 엔데믹을 선언한 뒤 단 한 번도 캠핑을 하지 않았다.

그러고 보니, 노을공원 캠핑장에서 묵은 두 밤은 정말 특별했다. 텐트에 누워 잠을 청할 때는 멀리 강변북로를 달리는 자동차 소리가 희미하게 들려왔다. 이따금 경적 소리와 앰뷸런스 소리가 울렸지만 앰비언트 음악처럼 편했다. 그냥 이 자체가 도시의 소리, 서울의 소리 같다는 생각이 들었다. 이 정도 소음마저도 소거된다면 도시가 아니겠지. 선선한 날씨, 차분한 캠핑장 분위기 덕에 마음이 너그러워졌는지 나는 그 밤 도시의 백색소음을 들으며 깊은 잠에 들었다. 내가 살고 있는 도시에서 가능하리라고 생각해 본 적 없는 고요한 밤이었다.

욕조에 기대 앉으면
정면에 계절마다 달라지는 숲이
액자 속 그림처럼 눈앞에 펼쳐진다.
곤줄박이와 박새가
날아다니며 지저귀고,
쇼팽의 왈츠 같은
계곡물 소리도 들린다.

숲과 물의 힘

전라남도 해남군 유선관

지인의 부탁을 받고 어쿠스틱 기타를 사러 낙원상가에 간 적이 있다. 나보다 기타를 잘 치는 친구 K가 동행했다. 중2 때부터 기타를 친 나도 연주 실력에 비해 악기를 꼼꼼히 보는 편인데, 친구는 피아노 조율사처럼 귀가 예민하다. 그리고 우리 둘은 '결정질환'을 가졌다는 공통점이 있다(결정에 어려움을 겪는 경향을 지칭하는 네 글자 단어가 있는데《선량한 차별주의자》를 읽은 뒤부터 그 말을 안 쓴다. '결정질환'은 내가 만든 대체어다). 한 악기점에서 한 시간 넘도록 열 대가 넘는 기타를 쳐 봤으나 딱 이거다 싶은 게 없었다. 전부 성에 안 찼다. 우릴 지켜보던 사장님의 한마디.

"이분들이 예산은 50만 원이라면서 귀는 150만 원이네."

친구와 나는 멋쩍게 웃었다(사장님, 정확하시군요).

이날 동행한 아내는 사장님 말씀을 듣고는 아주 통쾌해했다. 본인이 하고픈 말을 사장님이 대신해 줘서였을 테다. 그리고 어느 봄, 남도 여행 중 아내가 낙원상가 사장님처럼 말했다.

"당신은 7만 원짜리 숙소 가면서 눈높이는 50만 원이야."

정곡을 찔린 나는 괜히 혀를 날름거렸다.

여행 갈 땐 숙소 예약을 아내에게 맡긴다. 일정 전체를 위임할 때도 많다. 이유가 있다. 일단 아내가 캠핑장이든 호텔이든 잘 찾고 잘 예약한다. 더 큰 이유도 있다. 출장이 아닌 휴가만큼은 이것저것 계획하는 피곤함에서 해방되고 싶다. 그렇다고 아내가 전부 알아서 하도록 내버려두는 것도 아니다. 이건 하고 싶어, 거긴 가기 싫어. 한두 가지 요구사항을 툭툭 던지다가 슬슬 이것저것 간섭한다. 너무 비싼 리조트는 피하자, 네이버 블로그나 인스타그램에서 한국인이 좋다는 식당은 걸러라 등등. 결국 "그럼 당신이 하든가"란 핀잔을 듣는다. 자주 반복되는 패턴이다.

남도 여행의 목적지는 해남이었다. 한반도 끄트머리 동네는 한 번에 운전해서 가기엔 먼 거리다. 전북 고창의 7만 원짜리 그저 그런 민박에서 하룻밤을 보내고 다시 남쪽으로 차를 몰았다. 나는 숙소에 민감하다. 층간소음, 객실 조명, 위생 상태 등을 두루 따진다. 그렇다면 비싼 값을 치르더라도 이런 조건을 충족하는 숙소에 가면 될 텐데 그러지 않는다. 가성비가 좋은 곳을 뒤지는 과정을 즐기고, 예감이 적중했을 때 쾌감을 얻는다. 아내는 조금 다르다. 가격이나 편의성도 따지지만 심미적 충족감도 포기하지 않는다. 그래서 숙소 때문에 여행 중 아웅다웅한 적이 꽤 있는데 어떤 숙소는 둘 다 퍽 좋아해서 두 번 이상 방문하기도 했다. 해남 유선관이 그중 하나다. 몇 해 전 늦겨울과 봄에 두세 달 시차를 두고 연거푸 방문했다.

유선관은 두륜산 대흥사 안에 자리한 숙소로, '한국 최초의 여관'으로 알려졌다. 약 100년 전에 지어 수도승이나 신도가 머무는 객사로 쓰던 한옥이었는데 1970년께 여관 영업을 시작했다. 임권택 감독이 여기서 〈서편제〉, 〈장군의 아들〉 등을 촬영했고, 유홍준 작가가 《나의 문화유산답사기》에 소개했다.

유네스코세계유산인 천년 고찰 속 여관이라는 사실만으로 호기심을 자아내는데 유선관은 최근 드라마틱한 변화를 맞았다. 2021년 한옥 호텔로 탈바꿈한 것이다. 구들장에 오방색 요를 깔고 자는 대신 푹신한 침대에 눕고, 불편한 공용 화장실 대신 객실 안 화장실을 쓴다. 건물 뼈대는 그대로 두고 낡은 느낌의 현판도 남겨서 100년의 시간이 어우러지도록 연출했다.

대흥사는 스무 살 무렵 친구들과 처음 갔다. 사찰 자체보다 절집 가는 두륜산 길이 선명하게 기억난다. 한겨울인데도 춥지 않았고 이끼 낀 삼나무와 시뻘건 동백꽃이 바닥에 나뒹굴던 길. 어두침침한 숲길은 소실점이 저 멀리 있어서 다른 세계로 천천히 빨려드는 기분이 들었다. 군 입대 전, 인생의 한 챕터가 닫히

는 순간에 이르렀다는 꽤나 염세적인 마음을 안고 해남에 왔더니만 정말 땅끝에 닿은 느낌이었다. 내 기분도 축축했고, 두륜산도 대흥사도 축 처진 분위기였다.

20년 만에 찾은 두륜산은 그때와 달리 아늑했다. 동백꽃을 보진 못했지만 한겨울에도 진한 녹색으로 찬연했다. 이파리가 도톰하고 반들반들한 동백나무를 비롯해 쭉쭉 뻗은 삼나무와 편백이 우거진 숲은 떠나온 서울의 칙칙한 겨울 풍경과 극적으로 대비됐다. 매표소에서 절 방향으로 2킬로미터 들어가니 유선관이 나왔다. 차를 세우고 절 쪽으로 걸었다.

겨울에도 봄에도 유선관에 머물며 가장 많이 한 일, 아니 거의 유일하게 한 일은 산책이다. 숲에서 깊이 숨을 들이켜고 새소리를 듣는 것만으로 시린 가슴이 덥혀지고 허한 마음이 채워진다. 딱새, 박새, 직박구리, 물까치는 집 근처 남산에도 사는 친구들이지만 따뜻한 남쪽 깊은 숲에서 녀석들은 더 활기차 보였다.

산책하는 시간 외엔 하늘을 바라보고 물소리를 들었다. 해 질 무렵이면 송호리해변으로 가서 낙조를 봤고, 밤에는 적막강산을 밝게 비추는 별을 감상했다. 다른 객실에도 투숙객이 많았지만 늦은 밤 별을 보기 위해 밖으로 나온 건 우리뿐이었다. 우리가 이 밤의 주인공이 된 기분이었다. 계곡물 소리가 희미하게 들리는 공터에서 하늘을 올려다봤다. 별들도 가만히 반짝이며 이 밤을 축복해 줬다. 객실로 들어와 기분 좋은 향이 나는 가운을 입고 까

슬까슬한 이불 속으로 몸을 구겨 넣고는 아내에게 말했다.

"이런 숙소는 어떻게 알았다냐?"

"내가 잘 찾았지? 잘했다고 칭찬 좀 해 줘."

"잘했어, 잘했어."

그러곤 바로 곯아떨어졌다.

여러 번 템플스테이를 해 봤다. 어느 사찰에서든 머무는 것만으로 깊은 휴식을 누릴 수 있었다. 정갈한 객실, 약간 허기가 들지만 맛있고 건강한 절밥, 예불 시간을 알리는 종소리, 이른 아침마당 비질하는 소리와 새 지저귀는 소리, 어디서든 가만가만 걷고 소곤소곤 이야기하는 사람들. 모든 조건이 정신이 맑아질 수밖에 없는 환경이었다. 그럼에도, 불교 신자들이 들으면 불손하다 할 수 있겠으나, 산사에 머물 때마다 조금만 더 안락한 시설에서 묵을 수 있다면 좋겠다고 생각했다. 유선관은 바로 이런 욕구를 채워 주는 숙소였다.

유선관에서 가장 놀라운 건 스파 시설이다. 한옥 별채에 두 명씩 이용할 수 있는 근사한 욕조를 만들었다. 사찰 속 숙소에 스파 시설이라니. 한옥의 분위기를 해치지 않으면서도 대리석으로 만든 욕조를 실내에 들여 분위기가 아늑하다. 무엇보다 욕조에서 바라보는 계곡 전망이 기막히다. 아무도 지나다닐 수 없는 계곡 방향으로 문을 냈다. 욕조에 기대 앉으면 정면에 계절마다 달라지는 숲이 액자 속 그림처럼 눈앞에 펼쳐진다.

그림 같은 숲은 그림이 아니기에 살아서 움직인다. 곤줄박이와 박새가 날아다니며 지저귀고, 쇼팽의 왈츠 같은 계곡물 소리도 들린다. 불면증에 시달릴 때 침대에 누워 ASMR 음원을 찾아 듣곤 했는데, 계곡가에서 모닥불 피우는 소리를 가장 좋아해 자장가처럼 애용했다. 그러다가 욕조에 몸을 담그고 진짜 계곡을 바라보며 물소리를 들으니 더할 나위 없었다. 제법 호사스러운 '물멍'을 경험했다.

박물학자인 에마 미첼은 《야생의 위로》에 이렇게 썼다.

인간은 민물이든 짠물이든 물에 이끌리게 마련이다. 물은 우리가 생존할 수 있게 해 주지만 그 유익함은 단순히 식수와 수분 보충만이 아니다. 해양생물학자 윌리스 니컬스에 따르면, 해안에 서서 바다를 내려다보거나 흘러가는 강물을 지켜볼 때 눈과 귀는 시각적 자극에서 벗어나게 된다. 뇌를 위한 휴가이자 현대 생활에서 피할 수 없는 부산하고 끝임없는 자극으로부터의 휴식, 일종의 해양 명상인 셈이다.

—에마 미첼, 《야생의 위로》에서

그런 점에서 유선관 스파는 어떤 명상 프로그램보다 훌륭했다. 겨울에는 시원한 바람 쐬면서 노천욕의 기분을 만끽했고, 봄에는 눈부신 신록을 보며 눈호강을 했다. 해변 휴양지에 가면 '프라이빗 비치'를 가진 호화 숙소가 있는데 유선관은 '프라이빗 포레스트'를 가진 셈이었다. 몸이 뜨거워지면 전실로 나가서 자연인처럼 팔을 벌리고 바람을 쐰 뒤 다시 온수에 몸을 담갔다(누가 본 건 아니겠지?).

스파 시간은 딱 한 시간이었다. 반신욕이 지루해질 타이밍에 스포티파이 앱에서 '스파 음악'을 틀었다. 아내가 말했다.

"발리 마사지숍에 온 것 같네? 아니, 일본 료칸 분위기가 이러려나?"

여행 중 숙소에 갈 때마다 예민해진다. 아쉬운 부분을 지적하고 부족한 서비스를 투정하기 일쑤다. 숙박비가 비싸면 불만은 더 커진다. 이런 것도 '전문가의 함정'이랄 수 있을까. 숙소든 여행이든 있는 그대로 편한 마음으로 즐기지 못할 때가 많다.

영화 〈태풍이 지나가고〉에서 주인공의 엄마 역을 맡은 배우 키키 키린이 이렇게 말했다.

"왜 남자는 현재를 사랑할 수 없을까?"

딱 나를 두고 하는 말 같다.

일상을 벗어나 여행을 떠나면 조금 다른 내가 될 수 있다고 흔히 말한다. 어느 정도 맞는 말이다. 의무와 강박을 벗어 던지고 일상과 다른 리듬으로, 일상보다 훨씬 세밀한 감각으로 세상을 받아들이고 현재를 누릴 수 있는 게 여행이 주는 최고의 미덕이다. 정작 나는 그렇지 못할 때가 많다. 출장으로, 취재로 아무리 남부러운 곳에 간다 해도 의무와 강박으로부터 자유로울 수 없고 자유로워서도 안 된다는 당위가 내 뒷덜미를 붙잡는다. 그래서 여행도 휴가도 일처럼 돼 버리곤 한다. 천년 고찰 속 한옥 호텔은 그런 나에게 완전한 이완이 뭔지 알려 줬다. 지난 시간에 얽매이지 않았고, 앞일에 대한 불안에 휘둘리지 않았다. 여행을 직업으로 삼은 이에게도 여행만큼 소중한 선물은 없다.

비를 뚫고 기타를 가져왔다.
출장 중, 그것도
강원도 산골 오두막에서
기타 치는 밤이라니.

밤새 기타를 울려도 걱정 없는 곳

강원도 산골 오두막

혼자 출장을 갈 때도 숙소를 깐깐하게 고른다. 우선 모바일 앱 세 개를 뒤진다. 아고다, 야놀자, 에어비앤비. 회사의 숙박비 상한선을 넘지 않으면 호텔로 간다. 호텔이 가장 편해서다. 위생, 편의시설, 직원 친절도 등 여러모로 가장 신뢰할 수 있는 숙소가 호텔이다. 문제는 산간벽지로 출장을 갈 때가 많다는 거다. 읍면 단위 시골이나 오지에 호텔이 있을 리 만무하다.

만만한 게 모텔이다. 한국의 모텔은 정말 위대하다. 없는 게 없다. 빈손으로 가도 걱정이 없다. 전국 모텔 대부분이 체크인할 때 칫솔, 치약, 면도기, 콘돔이 들어 있는 주머니를 준다. 객실에 는 남성용 화장품(여성용은 왜 없을까?)을 비치하고 스타일러와 안마의자까지 갖춘 곳도 있다. 선반에는 어김없이 맥심 믹스커피

두 봉지와 동원 녹차 티백 두 개, 소형 냉장고에는 삼다수 생수 두 병이 가지런히 놓여 있다.

그렇지만 모텔을 가면서 설렌 적은 한 번도 없다. 모텔이니까. 하룻밤 4~5만 원으로 끝내주는 가성비를 자랑한다지만 아침에 일어났을 때 상쾌했던 기억이 없다. 금연 객실이라 해도 공기는 텁텁하고 냄새는 퀴퀴하다. 인테리어도, 조명도 괴상하다. 나에게 모텔은 음식으로 치면 시리얼 같은 존재다. 끼니 때우려 먹는 식량처럼 자야 해서 자러 가는 곳.

마음에 드는 모텔을 찾았어도 에어비앤비를 꼭 한 번 검색해 본다. 에어비앤비는 성공 확률이 높은 편은 아니다. 그래도 호텔과 모텔에서는 누릴 수 없는 색다른 경험과 호스트의 환대, 여행지의 비밀 정보까지 한 다발로 안겨 줄 때가 있다. 어느 여름, 해발 700미터 강원도 산골에서 묵은 오두막 독채가 그랬다.

"휴지를 낭비하지 마세요."

"고기 굽기 금지."

"옷걸이에 옷을 너무 많이 걸지 마세요."

"변기 막히면 직접 뚫으세요."

오두막 안에는 금지사항, 주의사항이 잔뜩 붙어 있었다. 출입문, 싱크대, 책장, 옷걸이, 심지어 변기 앞까지. 안내문 한 장에 주의사항이 일목요연하게 적혀 있는 게 아니라 투숙객의 동선마다 포스트잇이 붙어 있었다. 스무 개는 족히 넘을 것 같았다. 에어비앤비에서 나름 유명한 '감성 숙소'라는데 당혹스러웠다. 출장 전, 여러 숙소를 뒤지다가 이곳을 발견해서 아내에게 말했더니 돌아온 반응이 "와, 거기 엄청 핫한 곳인데 빈방이 나왔어? 좋겠다. 출장이긴 해도 좀 부럽네"였는데 말이다. '감성' 숙소라는 소문과 달리 '강성' 문구가 가득한 곳이라니. CCTV가 설치된 건 아닌지, 물건 하나 잘못 건드렸다가 혼쭐나고 쫓겨나는 건 아닌지 마음이 쪼그라들었다. 숙박시설이 아니라 교정시설에 입소한 기분이 들기도 했다.

사실 체크인 과정부터 원활하지 않았다. 장맛비 퍼붓는 오후 5시, 가파른 산길 한편에 차를 댔다. 에어비앤비 앱에서 안내문을 살폈는데 도무지 입구를 찾을 수 없었다. 비슷하게 생긴 건물이 있어서 들어갔더니 다른 집이었다. 호스트가 오두막 근처에 살지 않는 것 같았다. 이런 식으로 운영하는 에어비앤비 숙소가 많으니 그러려니 했다. 우산을 쓴 채로 호스트에게 전화했다.

"안내문을 봐도 모르겠는데 어떻게 찾아가죠?"

빗발이 더 굵어졌다. 무릎 아래까지 바지가 흥건히 젖었다. 지금 자리에서 몇 걸음 내려가서 왼쪽 방향의 좁은 길을 보라고, 호스트가 설명했지만 찾기 어려웠다.

"다른 손님은 다들 잘 찾으시던데."

입구를 못 찾는 나를 이해할 수 없다는 반응이었다. 얼굴에 열이 확 올랐다.

"지금 비가 얼마나 많이 오는데요. 그리고 잡초 때문에 이정표도 안 보입니다."

떨떠름한 기분을 감추지 못하고 전화를 끊었다. 조금 더 헤매다가 마침내 오두막을 발견했다. 비에 흘딱 젖은 생쥐 꼴로 객실에 들어섰다. 그렇게 아담한 방 곳곳에 붙어 있는 주의사항을 하나둘 읽어 나간 것이다.

기분은 찜찜했지만 행동거지를 조심했다. 휴지를 아껴 썼고, 옷걸이에 무거운 옷도 걸지 않았다. 고기가 웬 말인가. 짜파게티를 끓여 먹고 싱크대 거름망에 오물 하나 남지 않도록 깨끗이 정리했다. 나 정도면 상위 1퍼센트의 젠틀한 여행자 아니겠나, 라고 생각했다.

체크인할 때는 잔뜩 예민한 상태였지만 그 기분이 오래가진 않았다. 허기가 가시니 기분이 좀 살아났다. 그러고 나자 방에 있는 재미난 소품들이 하나씩 눈에 들어왔다. 빈티지 오디오와 턴테이블을 조심조심 살피며 기능을 익혔다. 선반에 LP가 빼곡했다. 1980~1990년대 가요부터 재즈 고전과 올드팝, 클래식까지. 다채로운 장르의 음악들이 호기심을 자극했다. 어린 시절 열광했던 가수도 많았다. 먼저 어떤날, 시인과촌장 등 추억의 노래를 감상했다. 어떤날의 노래가 추적거리는 빗소리와 잘 어울렸다. 그밖에도 여러 LP를 감상했는데 조지 벤슨의 앨범 《브리징》이 특히 마음에 들었다. 나중에 이 앨범은 회현역 지하상가에서 싸게 파는 걸 보고 사들였다.

음악을 감상하다가 '앗' 하고 뭔가가 떠올랐다. 자동차 트렁크에 전기기타가 실려 있었다. 당시 동네 기타학원에서 강습을 받고 있어서 기타를 실은 채로 출장을 왔다. 비를 뚫고 기타를 가져왔다. 출장 중, 그것도 강원도 산골 오두막에서 기타 치는 밤이라니, 한 번도 안 해 봤고 앞으로도 해 볼 턱이 없는 경험이었다. 호텔이나 모텔이었다면 엄두를 못 냈겠지만 독채 오두막인 데다 비까지 퍼붓는 밤이어서 눈치 보지 않고 기타를 칠 수 있었다.

당시 나는 재즈 주법을 배우고 있었다. 손을 풀고 스마트폰 앱의 〈플라이 미 투 더 문〉 반주에 맞춰 연습을 했다. 그러다가 그날 밤 분위기와 어울리는 유앤미블루의 〈비와 당신〉을 연주하며 노래도 읊조렸다. 빗소리, 음악 소리, 기타 소리가 멜랑콜리하게 어우러진 밤이었다. 통기타처럼 울림이 좋은 할로보디 기타의 부드럽고 두툼한 소리가 더 진한 여음을 내는 것 같았다. 뾰족했던 내 마음도 몽글몽글해졌다. 주의사항은 점차 의식하지 않게 됐다.

이날, 모처럼 숙면을 취했다. 멜라토닌을 먹지도 않았다. 서울이었으면 열대야에 잠을 설쳤을 여름 밤, 해발 700미터 강원도 산골 오두막은 에어컨이나 선풍기를 켜지 않았는데도 선선했다. 고요한 산중에서 노래와 기타 소리에 푹 빠져 있다가 자장가 같은 빗소리를 들으며 깊고 단 잠을 잤다.

이튿날 숙소를 나서며 여느 때보다 단속을 철저히 했다. 이불도 잘 갰고, 쓰레기도 철저히 분리해서 내놓았다. 다행히 변기 상태도 문제가 없었다. 물이 시원하게 잘 내려갔다.

취재 목적지로 이동하며 생각했다. 얼마나 무례한 손님이 많으면 저렇게 주의사항을 붙여 뒀을까. 좁은 오두막 안에서 기름기가 온 사방에 튀도록 삼겹살을 굽고, 휴지를 몇 두루마리씩 탕진하고, 호스트가 애써 모은 소품을 망가뜨리거나 가져가고. 내가 에어비앤비를 운영한다면 어땠을까? 인품이 훌륭한 사람도 서비스업이나 숙박업을 하면 인간에 대한 기본적인 신뢰가 무너진다는데 나 같은 사람이 혹시라도 민박집을 할 수나 있을까?

까탈스러운 에어비앤비 손님이 어느새 주인장의 마음을 헤아리고 있다니, 하룻밤 새 달라진 내 모습이 낯설었다. 아주 특별한 혼자만의 밤을 보낸 덕이었을 테다.

2장

비대해진 자아를   잠재우다

너무 거대한 자연을 보고 나니
세상이, 일상이 시시하게 느껴졌다.
반복되는 일상, 꽉 막힌 도로에서
자동차 경적을 울려 대는
서울이란 도시가 견디기 힘들었다.

세상에 알래스카가 있음을 안다는 것

미국 알래스카주

어떤 여행지를 가면 세상 끝에 이른 듯하다. 장소가 풍기는 특유의 분위기 때문일 수도 있고, 여행 당시의 상황과 정서가 나를 끄트머리로 내몰기도 한다. 극북의 땅 알래스카에 갔을 때 '여기가 세상의 끝이구나'라는 생각이 떠나지 않았다. 어느 여름, 정확히는 하지 무렵 알래스카에 도착했을 때 해가 지지 않는 백야를 경험했다. 자정이 넘어도 환한 하늘이 도무지 적응이 안 됐는데 이건 시작에 불과했다.

북극권 바로 아래, 북위 64도에 걸쳐 있는 도시 페어뱅크스는 이 여행의 목적지인 디날리국립공원의 관문이었다. 공항에서 차를 빌렸다. 소형 SUV 차량을 예약했으니 포드 이스케이프, 지프 체로키 같은 차를 예상했는데 무지막지한 외모의 GMC 유콘이

나를 기다리고 있었다. 실소가 터졌다. 픕. 트레일러를 연결해 사슴이나 들소 사체를 넣으면 어울릴 법한 9인승 SUV였다. 드넓은 알래스카를 함께 여행할 동행자는? 물론 없었다.

시동을 걸자마자 라디오 볼륨을 높였다. 룸미러를 쳐다볼 때마다 뒷좌석이 휑해서 흠칫흠칫 놀랐다. 너무 큰 차를 혼자 모는 건 썩 유쾌한 경험은 아니다. 그것도 알래스카처럼 난생처음 찾아간 막막한 동네에서.

디날리국립공원에는 북미 최고봉 디날리산(6,190미터)이 있다. 공원 면적은 경기도의 약 2.5배. 그렇게 넓은데도 자동차를 몰고 깊이 들어갈 수 없다. 미국의 여느 국립공원과 달리 입구에서 겨우 24킬로미터까지만 진입을 허용한다. 공원 중심으로 들어가는 방법은 딱 하나다. 국립공원이 운영하는 버스를 타는 것.

가랑비가 내리는 아침, 버스에 몸을 실었다. 창밖 풍경은 내내 비슷했다. 툰드라 지대에 듬성듬성 가문비나무가 솟아 있었다. 평소 같았으면 입이 쩍 벌어졌을 풍경이었다. 여행은 역시 날씨가 중요하다. 국립공원의 주인공 디날리산은 잿빛 구름에 완전히 가려져 있었다. 영국 런던으로 축구 경기 직관을 갔는데 손흥민이 결장한다면 비슷한 기분이 아닐까. 먹구름을 볼 때마다 입맛이 썼다.

그래도 버스 투어는 기대 이상이었다. 시차 적응도 안 됐고 날도 궂었던 터라 따분할 줄 알았는데 일곱 시간 동안 한 번도 졸지 않았다. 나만 그런 게 아니었다. 버스를 함께 탄 다국적 관광객 대부분이 창에서 시선을 거두지 않았다. 취학 전으로 보이는 꼬마들도 부모를 보채거나 들까불지 않았다. 모두 목소리를 낮춘 채 가만가만 대화했다.

운전기사는 창밖을 주시하며 해설까지 곁들였다. 그는 매의 눈으로 먼 거리에 있는 붉은여우, 산양, 무스 같은 야생동물을 찾아냈다. 그때마다 아이든 어른이든 모두 창문에 바짝 달라붙어 '음소거 모드'로 동물을 구경했다. 회색 곰 그리즐리는 버스 코앞에서 출몰했다. 불과 10미터 거리에서 블루베리를 따 먹고 있었다. 영화 〈레버넌트〉에서 리어나도 디캐프리오를 무자비하게 폭행했던 곰이 바로 그리즐리다. 펀치 한 대만으로 사람 뼈를 으깨버린다는 녀석의 발톱이 무시무시해 보였다. 첫날 버스 투어는 이렇게 야생동물을 구경한 것으로 만족해야 했다. 동물원 사파리 투어를 다녀온 기분이었다.

이튿날에는 차를 몰고 공원으로 들어갔다. 비가 그쳤고 어제 허리가 배길 정도로 버스에 앉아만 있었던 탓에 산책을 하고 싶었다. 자가용 진입 종착지인 새비지강 변에 차를 세우고 약 3킬로미터 길이의 트레일을 걸었다. 드넓은 툰드라에서 샛강이 졸졸 소리를 내며 흐르고 야생화가 햇볕을 받아 생기 넘치는 모습을 보니 내 안에도 청량한 기운이 차올랐다. 이때였다. 하늘이 완전히 개면서 디날리산이 장엄한 자태를 드러냈다. 가까이에 있는

초록빛 툰드라 지대, 뒤편에 나무 한 그루 없는 갈색 바위산, 그리고 별안간 나타난 새하얀 설산이 어우러진 풍경은 초현실적이었다. 저것이 정말 디날리란 말인가. 뭉게구름은 아닐까. 연기력이 어설픈 배우처럼 손으로 두 눈을 비볐다. 눈물이 난 것 같은데 눈을 세게 비벼서인지, 기적처럼 디날리를 봐서인지 모르겠다.

디날리국립공원에는 '30퍼센트 클럽'이란 말이 있다. 공원 방문객 중 단 30퍼센트만이 디날리를 두 눈으로 본다는 뜻이다. 흐린 날이 워낙 많아서다. 공원 앞 기념품점에서는 '30퍼센트 클럽'이라 쓰인 티셔츠, 모자, 열쇠고리 등을 판다. 나 같은 사람의 주머니를 털기 위한 기념품이다. 클럽 멤버가 됐다는 사실이 기뻐서 모자 하나를 샀다. 찌뿌둥한 날씨 탓에 30퍼센트는커녕 3퍼센트도 기대를 안 했던 순간 별안간 디날리를 마주친 나는 300퍼센트 이상의 감격을 누렸다. 우연은 힘이 세다.

며칠 뒤 경비행기를 타고 디날리산 정상부를 둘러봤다. 예상보다 순식간이었다. '타키트나'라는 소도시에서 출발한 비행기 창으로 고도에 따라 달라지는 산의 면면이 영화를 고속으로 재생한 것처럼 스쳐 갔다. 빙하가 미끄러지며 만든 고속도로 같은 계곡, 빙하 위에 고인 옥빛 물웅덩이들, 심연처럼 깊은 크레바스. 한 장면 한 장면이 드라마틱했다. 금세 해발 6천 미터 정상부에 이르렀다. 만년설 덮인 북미 최고봉이 손에 잡힐 듯 가까웠다. 비행기가 봉우리 주변을 선회하며 디날리의 새하얀 얼굴을 입체적으로 보여 줬다. 산 중턱 루스 빙하에 착륙해서 가슴이 뻥 뚫리도록 시원한 공기를 들이켜고 만년설의 표피를 만져 보기도 했다. 멀리서 존재를 드러내는 것만으로 그토록 큰 감격을 안겨 준 산의 한가운데로 들어간 것이다.

그러나 이날 디날리산은 가까워진 거리만큼 지극한 감흥을 주진 못했다. 너무 쉽게 대자연에 들어선 탓일까. 온 사방이 눈 천지인 빙하지대여서 현실감각이 사라진 탓일까. 디날리라는 무시무시한 존재는 적당히 거리를 두고 망연히 바라봐야 더 멋진 산인 것 같았다. 숲 안에서는 숲의 크기를 알 수 없듯, 디날리의 심장부에서는 디날리의 스케일을 가늠할 수 없었다.

다음 목적지는 키나이피오르국립공원이었다. 페어뱅크스에서 남쪽 약 800킬로미터 거리에 있는 슈어드항으로 이동해 유람선을 탔다. 억겁의 세월 전, 빙하가 바다로 미끄러 들며 만든 들쭉날쭉한 해안선인 피오르는 과연 진풍경이었다. 그러나 기막힌 자연의 조각품도 머지않아 배경으로 밀려났다.

유람선이 출발한 지 10분이 지났을까. 갈매기 수십, 수백 마리가 시끄럽게 울어 대며 수면으로 다가섰다. 잔잔한 파문이 바다 곳곳에서 일어났고, 온천수처럼 증기가 피어오르기도 했다. 선장이 유람선의 시동을 껐다. 그리고 차분한 목소리로 말했다.

"혹등고래 무리가 나타났습니다."

곧 고래 서너 마리가 수면 위로 떠올랐다가 잠수하는 광경이 펼쳐졌다. 몸 길이는 12~16미터, 무게는 자그마치 30톤에 이르는 초대형 포유류가 수중발레 선수처럼 우아한 몸놀림을 선보였다. 뱃멀미 탓에 머리가 띵했는데 일순간 정신이 또렷해졌다. 녀석들은 분수공으로 물기둥을 뿜었고, 꼬리와 지느러미를 물 밖으로 내미는가 하면, 점프도 했다. 다시 배를 타고 이동하다가 혹등고래 약 열 마리가 작당모의하는 모습도 봤다. 역시나 갈매기들이 야단법석을 떨며 바람잡이 역할을 했다(사실은 물고기 부스러기를 먹으러 모인 거다). 곧 지름 20~30미터 정도의 수면에 보글보글 끓는 물처럼 거품이 피어올랐고, 이내 고래 무리가 '촤' 소리를 내며 입을 벌린 채 물 위로 떠올랐다. 애정행각을 벌이는 건가 싶었는데 아니었다. 선장은 "거품을 이용해 청어를 집단사냥하는 버블네팅(혹은 버블클라우드) 사냥법"이라고 설명했다. 그러니까 거품을 이용해 청어 떼를 놀라게 한 뒤 일망타진하듯 잡아먹는 방식이었다. 역시 고래는 똑똑하고 위대한 동물이다. 장갑차와 무게가 비슷한 초대형 포유류가 하와이나 멕시코에서 수천 킬로미터를 헤엄쳐 오고, 어디에서 배웠는지 손발을 맞춰 집단사냥을 한다는 게 너무 신기해서 어안이 벙벙했다. 곰에게 습격을 당해 숨질 때까지 알래스카에 살았던 일본 사진가 호시노 미치오의 표현을 빌리자면 "이 거대한 생명체를 품은 바다는 또 얼마나 광대한 세계인지" 생각할수록 웃음만 나왔다.

　한국으로 돌아와서도 알래스카를 떠올리면 속웃음이 나왔

다. 너무 거대한 자연을 보고 나니 세상이, 일상이 시시하게 느껴졌다. 반복되는 일상, 꽉 막힌 도로에서 자동차 경적을 울려 대는 서울이란 도시가 견디기 힘들었다. 겪어 보지 못했던 슬럼프가 찾아왔다. 다시 고래를 보고 싶었다. GMC 유콘을 몰고 툰드라 대지를 달리고 싶었다. 호시노가 "수천 년 동안 변함없는 모습으로 이곳을 지켜온 섬과 바다, 산과 만을 마주할 때마다 인생이 너무나 무의미하게 다가온다"고 한 말을 조금 이해할 수 있었다.

"미국의 대자연을 보며 수천 킬로미터를 운전하면서 많은 생각을 했다. 이번 여행이 전환점이 될 것 같다. 한국에 돌아가면 새 마음으로 새로운 일을 시작하고자 한다. 남은 인생 뜻깊게 살려고 한다."

몇 해 전 칠순을 맞은 아버지가 미국 여행을 가서서 보내온 메시지다. 평소 연락도 잘 안 하던 아버지가 저런 진지한 문자라니, 적잖이 놀랐다. 당시 아버지는 팔순이 넘은 큰아버지를 모시고 미국 교포 지인과 대륙횡단 여행을 감행했다. 그러나 세 할아버지에게 미국은 너무 넓었다. 결국 중도포기. 중부 어디쯤에서 차를 돌려 캘리포니아로 돌아왔다. 이런 문자를 보내신 걸 보면, 대륙횡단은 실패했지만 대자연과 끝간 데 없이 뻗은 지평선의 세계를 경험한 아버지는 벅찬 심정이셨던가 보다. 그럼 귀국 후 메시지처럼 180도 다른 사람이 되셨을까? 다정한 남편, 자상한 아버지로 변신하고 새로운 일도 시작하셨냐 하면, 아니었다. 아버지는 익숙한 그 아버지였다. 그래도 아버지가 허언을 하셨다고 할 수는 없다. 나도 그랬고 사람들도 대체로 그러하니까.

곰곰 생각해 보면 사람들은 이상하다. 새해 일출을 보거나 평소 못 보던 엄청난 스케일의 대자연을 마주하면 새로운 결단이나 다짐을 한다. 난데없이 해와 달, 산과 바다 앞에서 결심하는 것도 이상하지만 언제 그랬냐는 듯 과거로 돌아가는 것도 이상하다. 대자연이 우리에게 주는 최고의 선물은 이런 것 같다. 내가 얼마나 작고 미약한지 깨닫게 해 주는 것. 모래 한 톨처럼 작은 내가 뭘 그리 잘해 보겠다고 발버둥치며 사는지 다시 생각해 보라고 머리에 '띵' 하고 종을 울려 주는 것. 그러니 예전처럼 살면 안 되겠다는 각성이 생긴다. 새사람이 되겠다는 의지가 솟구친다. 문제는 일상의 구심력도 대자연만큼이나 강력하다는 사실이다. 매번 여행을 다녀올 때마다 느낀다.

알래스카는 여느 여행보다 큰 생채기와 후유증을 남겼다. 지금도 알래스카를 생각하면 정리되지 않는 여러 감정과 기억이 뒤섞여 떠오른다. 그럴 땐 다른 방법이 없다. 호시노의 글을 읽는다. 그의 문장이 덧난 마음을 아물게 해 준다.

정보가 넘쳐 나는 세상에서 살아가는 우리들이기에 아직도 그런 세계(알래스카)가 존재한다는 사실을 잊고 있었는지도 모

조용한 여행

릅니다. 그렇기 때문에 이런 장소와 마주치는 순간, 오히려 어떻게 해야 될지 몰라 방황하는 것입니다. 그럴 때일수록 나 자신을 비우는 용기가 필요합니다. 이 세계가 전에 살던 세계와 다르다는 이유만으로 두려워할 것이 아니라 나 스스로가 이 새로운 세계의 일부에 지나지 않는다고 생각하는 것입니다. 그러면 두려움은 풍요로움으로 바뀌고, 거대한 자연의 일부가 되어 내 안에 숨어 있던 무한한 가능성을 깨닫게 됩니다.

– 호시노 미치오,《여행하는 나무》에서

이곳에 오로라가
나타나지 않는다면
따분해서 몸이 뒤틀릴 수도 있고
마음이 무너질 수도 있다.

오로라 여행에서 오로라를 보지 못한다면

.

캐나다 유콘 준주 화이트호스

알래스카를 다녀온 뒤 3년 만에 다시 극북 지역으로 날아갔다. 오로라를 보기 위해 알래스카 바로 옆 동네인 캐나다 유콘 준주의 소도시 화이트호스를 방문했다. 오로라에 대한 기대보다는 한겨울에 극지를 간다는 설렘이 더 컸다. 따뜻하고 생명력이 넘치는 데다 해가 지지 않는 백야까지 경험할 수 있는 여름도 신기했지만 북쪽 지방의 진면목은 겨울에 있다는 모종의 신념이 있었다.

오로라는 태양풍과 지구 자기장이 만드는 작품이다. 우주에서 보면 '오로라 오벌'이라 불리는 초록색 둥근 띠가 자기장이 강한 북극권, 남극권 상공에 떠 있는데 하늘이 깨끗하고 밤이 어두울수록 이게 잘 보인다. 그래서 '북극광'이라고 한다. 여름에도 오로라는 떠 있지만 밤이 짧고 흐린 날이 많아 보기가 어렵다. 노르웨이 트롬쇠, 아이슬란드 같은 고위도 지역이 대표적인 오로라 관광지다. 한국인 사이에서도 언젠가부터 이런 지역을 찾는 오로라 투어가 버킷리스트로 꼽히고 있다.

북미에서는 캐나다 노스웨스트 준주의 옐로나이프라는 도시가 미 항공우주국NASA이 인정한 최고의 오로라 관측 명당이다. 한데 세계 각지에서 너무 많은 관광객이 겨울마다 모여들어, 감당하기 어려운 지경이 됐다. 캐나다 정부는 옐로나이프보다는 관측 조건이 조금 불리하지만 나름의 매력이 있는 유콘 준주의 화이트호스를 대체 여행지로 주목했다. 2018년 12월 내가 캐나다 관광청의 초청을 받아 화이트호스를 가게 된 배경이다.

오로라를 보는 게 평생 소원인 사람들에겐 미안하지만 오로라에 대해 시큰둥했다. 나에겐 버킷리스트 자체가 없었다. 지금도 마찬가지다. 어느 지역은 죽기 전 꼭 가 봐야 한다든가, 모두가 버킷리스트를 가져야 한다고 생각하지 않는다. 많은 사람이 깃발 들고 열광하는 뭔가에 심드렁한 기질 때문인 것 같다. 간절히 바라는 걸 이루거나 소유했을 때 밀려올 허무를 겪고 싶지 않아서인지도 모르겠다.

12월 초, 밴쿠버에서 탄 76인승 소형기가 화이트호스공항에 착륙했다. 박제 순록 두 마리가 지켜보는 수하물 수취대를 빠져나와 공항보다 작다는 화이트호스 다운타운으로 이동했다. 오후 10시 30분. 호텔에 짐을 풀자마자 현지 여행사 '아크틱레인지'가 운영하는 오로라 투어에 합류했다. 여행사 이름부터 '북극권 *Arctic Range*'이라니, 뭔가 비장미가 감돌았다.

오로라 투어라는 게 대단한 건 아니다. 인공 빛이 없는 도시 외곽으로 나가서 하염없이 오로라가 나타나길 기다린다. 땔감 난로를 피워 공기를 훈훈하게 데운 텐트 안에서 웅크리고 있다가 가이드가 오로라가 나왔다고 알려 주면 뛰쳐나간다.

당시 다섯 밤을 오로라 투어에 나섰다. 화이트호스에서는 사흘 밤을 도전하면 관측 확률이 90퍼센트가 넘는다고 하는데 이 말은 믿을 만했다. 닷새 중 두 번 오로라를 알현했으니까. 처음 오로라를 본 날을 또렷이 기억한다. 구름이 부옇게 덮고 있던 북쪽 하늘에 상서로운 조짐이 보이더니 레이저빔 같은 초록색 빛이 쫙 솟구쳤다. 그러고는 얇은 커튼이 바람에 춤추는 것처럼 오로라가 일렁였다.

오로라에 별 기대는 없었지만 하늘을 뒤덮은 레이저 쇼는 과연 신비했다. 난생처음 눈을 본 강아지처럼 호들갑을 떨며 열심히 사진을 찍었다. 그러다가 퍼뜩 정신을 차렸다.

'왜 바보처럼 이 광경을 카메라 파인더로만 보고 있지?'

마음을 가라앉히고 카메라를 걸어 둔 삼각대 옆으로 한 걸음 이동했다. 그리고 캠핑의자에 앉아 하늘을 올려다봤다. 옆에서는 일본, 호주, 멕시코 관광객이 "어메이징"을 연발하며 기념사진을

찍느라 바빴다. 영하 15도 추위도 잊은 채 오로라의 춤사위를 보다가 다시 생각에 골몰했다.

'지금 이 순간을 어떻게 글로 풀지?'

직업병이 발동했다. 아니, 출장을 왔으니 당연한 수순이었다. 기사에 쓸 문장을 떠올리느라 다시 머리가 복잡해졌다. 온 감각을 곤두세웠다. 불현듯 아무 소리도 안 난다는 사실이 너무 신기하게 느껴졌다. 하늘은 난리가 났는데 지상의 세계는 깜깜하고 적막했다. 그 비대칭이 지독하게 낯설었다. 테 켈러의 소설《호랑이를 덫에 가두면》에 "고요함이 메아리치고", "고요함이 견딜 수 없이 요란한"이라는 표현이 나온다. 그 순간이 그랬다. 고요함이 견딜 수 없이 요란하게 메아리치고 있었다. 계속 하늘을 바라보니 정신이 멍해지면서 환청 비슷한 걸 느꼈다. 오로라가 피아노 선율에 맞춰 발레하는 것 같은 착각이 들었다.

며칠 뒤 또 한 번 오로라 댄스를 감상했다. 한 번도 장담할 수 없는 오로라를 두 번이나 보게 된 셈이었지만 도리어 마음이 가라앉았다. 지구의 비밀을 알아 버린 듯해 허탈했다. 연기 같은 두려움도 피어올랐다. 오로라가 무서운 건 아니었다. 앞으로 세상 어떤 풍경을 봐도 설레지 않을까 봐 우울했다. 알래스카에서 디날리산을 보고 혹등고래 무리를 봤을 때와 비슷한 심정이었다. 대자연이 생생히 숨 쉬는 극북 지역은 사람의 영혼을 흔드는 기운이 있는 것 같다. 그래서 호시노 미치오도 그렇게 말했나 보다.

알래스카는 너무 어린 나이에 오지 않는 게 좋다고.

그런데 나는 호시노의 저 말에 100퍼센트 동의하지는 않는다. 무엇보다 오로라를 보려면 체력이 받쳐 줘야 한다. 보통 오후 10시부터 오전 2시까지 오로라 투어를 한다. 오전 3시가 넘어서야 침대에 눕는다. 하루를 꼬박 비행기 타고 날아온 한국인은 도착 첫날 밤부터 며칠 동안 이런 강행군을 소화해야 한다. 그러니 나는 말하고 싶다. 극북 지역은 너무 어린 나이에 가지 않는 게 좋지만 오로라를 보고 싶다면 너무 늦은 나이에 가도 힘들다고.

체력 못지않게 중요한 게 또 있다. 지루함을 견딜 수 있는 성숙한 여행자의 자세, 뜻한 바가 이뤄지지 않아도 좌절하지 않는 멘탈이다. 이를 갖춘다면 화이트호스에서 순간순간을 즐길 수 있을 테다. 다시 말해 이곳에 오로라가 나타나지 않는다면 따분해서 몸이 뒤틀릴 수도 있고 마음이 무너질 수도 있다는 뜻이다. 어디 오로라 여행만 그런가. 기대를 배반하는 여행, 뜻대로 풀리지 않는 인생을 마주할 때도 비슷한 자세가 필요하다. 흔들리지 않는 마음, 아니 그보다는 세상이 나를 꺾어도 '그까짓 거' 하고 훌훌 털 수 있는 멘탈 말이다.

화이트호스공항을 떠날 때 비행기 수속을 기다리는 호주 장년층 단체관광객과 짧은 이야기를 나눴다.

"오로라를 보셨나요?"

"못 봤어요. 그래도 괜찮아요. 호주에 없는 눈을 원 없이 봤으니까요."

내가 오로라를 못 봤다면 저렇게 답할 수 있었을까? 그러지 못했을 것 같다.

다행히 오로라는 내 앞에 나타났고 덕분에 나는 넉넉해진 마음으로 화이트호스의 낮 시간을 즐길 수 있었다. 뜨끈한 노천 온천, 야생동물 보호소도 흥미로웠고, 다운타운을 쏘다닌 시간도 기억에 남았다. 겨울철 폭설이 내렸을 때 구별하기 쉽도록 컬러풀하게 칠한 건물들은 앙증맞았고, 동네 갤러리에서 본 지역 화가들의 작품은 화려했다. 매서운 날씨와 달리 사람들에게선 온기가 느껴졌다.

2만 5천 명이 사는, 인구가 서울의 '동' 정도인 화이트호스의 노동자 대부분은 이주민이다. 관광업계 종사자는 아시아인이 많다. 오로라가 자기 인생을 통째로 흔들어서 투어 업체에 취직했다는 일본인 가이드, 워킹홀리데이 왔다가 화이트호스에 정착했다는 한국인 호텔 직원에게는 괜히 더 마음이 갔다. 사계절 뚜렷한 아시아에 살다가 북위 60도 도시에 산다는 건 어떤 기분일까. 일자리가 있다면 나도 이런 곳에서 살 수 있을까. 그러기엔 늦었다는 생각이 들었다. 당신들의 도전이 멋지다며 그들에게 엄지를 척 세워 보이며 핫팩, 햇반, 라면, 참치 캔 등 챙겨 온 물품들을 건넸다.

우연히 동네 게시판에 걸린 광고를 보고 '베이키드'라는 카페에서 열린 캐럴 공연도 찾아가 봤다. 악기는 피아노 한 대였고, 지역 가수들의 가창력이 놀라운 수준은 아니었지만 분위기가 더없이 아늑했다. 중년 커플이 손을 잡고 공연을 감상하고 연세 지긋한 할머니들이 화이트 와인을 홀짝이며 음악에 취한 모습이 참 보기 좋았다. 중년 여성 가수가 재즈풍으로 부른 엘비스 프레슬리의 〈블루 크리스마스〉가 특히 감미로웠다. 덕분에 이 노래는 나의 '최애 캐럴'로 등극했다. 12월만 되면 이 노래를 흥얼거린다.

시간이 흐를수록 화이트호스 하면 베이키드 카페의 캐럴 공연과 사람들의 밝은 표정이 먼저 떠오른다. 화이트호스에는 정신을 혼몽하게 하는 오로라만 있는 게 아니다. 호텔과 여행사에서 성실하게 일하는 노동자, 사람들의 마음을 어루만져 주는 예술가, 이웃과 어울리며 시린 겨울을 안온하게 지내는 주민도 산다. 그러니 누군가 내게 오로라 여행에 관해 묻는다면, 시간을 넉넉하게 잡고 여유를 누리시라고 말하고 싶다. 그래야 오로라 관측에도 성공하고, 극북 사람들 특유의 온기도 느낄 수 있을 테니까.

조용한 여행

수평선까지 가없는
순백의 설원이 펼쳐졌다.
누군가에게 사진을 찍어 보내며
남극에 왔다고 거짓말을 해도
통할 것 같은 풍경이었다.

혹독한 겨울이 지나면 봄이 오겠지

일본 홋카이도 도토

"오호츠크해 고기압의 영향으로 장마가 예상됩니다."

일기예보에서 듣는 익숙한 문구다. 여름마다 한국에 비를 퍼붓고 이따금 폭염을 선사하는 러시아 동부와 일본 동북부에 위치한 오호츠크해는 겨울마다 세계적인 비경을 만든다. 엄청난 양의 얼음이 바다에 떠다니는 홋카이도 유빙流氷 이야기다.

캐나다에서 오로라를 만났을 때 궁극의 겨울 풍경이라고 생각했다. 적어도 겨울에는 지구에서 이보다 더 강렬한 장면을 보지 못할 것 같았다. 그러나 아니었다. 한국에서 비행기로 두 시간, 가까운 일본에 오로라만큼 신비한 겨울 풍광이 있었다.

유빙을 보려면 홋카이도 도토道東, 즉 동부 지역으로 가야 한다. 이곳에서는 배나 기차를 타고 유빙을 감상할 뿐 아니라 얼음

위에서 뒹굴며 놀기도 한다. 홋카이도의 관광 명소인 삿포로나 하코다테만큼 관광객으로 붐비진 않지만 일본에서는 유빙 관광을 죽기 전 꼭 해 봐야 하는 버킷리스트로 꼽는다.

도토 여행의 중심은 '아바시리'라는 갯마을이다. 여기서부터 북동쪽으로 툭 삐져나온 시레토코반도가 유빙 관광의 하이라이트 지역이다. 학창시절 배운 과학 상식을 떠올려 본다. 바닷물은 염분 때문에 얼지 않는다. 하지만 오호츠크해는 언다. 몽골, 러시아를 거친 아무르강이 흘러들어 염도가 낮고, 한겨울 영하 20~30도 추위가 이어지면 바다에 빙하 같은 얼음층이 생긴다. 아무르강 하구에서 아바시리까지는 약 천 킬로미터. 조류를 따라 남쪽으로 이동하는 얼음층은 추운 날씨와 눈 때문에 점점 두꺼워진다. 유빙이 홋카이도 해변에 닿는 건 1월 말께다. 그리고 3월 중순이 지나면 다 녹아 버린다. 그러니까 유빙은 여행하는 얼음, 딱 두 달만 볼 수 있는 '시한부 빙하'라 할 수 있다.

내가 도토 지방을 간 건 2월 말이었다. 메만베츠공항에서 차를 타고 약 30분, 해변에 이르자마자 거짓말 같은 풍광이 펼쳐졌다. 푸른빛으로 넘실대야 어울릴 바다가 새하얬다. 얼음 조각이 둥둥 떠 있는 수준이 아니었다. 수평선까지 가없는 순백의 설원이 펼쳐졌다. 누군가에게 사진을 찍어 보내며 남극에 왔다고 거짓말을 해도 통할 것 같은 풍경이었다.

바다 바로 앞에는 중고등학생으로 보이는 동네 아이들이 까

불고 있었다. 저들이 이곳에서 나고 자랐다면 겨울마다 떠내려오는 얼음을 보며 어떤 생각을 했을까 문득 궁금해졌다. 유빙의 고향이 아무르강이라는 과학적 사실이 밝혀진 건 길어야 몇백 년 전일 텐데, 까마득한 옛날부터 이곳에 살던 아이누 원주민은 얼음을 보며 어떤 상상을 했을까. 언젠가 부산 친구에게 들은 이야기가 생각났다.

"우리는 너네(서울 사람)하고 생각하는 게 달라. 바다 너머에 엄청나게 넓은 세상이 있다는 걸 늘 보면서 컸거든. 여차하면 저 먼 세상으로 가서 안 돌아올 수도 있다고 생각했어."

아바시리에서는 쇄빙선을 탈 수 있다. 북극이나 남극도 아닌데 얼음을 깨고 바다로 나갔다 오는 배를 관광용으로 운영한다. 쇄빙선 이름도 거창하다. 오로라호. 450명 정원을 꽉 채운 배가 출발했다. 아스팔트를 뚫는 굴삭기 같은 굉음을 내며 바다를 헤쳐 나갔다. 갈매기 떼가 간식을 달라며 배에 따라붙었다. 깨진 얼음 틈에서 물고기 사냥을 하는 참수리도 보였다. 온도계가 영하 20도를 가리킨 갑판에서 한 시간을 바들바들 떨었다. 손이 떨어져 나가는 느낌이 들 만큼 견디기 힘든 날씨였지만 추위가 만든 작품은 눈부시게 아름다웠다.

두 량짜리 관광열차 '유빙이야기호'도 타 봤다. 아바시리역에서 성게연어알덮밥 도시락을 사 들고 열차를 탔다. 열차 외관부터 승무원 유니폼까지 온통 유빙 그림이 새겨져 있었고, 차창 밖으로 눈부신 얼음 바다가 내내 펼쳐졌다. 유빙의 장관 못지 않게 인상적이었던 건 낯설도록 조용한 객차 내부 분위기였다. 승객 대부분이 일본인이었고 아이부터 노인까지 연령층이 다양했다.

도토 지방에는 '유빙 워크'라는 것도 있다. 알래스카와 알프스 고산지대에서 빙하 트레킹을 해 봤는데 유빙 워크는 이와 달랐다. 얼음 위를 걷다가 바닷물에 퐁당 빠지는 엽기적인 체험이 더해진다.

투어 업체에서 드라이수트를 빌려 입었다. 5밀리미터 두께의 옷을 머리부터 발끝까지 뒤집어쓰면, 신기하게도 거위털 점퍼를 입은 듯 따뜻하고 수영을 못해도 물에 둥둥 뜬다. 우토로해변에서 드라이수트를 입은 관광객 약 50명과 함께 바다를 걸었다. 흡사 펭귄 떼가 된 것 같았다. 한데 이게 웬걸. 물에 들어가기 싫어도 두께가 얇은 얼음 위를 걸으니 발이 폭폭 빠졌다. 드라이수트의 성능을 의심하지 않는 이들은 더 격하게 놀았다. 몸을 집어던져 얼음을 깨뜨리기도 했고, 온천욕을 즐기듯 얼음물에 몸을 담근 채 "스고이, 스고이"를 외치기도 했다. 북극곰처럼 큰 얼음 조각에 드러누운 채 눈을 감고 감상에 젖는 사람도 보였다. 국적을 떠나서 모두가 아이처럼 얼음과 바다를 벗 삼아 놀다니, 마법 같은 얼음 세상이다. 거짓말 같은 겨울 왕국이다.

사흘 밤을 매일 다른 숙소에 묵었다. 가와유 온천지구의 료칸

조용한 여행

이 가장 인상적이었다. 절절 끓는 물에 몸을 담근 순간도 좋았고, 사방에서 온천수 김이 솟는 마을 풍경도 이채로웠다. 정작 숙소 이름에 별 관심이 없었는데 마을을 쏘다니다가 돌아오면서 건물 외벽에 쓰인 한자를 한참 동안 멍하니 바라봤다. 인동忍冬이라는 글자가 유리창만 한 크기로 붙어 있었다. 인동이라. 여행객은 이채로운 풍경을 찾아 일부러 가장 추운 계절에 왔지만, 이곳에 발붙이고 사는 이들에게 겨울이란 그저 참고 견뎌야 하는 고통의 계절이었던 걸까. 물론 도토 지방 관광업계는 유빙 덕분에 겨울에 두둑이 돈을 벌 테고, 이 료칸도 마찬가지겠지. 그러나 그건 불과 몇 년 새 벌어진 일일 테고, 까마득한 조상으로부터 물려받은 DNA에 겨울은 길고 혹독한 인고의 시간이라는 각인이 새겨져 있을 것이다. '인동'이란 두 글자는 세상과 풍경을, 혹은 타인을 보이는 대로 봐선 안 된다는 일종의 암시 같았다.

'인동'이란 글자가 내면에 일으킨 작은 진동은 홋카이도 원주민 아이누 이야기를 들으며 더 큰 진폭을 일으켰다. 메이지시대, 일본에 편입되기 전까지 홋카이도는 아이누의 땅이었다. 아이누는 홋카이도와 사할린, 쿠릴열도에 살던 원주민인데 지금은 일본 소수민족으로 전락했다. 현재 일본 내 아이누 인구는 2~3만 명으로 추정하고, 언어와 고유의 문화는 말살되다시피 했다.

도토 지역의 큰 호수 중 하나인 아칸호 인근에 아이누 민속 마을이 있다. 기념품점과 식당 등 24개 점포가 들어앉은 아기자

기한 마을이다. 그러나 원주민이 수천 년간 거친 자연, 혹독한 겨울과 부대끼며 일군 문화를 만날 순 없었다. 생기를 느낄 수 없는 테마파크 같았다. 아이누 후손들이 목각인형을 팔며 간신히 전통을 이어 가는 모습이 애잔했다. 얼음 조각을 끌어안은 듯 이 동네의 공기가 갑자기 시리게 느껴졌다. 재밌고 신나는 겨울이 아니라 견디고 참아야 하는 겨울이란 아이누의 서러운 역사를 은유하는 게 아닐까 싶기도 했다.

어떤 여행은 잘 마치고도 미궁처럼 남는다. 겨울 도토 여행이 그랬다. 그래서 언젠가 도토를 다시 가고 싶다. 겨울이 아니어야 한다. 겨울을 견뎌 낸 뒤의 봄과 여름이 궁금하다. 슬픔과 아픔을 고결하게 견뎌 내는 드라마나 소설 속 인물도 보고 싶지만 그가 활짝 폈을 때의 모습도 궁금한 것처럼 말이다.

계절은 무한 순환하는 뻔한 드라마다. 그런데도 인간은 각각의 계절을 날 때 그 계절이 전부인 듯 아파하고 또 기뻐한다. 다시 봄이나 여름에 도토를 간다면 유빙이 없는 바다를 망연히 보며 저 멀리 오호츠크해와 그 너머의 아무르를 상상해 보고 싶다. 가능하다면 아이누도 만나고 싶다. 그들이 만든 기념품을 사는 게 아니라 그들의 이야기를 들어 보고 싶다.

삭삭, 슝슝.
스키가 밀가루 같은 눈을
헤치고 나가는 소리가
고요한 산에 작게 메아리쳤다.

시간이 멈춘 듯 고요한 스키장에서

일본 니가타현

"어떤 계절을 좋아하세요?"

사람이 궁금할 때 이런 질문을 던진다. MBTI나 혈액형보다 선호하는 계절이 그 사람을 잘 설명해 준다고 믿는 편이다. 누가 내게 묻는다면 사지선다를 피해 '계절주의자'라고 답한다. 특정 계절을 편애하지 않고 각 계절의 맛을 그때그때 최대한 누린다고 그럴싸한 설명을 덧붙인다. 그래도 굳이 하나만 꼽으라면 겨울 쪽으로 마음이 기운다. 더위보다 추위를 잘 견디는 체질이고, 쓸쓸하고 시린 계절의 정서가 싫지 않다. 생명의 기운이 온갖 색으로 분출하는 계절도 아름답지만 하얀색으로 세상이 깔끔하게 정돈된 풍경을 볼 때 가슴이 벅차오른다.

겨울은 마냥 춥고 우울한 계절이 아니다. 오로라, 유빙처럼 극한 추위와 함께 찾아오는 기막힌 풍경이 있고, 겨울에만 할 수 있는 레저가 있기 때문이다. 특히 스키를 좋아해서 겨울을 겁내지 않고 오히려 맞부딪쳐 즐기기까지 한다. 남들은 무릎이 쑤신다고 스키장을 멀리하기 시작하는 나이에 시즌권을 끊고 강습을 받을 정도로 스키에 진심이다. 그렇다고 대단한 실력자는 아니다. 스키를 못 타는 사람 앞에서는 중상급자라고 말하지만 고수 앞에서는 꼬리를 내린다. 대체로 내가 그렇다. 여러 스포츠를 두루 즐기지만 어느 것 하나 자타공인 실력자라고 할 만한 종목은 없다.

외국의 스키장을 취재할 기회가 많았다. 북미와 유럽에는 거대한 눈 세상이 도처에 있었다. 스키를 타고 설산을 누비는 쾌감은 케이블카나 산악열차를 타고 편하게 높은 산을 구경하는 것과 달랐다.

영화 〈죽은 시인의 사회〉 속 키팅 선생님의 외침 '카르페 디엠(현재를 잡아라)'은 누구나 따르고 싶은 진리 같은 말이다. 그래서 소셜미디어 프로필에 저 문구를 걸어 두거나 몸에 문신을 새기는 사람도 있다. 나는 어딘가에 삶의 신조 같은 문장을 전시하는 것보다 몸으로 살아내는 게 더 좋다. 대자연을 구경만 하는 게 아니라 그 속으로 뛰어들어 심박수가 치솟도록 몸을 부리며 카르페 디엠을 실천한다. 특히 달리기나 스키처럼 속도를 만끽하는 스포츠를 즐길 때 쾌감이 크다. 이때만큼 내가 살아 있음을, 현재를 누린다는 사실을 절절히 느끼는 순간도 없다. 그 순간만큼은 아무도 부럽지 않고 더 바랄 것이 없다.

'귀족 스포츠'라 일컫는 스키를 원 없이 즐길 만큼 가정형편이 좋진 않았다. 대학 시절, 이모가 사는 캐나다 밴쿠버로 여행을 갔다가 스키에 맛을 들였다. 밴쿠버에서 한 달여 지내는 동안 딱히 할 게 없었고 당시만 해도 캐나다의 스키장 이용료는 한국보다 현저히 쌌다. 국내 스키장과 비교할 수 없이 광대한 자연설 스키장에서 폭신폭신한 설면을 하강할 때는 구름을 타는 듯했다. 굵은 침엽수 사이사이를 누비며 자유를 만끽했다. 이때 처음으로 국경 밖에서 '큰 세계'를 온몸으로 감각했다.

스키 마니아인 작가 제임스 설터는 알프스에서 스키를 타며 이렇게 썼다.

> 스키는 항해처럼 그 자체가 세계다. 영광을 훼손할 수 없다. 스키는 인간을 온전히 포용한다. 여정 뒤에 여정이 따르고, 무념의 분투와 응징 없는 즐거움으로 사람을 이끈다.
>
> ―제임스 설터, 《그때 그곳에서》에서

해발고도가 2~3천 미터에 달하는 스키장을 경험한 사람은 저 말을 이해할 수 있을 테다. 드넓은 설산에서 무념무상 항해하는 기분. 꼭 유럽이나 북미를 가야 하는 건 아니다. 의외로 가까운 곳에서 기막힌 눈 세상을 만날 수도 있다.

"국경의 긴 터널을 빠져나오자 설국이었다."

일본 니가타에 도착한 순간 조건반사처럼 소설《설국》의 이 문장이 떠올랐다. 기차 대신 대한항공 비행기를 탔고, 터널이 아닌 바다를 거쳐 국경을 건넜지만 어쨌든 니가타공항도 순백의 눈 천지였다. 일본 최대 다설지의 진면목을 온몸으로 느끼기 위해 성가신 스키 장비를 싸 들고 국경을 건넜다.

일본의 숱한 스키 관광지를 제쳐 두고 니가타로 간 건 이즈음 한국 기업이 인수한 스키장이 있어서였다. 나에게는 한국 대기업이 일본에 진출한 사정보다는 스키장의 오랜 내력이 흥미로웠다.

아라이리조트는 원래 소니 가문의 스키장이었다. 소니라니. X세대와 M세대 사이에 낀 내 세대에게 소니는 단지 일본 대표 전자회사가 아니었다. 'SONY'라는 네 글자는 선망의 대상이었다. '파나소닉', '아이와' 같은 브랜드도 있었지만 소니의 명성을 넘볼 순 없었다. 게임기와 워크맨 등 청소년의 소유욕을 불러일으키는 로망 그 자체였다. 소니보다 조금 저렴한 가격대의 산요 워크맨, 파나소닉 CD플레이어를 가진 나로선 더 그랬다. 그런 소니가 스키장을 갖고 있었다니. 사정을 알아보니, 소니 창업주의 장남인 모리타 히데오가 스키 마니아였다. 그가 1993년 니가타 묘코고원에 스키장을 지었다. 스키장이 위치한 아라이리조트는 일본에서도 최고급 리조트로 인정받았지만 금세 암운이 닥쳤다. 2000년대 들어 소니의 기세가 꺾였고, 일본 경기침체로 스키 인구가 급격히 줄었다. 2006년 아라이는 폐업을 선언했다. 일본의 수많은 스키장이 버블 경제가 막을 내리면서 문을 닫았다. 그리고 아라이는 11년이 흐른 뒤에야 재개장했다.

객실에 짐을 풀자마자 슬로프로 뛰쳐나갔다. 어스름한 오후 5시, 저지대에서 몸을 풀었다. 리프트 다섯 대 걸러 한 대에 스키어가 타 있는 정도로 슬로프가 한산했다. 몸을 풀고 숨을 가다듬은 뒤 스키를 내딛었다. 중급 코스라더니, 만만치 않았다. 슬로프 폭이 들쭉날쭉했고, 경사도 제법 가팔랐다. 안전 펜스도 없는 데다 사람이 너무 없어서 살짝 겁도 났다.

이튿날에는 스키장 영업이 시작하자마자 곤돌라를 탔다. 리조트 직원 두 명이 동행했다. 야스다 팀장과 이토상이었다. 그중에서 이토상은 대학 시절 알파인 스키 국가대표를 지냈다고 했다. 해발 1,280미터, 정상부에 도착했다. 짧은 코스에서 몸을 푼 뒤 롱런 코스(5.2킬로미터)에 도전했다. 허벅지가 터질 듯했지만 동시에 묘한 쾌감이 차올랐다. 설질은 어제보다 훨씬 좋았다. 스키가 덜그덕거리는 느낌이 없었고 숫돌에 칼 가는 소리가 났다.

"이제 본격적으로 파우더 스키를 즐겨 보죠. 눈을 꾹꾹 다지지 않은 비압설非壓雪 구역이 이렇게 넓은 곳은 일본에서도 드뭅니다."

야스다 팀장이 아라이리조트의 설질을 자랑했다. V자형 좁은 계곡으로 들어섰다. 한국의 딱딱한 슬로프에서만 스키를 타다가 밀가루처럼 고운 눈을 헤치고 나가려니 쉽지 않았다. 조금만 힘 조절을 잘못하면 스키가 눈 속으로 파고들었고, 넘어지면 다시 일어나기도 어려웠다. 부드러운 눈 위를 부드럽게 헤쳐 나가는 건 간단한 일이 아니었다.

익숙지 않은 환경에서 쩔쩔매는 와중에도 이토상이 우아하게 활강하는 모습이 눈에 들어왔다. 그걸 보는 건 또 다른 기쁨이었다. 어떤 스포츠든 고수의 반열에 오른 사람에게선 우아함이 묻어난다. 내 스키는 언제쯤 우아해질까. 얼마나 많은 시간을 슬로프에서 보내야 할까. 지금 수준에서 적당히 즐겨도 될 텐데 쉽게 포기가 안 된다. 더 잘 타고 싶고, 더 우아해지고 싶다.

날이 흐려지더니 눈이 쏟아지기 시작했다. 스키를 마친 뒤 야외 온천에서 몸을 녹이는 순간에도 머리 위에 눈이 소복이 쌓였다. 이날은 슬로프에도, 온천에도 사람이 거의 없었다. 쓸쓸하거나 괴괴한 느낌이 들진 않았다. 마법 같은 눈의 힘에 홀렸던 것 같다. 다음 날 새벽까지 눈이 멈추지 않더니 19센티미터가 쌓였다. 니가타의 명성이 괜한 게 아니었다.

셋째 날은 이토상만 함께했다. 정치기자가 정치인을 만나고 체육기자가 스포츠 스타를 만나듯, 여행기자는 여행지를 취재하고 그 분야의 전문가를 만나는 게 일이다. 그게 이 직업의 매력이

자 특권이라지만 당연하게 여겨진 적은 한 번도 없었다. 국가대표 출신 스키어와 단둘이 스키를 타다니, 감개무량했다. 어쨌든 흔치 않은 기회인 만큼 최대한 이토상에게 스키 노하우를 잘 배우자고 마음을 먹었다. 물론 취재도 열심히 하면서.

산 정상부에 도착하니 어제와 전망이 확연히 달랐다. 폭설에 덮인 묘코고원과 산골마을의 풍경이 소설《설국》속 장면을 그대로 옮긴 듯했다. 바람 한 점 없고 어떤 잡음도 없는 진공상태의 눈 천지가 펼쳐졌다. 시간이 정지한 듯 하얀 적요에 잠긴 세상에 점처럼 작은 사람들이 슬로프를 미끄러지며 내려갔다. 별안간 스키장에 찾아온 평화로운 순간이었다. 스노볼을 바라볼 때처럼 잠시 몽롱한 기분에 사로잡혔다.

우리 둘은 말이 안 통했다. 구글 번역 앱이 통역사 역할을 했다. 이토상이 "최상, '해피 플레이스' 구역으로 갑시다"라고 했다. '행복의 나라'로 가자는 주문 같았다. 한대수의 〈행복의 나라〉가 입가에 맴돌았다. 해피 플레이스는 무릎까지 푹푹 잠기는 파우더 존이었다. 인적 드문 숲속을 가르는 기분이 묘했다. 삭삭, 슝슝. 스키가 밀가루 같은 눈을 헤치고 나가는 소리가 고요한 산에 작게 메아리쳤다.

"최상, 스키가 많이 좋아졌습니다. 이번엔 나무를 공격합시다."

나무 사이를 활강하는 트리런*tree run*을 하자는 말이었다. 우리는 자작나무, 삼나무를 휘감고 돌며 활강했다. 보통 슬로프에서 즐기는 활강과는 비교할 수가 없었다. 겨울마다 일본으로 스키 원정을 가는 이들의 심정을 알 만했다.

비행 시간이 임박할 때까지 파우더 스키를 원 없이 즐겼다. 이제 스키장을 떠날 시간. 작별 인사를 나누는데 이토상이 휴대폰을 들어 보였다. 화면에는 이렇게 쓰여 있었다.

"다음에도 함께 미끄러집시다!"

지금도 겨울이면 어김없이 스키를 탄다. 앞으로도 꾸준히 탈 생각이다. 약 10년 전, 프랑스 알프스 스키장에서 70세 가톨릭 신부가 흰머리 휘날리며 활강하는 모습을 본 적 있는데 나도 그러고 싶다. 언젠가 은퇴를 하고 '탈서울'을 감행한다면 강원도 원주 쯤에서 살고 싶을 정도다. 서울이 멀지 않으면서도 수준급 스키장이 가깝고 동해안을 가기도 좋으니. 내가 탈서울 할 시점에도 스키장이 모두 성업 중이길 바랄 뿐이다. 그래야 꾸준히 실력을 갈고닦아서 한번씩 니가타 같은 곳으로 떠나 미끄러질 수 있을 테니까.

진흙에 깊게 팬 코끼리 발자국과
나무줄기에 뚜렷한
곰 발톱 자국이 보였다.
섬뜩했다.
조금 더 걷다가 능이 멈춰 섰다.
멀리 무화과나무 우듬지에
흰손긴팔원숭이 한 마리가
웅크리고 있었다.

우리가 동물을 보듯, 그들도 우리를 본다

태국 카오야이국립공원

나에게는 버킷리스트가 없다고 했던 말을 취소해야 할까. 1번 오로라 여행, 2번 산티아고 순례길, 3번 아프리카 사파리 투어. 이런 식으로 목록만 없을 뿐 여행 욕구를 부추기는 요소는 사실 부지기수로 많다. 야생동물도 그중 하나다. 굳이 따지자면, 야생동물을 보러 가는 건 오로라 여행과 닮은 구석이 있다. 인간이 상황을 통제할 수 없고, 실패할 확률도 높다. 그래서 야생동물을 보러 갈 때는 예술이나 건축, 미식 체험이 주제인 여행, 그러니까 인간이 이룩한 문명을 즐기러 갈 때와 달리 간절해진다. 자연에 발을 들이는 순간 절박하고 겸손해진다.

2018~2019년 아세안 국가의 유네스코세계유산을 취재한 적이 있다. 태국을 먼저 찾았다. 태국이란 나라는 익숙했지만 취재

지는 생소했다. 카오야이국립공원. 태국 최초의 국립공원이자 태국인이 가장 많이 방문하는 국립공원이라는데 큰 기대는 없었다. 태국 하면 방콕이나 치앙마이 같은 도시나 해변 휴양지를 떠올리지 국립공원이 여행의 목적지가 되기 어렵다고 생각했다. 국립공원 원조국인 미국의 국립공원 열다섯 곳을 가 본 터라 동남아의 국립공원 수준이 얼마나 대단하겠나, 하는 편견도 있었다. 그래도 카오야이의 상징인 야생 코끼리만큼은 꼭 보고 싶었다.

태국은 코끼리의 나라다. 예부터 코끼리를 신성시해 왕실의 상징으로 삼았다. 코끼리 관광도 성행한다. 코끼리 타기, 코끼리 쇼가 대표적인데 동물권이 화두인 요즘은 사양세다. 대신 코끼리 먹이 주기, 코끼리 보호소 방문 같은 '착한 체험'을 표방하는 프로그램이 성행한다. 현재 태국에 사는 코끼리는 약 3천 마리다. 이 중 야생 코끼리는 천 마리가 채 안 된다. 그리고 야생 코끼리 가운데 약 30퍼센트가 카오야이국립공원에 산다.

지리산국립공원의 다섯 배에 달하는 카오야이를 즐기는 방법은 다양하다. 차를 타고 주요 전망대, 관광지를 다니면서 편하게 관광할 수 있고, 고생스러워도 밀림을 걸으며 대자연의 속살을 누빌 수 있다. 나는 두 번째 방법을 택했다.

그림처럼 멋진 폭포도 봤고, 산세가 한눈에 담기는 전망대도 갔지만 카오야이는 단연 야생동물의 낙원이었다. 다 열거하기도 힘들 만큼 수많은 동물을 만났다. 그래서 카오야이국립공원 하면

'아시아의 세렝게티', '보급형 세렝게티'라는 말이 절로 떠오른다.

관광 가이드 '차', 국립공원 직원 '능'과 함께 밀림을 걸었다. 등산화 위에 거머리 방지 양말을 덧신고 벌레 퇴치제를 잔뜩 뿌린 뒤 농곽치트레일로 들어섰다. 건물 10층 높이의 생강나무, 어른 열 명이 손을 맞잡아야 할 정도로 우람한 무화과나무가 빽빽했다. 트레일 초입, 진흙에 깊게 팬 코끼리 발자국과 나무줄기에 뚜렷한 곰 발톱 자국이 보였다. 섬뜩했다. 조금 더 걷다가 능이 멈춰 섰다. 멀리 무화과나무에 긴팔원숭이가 있다며 우듬지를 가리켰다. 나뭇가지 사이에 흰손긴팔원숭이 한 마리가 웅크리고 있었다. 약 70미터 거리인데도 길쭉한 팔과 하얀 손이 또렷했다.

눈에 보이는 건 한 마리였지만 그게 다가 아니었다. 원숭이 노랫소리가 숲 전체에 쩌렁쩌렁했다. 사이렌 소리 같기도 했고, 엄마 찾는 아이의 울부짖음 같기도 했다. 이따금 고음을 낼 때면 귀기鬼氣가 느껴졌다. 워낙 깊은 숲이어서 대형 공연장처럼 울림이 깊었다. 가이드 차는 "긴팔원숭이는 일반 원숭이와 달리 꼬리가 없는 유인원"이라며 "노래를 통해 감정을 공유하고 부부가 화음도 맞추는 놀라운 동물"이라고 설명했다. 동물 다큐에서 긴팔원숭이를 일컬어 '밀림의 가왕'이라 한 걸 본 적이 있다. 직접 들으니, 정말 그랬다. 가창력이 좋기도 했지만 얼마나 성량이 풍부한지 노랫소리가 끊길 기미가 보이지 않았다. 권혁웅 시인이 쓴 《꼬리 치는 당신》에 따르면, 긴팔원숭이는 일부일처제 동물이라

고 한다. 신비하고 참 다정한 동물이다.

　문득 충남 서천 국립생태원에서 봤던 긴팔원숭이가 떠올랐다. 가짜 나무로 얼기설기 만든 우리 안에서 맥 빠진 표정으로 날 바라보던 아이. 인간에 가까운 유인원이어서인지 녀석의 얼굴에는 다른 동물보다 더 진한 감정이 담겨 있는 것 같았다. 카오야이의 밀림에서 마주친 흰손긴팔원숭이도 그랬다. 녀석은 우리 일행을 불편한 시선으로 응시했다. "어디 방문객 주제에 시끄럽게 떠드는 거야?"라고 꾸짖는 듯했다. 우리가 호기심 어린 눈으로 동물을 바라보는 순간 동물도 우리를 본다. 동물도 우리를 판단한다. 동물도 우리를 흥미로워할 수 있고 우리와 놀고 싶어 할 수 있다. 물론 대개는 꺼리고 경계한다.

　긴팔원숭이와의 짧은 만남으로 동물의 시선을 더 의식하게 됐다. 우리가 동물을 바라보는 방식에만 집중할 게 아니라 동물이 인간을 보는 시선도 살펴야 한다. 그들의 거처에서 인간은 어디까지나 손님에 불과하니까.

　숲에서는 온갖 새소리가 들렸다. 2018년 남북 정상이 판문점 도보 다리에서 만났을 때 13종의 새소리가 들렸다는 뉴스가 나왔다. 이 순간 최소한 20종은 넘는 새가 지저귀는 것 같았다. 새 덕후인 가이드 차가 손가락으로 가리키는 나뭇가지마다 형형색색의 새들이 앉아 있었다. 그러다 갑자기 헬기가 나는 듯한 요란한 소리가 들렸다. 휭휭, 푸더덕푸더덕. 차가 소리쳤다.

"코뿔새가 다가오는 것 같아요."

거대한 코뿔새 대여섯 마리가 머리 위로 지나갔다. 워낙 순식간이어서 카메라를 꺼낼 틈도 없었다. 이때 말고도 공원에서 코뿔새 무리를 두 차례 더 봤다. 부리가 유난히 큰데 머리에 부리를 닮은 투구가 달려 있어서 꼭 만화 캐릭터 같다. 알고 보니, 코뿔새도 일부일처제란다.

카오야이에 머무는 동안에는 새벽같이 일어났다. 신새벽에 코끼리를 볼 확률이 높기 때문에 고단한 몸을 억지로 일으켰다. 어둑어둑한데도 공원 전망대에 탐방객이 많았다. 탐조 동호회 사람들 같았다. 그들은 망원경이나 대형 카메라를 삼각대에 걸고 얌전히 숲을 응시하고 있었다. 말을 걸면 새 사진을 자랑하기도 하고 어떤 새가 주변에 많은지 세세히 설명해 주기도 했다. 캔버스를 펼치고 그림을 그리는 사람도 보였다. 파타야나 푸껫 같은 태국의 유명 관광지에서 볼 수 없던 풍경이었다. 카오야이 방문객 대부분은 태국인이었다.

외국인 관광객이 장악한 도시를 갈 때면 나도 점령군의 일부가 된 것 같아 마음이 불편하다. 카오야이에서는 그렇지 않았다. 나는 철저히 여행객으로 그들 사이에 존재했다. 그들은 '착하고 친절한 태국인'으로 뭉뚱그려지는 게 아니라 새에 대한 지식이 해박한 사람, 사진을 잘 찍는 사람, 그림을 잘 그리는 사람이었다. 잠깐 스쳐 가는 여행자로서 그들이 아끼고 사랑하는 자연 속에서 조용히 머물다 가야겠다고 생각했다. 우리가 관광지에서 만나는 운전기사, 노점상 주인, 호텔 청소 직원도 그냥 착하고 친절한 사람들이 아니다. 그들도 남모를 인생 이야기와 저마다의 기호가 있을 테다. 문제는 여행이 그런 사실까지 헤아릴 여유를 주지 않는다는 거다. 나에게만, 내 욕구에만 집중하는 여행은 그래서 이따금 얕은 경험만 안겨 주고 타인을 소외시킨다. 여행만큼 이기적인 행위도 없다. 그래서 나는 욜로(인생은 한 번뿐), 포미족(나를 위해 아낌없이 쓰는 사람) 같은 말이 불편하다.

이틀 동안 공원 구석구석을 누볐지만 코끼리를 만나지 못했다. 발자국과 분변, 코끼리가 누웠던 자리만 목격했다. 시간이 흐를수록 조바심이 났다. 가이드 차가 미안할 정도로 성심성의껏 코끼리 찾기에 나섰다. 지나는 사람을 붙들고 물었고, 국립공원 사무소에 전화를 걸어 코끼리의 동태를 파악하려 애썼다.

해거름이 다가왔다. 공원을 벗어나 다음 목적지로 이동해야 할 무렵, 연못가에서 한 사진가를 만났다. 그가 근처 정글에서 코끼리를 봤다며 곧 이쪽으로 나올 것 같다고 했다. 아니나 다를까. 우렁찬 울음소리가 멀리서 들렸다. 나무가 흔들리고 땅이 떨리는 느낌이 들 정도의 어마어마한 소리였다. 소리가 난 방향으로 달려갔다. 심장이 요동쳤다. 언덕에 새끼 코끼리 한 마리가 태평하게 풀을 뜯고 있었다. 뒤쪽에 꿈틀거리는 회색빛 형체가 더 보였다. 코끼리 가족이 곧 걸어 나왔다. 한 마리, 두 마리…… 맙소사

무려 아홉 마리였다. 코끼리는 풀을 뜯어 등에 얹기도 했고, 긴 코로 서로를 매만지며 장난치기도 했다. 그러다 소란 떠는 인간이 성가셨는지 가장 큰 코끼리가 소리를 지르며 무리를 몰고 다시 숲으로 들어갔다. 코끼리에 완전히 정신이 팔렸다가 뒤에 있던 차를 봤다. 그는 뿌듯함 가득한 미소를 짓고 있었다. 이심전심. 나도 한숨을 내쉬며 찡긋 미소를 지었다. 차가 설명했다.

"코끼리는 가족 간의 유대관계가 각별한 동물이에요. 3대가 함께 생활하는 코끼리는 먹이 위치를 잘 아는 할머니가 리더 역할을 맡죠."

역시 카오야이의 동물 가족은 다정하고 단란하다.

언젠가 치앙마이 코끼리 보호소에서 경험한 것처럼 코끼리를 쓰다듬고 함께 어울려 놀진 못했다. 50미터 이상 거리를 둔 채 지켜보기만 했다. 그런데도 30분이 5분처럼 짧게 느껴졌다. 동물원이나 코끼리 보호소에서는 경험 못 한 전율을 느꼈다. 카오야이에서 나와 방콕으로 이동해 잠드는 순간까지 흥분이 가라앉지 않았다. 마음 좋은 한 편의 드라마였다.

이렇게 대자연에 흠뻑 빠졌다니, 알래스카에서 고래를 보고 캐나다에서 오로라를 봤을 때처럼 슬럼프를 겪거나 허탈감에 시달렸을 거라 생각할 수 있겠다. 그러나 전혀 그렇지 않았다. 그냥 기뻤다. 몰랐던 세상을 발견하고 배우는 재미, 아름다운 생명체를 관찰하고 소리를 듣는 감격, 그 자체를 흠뻑 누렸다. 자연을 아끼는 현지인을 만나고 그들과 기쁨을 공유한 것도 마음 훈훈해지는 경험이었다. 몇 년 새, 직업인으로서 인간으로서 내가 몇 센티미터쯤 성장하기도 했을 테다. 기이한 풍광을 볼 때마다 슬럼프를 겪는다면 이 일을 어떻게 계속하겠나.

귀기 어린 흰손긴팔원숭이의 노랫소리는 스마트폰에 녹음해 왔다. 한국에 돌아와서도 자주 그 소리를 찾아 들었다. 사진을 뒤적이며 그리움을 달래는 여행지가 있는 반면, 어떤 노래나 소리로 추억하는 여행지가 있는데, 드물게도 카오야이는 특별한 소리로 각인되었다.

일출이 여행자의 몫이라면
일몰은 현지인의 일상이다.
넥타이 풀어 헤친 중년 사내,
강아지와 장난치는 아이와
그걸 지켜보는 엄마.
모두 지긋한 눈빛으로
서쪽 하늘을 바라봤다.

우리는 만나야 한다

미얀마 인레호수와 바간

태국에서 야생 코끼리를 본 뒤 미얀마 헤호공항으로 날아갔다. 헤호*Heho*. 경쾌한 탄성 같은 공항 이름이 묘한 기대감을 일으켰다. 1985년 런던 웸블리스타디움에서 그룹 퀸의 프레디 머큐리가 관중들과 "에오, 에오"를 주고받던 장면이 떠올랐다. 이번에도 아세안 국가의 유네스코세계유산을 찾아가는 여정. 2018년 당시만 해도 미얀마는 세계유산 보유 '제로'인 나라였다. 그래도 아세안 10개국을 모두 취재해야 했기에 아쉬운 대로 유네스코생물권보존지역인 인레호수를 찾아갔다.

발랄한 공항 이름과 달리 미얀마의 교통 인프라는 혼돈 그 자체였다. 자동차 운전석이 일본이나 영국처럼 오른쪽에 있는데 차가 우측통행을 한다. 다른 차도 유심히 살폈다. 이런, 한국처럼 운전석이 왼쪽에 있는 차도 섞여서 버젓이 도로를 활보한다. 현기증이 일었다. 마차가 다니던 시절에도 이렇진 않았을 텐데, 어쩌다 교통 체계가 이 지경이 됐을까. 배낭여행자의 바이블로 통하는 《론리플래닛》 창업자 토니 휠러는 《나쁜 나라들》에서 설명한다. 1970년대 독재자 네윈은 미얀마의 무너진 경제를 살릴 방책을 묻고자 점성술가를 찾았다. 점성술가는 좌파 정책만 고집하지 말고 유연하게 우파 정책도 쓰라고 조언했는데 네윈은 어처구니없게도 도로 통행 방향을 우측으로 바꿔 버렸다.

도로 상태는 난감했지만 2018년은 그래도 미얀마를 여행하기 좋은 시절이었다. 2021년 군부 쿠데타 이후 2024년 현재 내전 상황이 이어지고 있다. 셀 수 없이 많은 희생자가 발생했고, 일부 시민은 끈질기게 저항하고 있다. 한국 외교부는 쿠데타가 일어나자마자 미얀마를 '철수 권고' 국가로 분류했고, 일부 지역에는 '여행 금지' 발령을 내렸다. 언제 미얀마를 마음 편히 여행할 날이 올지 현재로서는 알 수 없다.

해발 880미터에 자리한 인레호수는 미얀마에서 두 번째로 큰 호수다. 열대 고산지대에 충주호 두 배 크기의 호수가 있다는 것도 놀라운데 사람 사는 모습은 더 경이롭다. 샨족을 비롯해 여러 소수부족들이 호수에서 어업으로 생계를 유지할 뿐 아니라 수상가옥에서 사는가 하면 호수 위에서 농사도 짓는다.

수상가옥 형태의 호텔에 짐을 풀고 보트 투어에 나섰다. 코스는 대략 이렇다. 조각배 타고 드넓은 호수를 질주하다가 호수 주변 사원과 수공예품 상점을 순회한다. 오일장이 서는 날은 시장을 둘러보며 현지인의 일상을 들여다본다. 이곳 사람들은 100년 전 수경재배를 시작했다. 마땅한 농토가 없어서였다. 흙과 수초를 짓이겨 호수에 밭을 만들어 토마토, 오이 등을 재배한다. 인레 호수에서 난 토마토를 재료로 쓰는 토마토샐러드는 퍽 중독적인 맛이었다. 오이와 양파, 땅콩, 그리고 정체불명의 양념이 들어가는데 신선하면서도 감칠맛이 깊어서 젓가락이 멈추질 않았다.

해거름 무렵, 마을 사원에서 축제가 열린다 해서 가 봤다. 도리천(불교에서 수미산 꼭대기에 있다는 이상 세계)에서 3개월간 설법을 마치고 지상으로 내려온 부처에게 감사를 표하는 따딩윳축제는 미얀마 전역에서 펼쳐진다. 사원으로 사람들이 모여들었다. 여자들은 사원 안에서 기도하거나 식사를 준비했고, 남자들은 미얀마 국민 스포츠 친론(나무껍질로 만든 공을 여럿이 함께 차는 놀이)을 즐겼다. 어느 나라든 어느 종교든 이런 식으로 성역할이 나뉜 풍경은 비슷하다.

사내들이 공을 차는 모습을 지켜보고 있었는데 별안간 하늘이 물감을 푼 듯한 색깔로 물들었다. 분홍색에서 보라색으로, 하늘이 점점 몽환적인 색으로 변했다. 황금빛으로 반짝이는 사원 불탑과 보랏빛 낙조가 어우러진 모습은 도리천이 아닐까 싶을 만큼 초현실적이었다. 부처가 강림하시려나. 유일한 이방인으로 보이는 나만 넋 놓고 그 풍경을 보고 있었을 뿐 주민들은 각자의 할 일을 하고 있었다. 절 마당에서 원 모양으로 빙빙 돌며 공을 차던 사내들이 뮤지컬 무대 위 배우 같았다. 아주 잠깐 세상이 나를 위해 존재하는 듯한 착각이 들었다. 일몰이 가진 힘이자 석양이 주는 위로다. 그러니까 '어린 왕자'가 말한 것처럼 슬픔이 몰려올 때면 지는 해를 보러 가야 한다.

일출이나 일몰이 여행의 목적인 경우도 많았다. 이를테면 하와이 마우이섬에서는 해발 3천 미터가 넘는 할레아칼라산 정상으로 차를 끌고 올라가 운해를 뚫고 올라오는 해를 본 적 있다. 천지가 개벽하는 듯한 장엄한 풍광이었다. 미국 플로리다주의 땅끝마을 키웨스트에서는 '선셋 크루즈'를 타 봤다. 유람선 위에서 먹고 마시던 와중에 해가 수평선으로 떨어졌는데 살면서 가장 큰 태양을 본 날로 기억한다. 지구와 태양의 거리가 가까운 절기였는지, 그냥 북미 대륙의 끝이라는 감상에 취했던 건지 모르겠다.

인레호수의 작은 사원에서 마주친 해넘이 순간은 그 모든 장면을 압도했다. 벌건 태양을 배경으로 공을 차는 사람들의 모습이 봉준호 감독의 영화 〈마더〉의 마지막 장면 같았다. 일몰에 대한 아무런 기대 없이 작은 사원을 갔기에 더 탄복이 나오기도 했겠지만 색감 자체가 이제까지 내가 본 하늘색을 뛰어넘었다.

땅거미가 완전히 가라앉았다. 친론 게임은 끝났고 사람들이 사원을 빙 둘러 촛불을 밝히고는 손 모아 기도를 올렸다. 초 타는

냄새가 사원 마당에 가득했다. 사원 옆 건물에서는 음식을 나눴다. 우리네 닭개장과 비슷한 수프를 대접받았다. 토마토샐러드와 돼지고기덮밥으로 저녁을 해결했는데도 목이버섯이 듬뿍 담긴 닭개장을 호로록호로록 떠 먹었다.

늦은 밤, 아이들은 절 마당에서 폭죽을 터뜨리고 개울가에서 풍등을 날리며 달 밝은 밤을 만끽했다. 아이들의 천진한 모습이 흥미진진해서 나도 개울가로 달려가 무리에 합류했다. 영화 〈진짜로 일어날지도 몰라, 기적〉의 클라이맥스 장면처럼 아이들은 이마에 핏줄이 돋을 만큼 큰 소리를 외치며 등을 띄웠다. 아마도 소원을 빌었을 테고, 거창한 내용은 아니었으리라. 가족의 건강, 갖고 싶은 장난감, 짝사랑하는 소녀의 마음 같은 것들. 나도 저만할 때 그랬으니까.

인레호수 일정을 마치고 바간으로 이동했다. 2018년 당시 바간은 유네스코세계유산 등재 후보였고, 이듬해 미얀마 최초로 세계유산이 됐다. 바간은 세계적인 불교 성지다. 서울 강남구 크기의 '고고학 구역'에서 발견된 불교 유물만 3,822개에 달한다. 그러니 바간에서는 불탑과 사원을 찾아다니는 게 일과였다. 관광객이 줄지어 선 유명 사원보다 평원의 이름 모를 탑이나 폐허 같은 유적에 더 마음이 갔다. 한국에서도 그렇다. 번쩍번쩍한 유명 사찰보다 소박한 암자나 폐사지를 찾아갈 때 마음이 더 편하다. 부처의 가르침은 낮고 허름한 자리, 부서지고 황폐한 마음과 가까

우리라 생각한다.

한때는 여행자들이 아무 탑에나 올라가 해돋이를 즐겼지만 수년 전부터 바간은 문화유산 관리 차원에서 일부 탑만 개방하고 있다. 나도 오전 5시께 작은 탑에 올라가 여행자 수십 명과 함께 해가 뜨기를 기다렸다. 가없는 평원이 동쪽부터 타올랐다. 곧 열기구 10여 개가 비눗방울처럼 퐁퐁 떠올랐다. 푸릇푸릇한 정글, 제각각인 사원과 불탑, 허공에 뜬 열기구가 벌건 여명과 어우러진 장면은 너무 비현실적이었다. 열기구를 타지 않았지만 전혀 아쉽지 않았다.

어느 오후에는 너른 평원에서 해넘이를 감상했다. 일출이 여행자의 몫이라면 일몰은 현지인의 일상이다. 굳이 뜨는 해를 보겠다고 신새벽에 탑을 오르는 현지인은 없었다. 해 질 무렵은 달랐다. 넥타이 풀어 헤치고 담배를 문 중년 사내, 강아지와 장난치는 아이와 그걸 지켜보는 엄마. 이런저런 사정을 가진 현지인들이 모두 지긋한 눈빛으로 서쪽 하늘을 바라봤다. 나도 그들 틈에 자리를 잡았다. 곧 회오리치듯 황홀한 석양이 하늘을 휘감았다. 멀리 불탑들이 검은 실루엣으로 희미해졌다. 일출 때도 그랬고 일몰 때도 그랬다. 인간이 쌓은 수천 개 불탑과 사원은 쏟아지는 빛 앞에서 덧없어 보였다. 종교도, 화려한 유적도 무상하게 느껴졌다. 더 소중한 건 매일 공평하게 쏟아지는 이 빛과 보통 사람의 평범한 일상이라고, 저 하늘이 일러 주는 것 같았다.

미얀마를 떠올리면 머릿속이 복잡해진다. 사람들의 순박한 모습, 황홀했던 일출과 일몰이 아련한 한편, 지금 미얀마를 여행하는 게 맞나 싶은 의문도 든다. 미얀마 국영 항공사를 이용하고 군부와 결탁한 자본가가 운영하는 숙소에서 자고 외화를 환전해서 돈을 쓰면 결국 부패한 군부를 돕는 꼴이기 때문이다.

2023년 서울에서 토니 휠러를 만났다. 전 세계 배낭여행자의 교주나 다름없는 휠러에게 물었다. 그가 '나쁜 나라' 9개국 가운데 하나로 지목한 미얀마 같은 나라도 굳이 여행해야 하냐고. 여행을 부추기는 일을 하는 그(여행 가이드북 회사 설립자)와 내(여행기자)가 공유하는 고민일 거라 생각했다. 휠러가 짧게 답했다.

"인류애는 인터넷으로, 책으로 배울 수 없습니다. 우리는 만나야 합니다."

여행에 대한 글을 일상적으로 쓰다 보니 여행을 정의하는 일이 꺼려진다. 뻔한 말로, 단정적인 어투로 뜻이 무궁무진한 추상명사를 한정하고 싶지 않다. 인생, 사랑도 마찬가지다. 그래도 '여행은 만남'이란 말은 진리에 가깝다는 생각이 들었다. 미얀마에서 순박한 사람들을 만난 추억, 예기치 않은 장소에서 일출과 일몰을 맞닥뜨린 경험이 여행의 결정적인 순간이 아니면 무엇이었겠나. 불량한 지배세력이 들어선 뒤 미얀마가 잊히고 있다. 내가 만난 미얀마를 보다 자주 떠올리고, 더 많이 말해야겠다.

| 3장 |

풍경을 눈에 담기 좋은 속도

시속 10킬로미터,

시속 10킬로미터로
달리면서 바라보는 풍경에는
색다른 감동이 있다.
무엇보다 스스로를 조금 더
흡족하게 바라볼 수 있다.

동네가 미워서 달린 것뿐인데

서울시 남산

세상은 너무 시끄럽다. 그리고 인간은 소음을 만드는 기계다. (중략) 엄마를 괴롭혔던 윗집과 아랫집 모두 이사를 하는 것으로 층간소음은 사라졌는데도 엄마는 자꾸 무슨 소리가 들려온다고 했다.

-정소현,《가해자들》에서

층간소음에 시달리던 시절 이 소설을 읽었다. 소음 탓에 파국으로 치닫는 사람들의 섬뜩하고 서글픈 이야기였다. 소설 정도는 아니었지만 당시 내 상태도 꽤 심각했다. 윗집 부부와 언성을 높이며 다툰 날도 있었고, 환청을 겪기도 했다. 멜라토닌을 먹어야 간신히 잠드는 날이 많았다.

"좀 오래된 아파트인데 층간소음 없을까요?"

지금 사는 해방촌 집을 처음 보러 왔을 때 부동산 중개인에게 물었다. 중개인은 쌍꺼풀 짙은 눈에 힘을 팍 주더니 주먹으로 벽을 툭툭 쳤다.

"오래됐으니 더 소음이 적죠. 요즘 지은 아파트보다 훨씬 튼튼하니 걱정하지 않으셔도 됩니다."

안도했다. 불혹을 넘긴 집이었지만 임대인이 '올수리'를 해 준다니, 그 점도 괜찮아 보였다.

해방촌은 이전에 와 본 적이 없었고 호불호가 전혀 없던 동네였다. 그런데도 이 집을 선택한 결정적인 이유가 있었다. 안방과 작은방 창으로 남산의 전경이 시원하게 펼쳐졌다. 한남동에 사는 부자들이나 누리는 풍경이라고 생각했던 남산. 서울의 상징인 그 산과 밤마다 푸른빛, 초록빛을 띠는 타워가 아파트 창 너머로 아주 근사하게 보였다.

이사 온 뒤 매일 봐도 남산은 질리지 않았다. 그런데 문제가 있었다. 바로 소음이었다. 부동산 중개인의 확신을 배반하듯, 이사 다음 날부터 사방에서 온갖 종류의 소음이 침입했다. 윗집에서 발뒤꿈치를 찍으며 쿵쿵 걷는 소리, 부부싸움 소리, 아랫집 오디오 소리, 옆집 TV 소리…… 그 모든 소음이 벽을 타고 우리 집으로 스몄다. 그게 다가 아니었다. 집 바로 앞에 7차선 대로가 있어서 오토바이, 화물차 굉음도 상당했다. 소음에 극도로 민감한 스스로를 잘 알면서도 왜 이사 전에 꼼꼼히 확인하지 않았을까. 지금 생각해 보면, 남산 뷰에 단단히 홀렸던 것 같다. 그깟 전망이 대수인가 싶겠지만 당시엔 전망이 나아지면 삶도 나아지리라는 비이성적 희망에 지배당했다.

랜드마크 가까이에 사는 삶이 궁금하기도 했다. 랜드마크라면, 여행을 가도 굳이 찾아가지 않고 어떨 때는 번잡함이 싫어 피하기까지 한다. 한데 일본 배우 릴리 프랭키가 쓴 자전소설《도쿄타워》를 읽은 뒤 생각이 조금 달라졌다. 나온 지 20년 가까이된 책인데, 중고 책방에서 사서 읽고는 눈물 콧물 다 흘렸다. 후쿠오카 출신인 주인공이 대학 진학과 함께 도쿄 생활을 시작해 엄마와 함께 사는 내용으로, 중요한 장면마다 도쿄타워가 등장한다.

거울에 비친 도쿄타워를 보며 미소 짓는 엄니. 창문 너머로 직접 그것을 바라보는 아부지. 그리고 그 두 사람과 두 개의 도쿄타워를 함께 바라보는 나. 웬일인지 우리는 그때 그곳에 함께 있었다. 따로따로 떨어져 살던 세 사람이 마치 도쿄타워에 끌려들기라도 한 것처럼 그곳에 함께 있었다.

-릴리 프랭키,《도쿄타워》에서

실물로 본 도쿄타워는 별 감흥을 주지 못했지만, 이야기에 담긴 도쿄타워, 사람의 삶으로 스민 도쿄타워는 다르게 느껴졌다. N서울타워도 마찬가지였다. 지금까지 존재를 의식하지 않고 살았지만, 내 낡은 아파트 창에서 바라보면 저 푸른빛의 타워가 내 삶에 다른 의미로 담길 수도 있겠다는 환상에 사로잡혔다.

해방촌으로 이사 온 뒤 재택근무가 계속됐다. 긴장감이 풀어졌다. 복부뿐 아니라 두뇌와 정신에도 지방이 끼는 것 같았다. 운동으로 일상에 탄력을 줘야 할 것 같았다. 그때마다 남산을 올랐다. 빨리 걸으면 집에서 타워까지 40~50분이면 도착했다. 땀이 조금 나긴 했지만 이걸 등산이라고 할 순 없었다. 성에 안 찼다. 남산을 더 격렬하게 느끼고 싶어서 달리기의 세계로 입문했다.

이전에 살던 동네는 서울숲공원과 한강이 지척이어서 달리기에 완벽한 조건을 갖췄는데도 뛰지 않았다. 시도는 해 봤으나 고질병이 발목을 잡았다. 일상생활에 지장은 없는데 달리기만 하면 콜린성 두드러기가 나를 괴롭혔다. 다른 운동은 다 괜찮은데 이상하게도 달리기만 하면 온몸이 가렵고 발진이 일어났다. 서울숲을 딱 한 번 달린 뒤 러닝화를 신발장 깊숙이 밀어 넣었다. 달리기는 내 운동이 아니라고 단정했다. 박진감 넘치는 스포츠를 좋아하는 성격도 핑계라면 핑계였다. 달리기는 지루했다.

당장 남산을 뛰어오르고 싶었지만 천 리 길도 한 걸음부터. 집에서 미군 부대를 끼고 녹사평역을 지나 전쟁기념관을 찍고 돌아오는 코스부터 시작했다. 거리는 약 3킬로미터였지만 경사 탓에 만만치 않았다. 해방촌에는 평지가 거의 없다. 괜히 용산龍山구가 아니다. 처음 뛴 날, 나이키런 앱에 담긴 기록과 전쟁기념관 마당에 있는 탱크 사진을 인스타그램에 올렸다. "나도 해 봤다, 나이키런."

러닝 초보 시절엔 안 쉬고 뛰기가 힘들었다. 달리다가 멈춰서 몸을 박박 긁기도 했다. 그러나 신기하게도 달리기를 반복할수록 가려움증이 사그라들었다. 두드러기가 가장 심한 겨울에도 문제가 없을 정도로 호전됐다. 뿌듯했다. 새치가 조금씩 나는 자타공인 아저씨가 된 뒤에 이렇게 난관을 극복해 낸 경험이 처음인 듯했다. 운동으로 만성질환을 이겨 내다니!

지루한 달리기가 재밌어진 데는 책의 도움이 컸다. 나 같은 사람은 육체활동을 할 때도 명분과 철학이 필요하다. 정신과 영혼까지 설득시킬 계기가 있어야 한다. 미국의 심장병 전문의이자 장거리 러너인 조지 시언이 쓴《달리기와 존재하기》는 그런 점에서 경전 같은 책이었다. 387페이지인데 300페이지 넘게 밑줄을 그은 것 같다. 당장 나가서 달리고 싶도록 만드는 묘약 같은 내용이 그득그득 담겨 있다. 이를테면 이런 구원의 문장들.

삶이라는 게 그저 하루가, 한 주가, 한 달이 힘겹게 지나가는 데 그칠 수도 있다. 시간이라는 게 내 삶의 동지가 아니라 적일 수도 있다. 달릴 때, 나는 이 모든 것들로부터 벗어난다.

러너는 지금 이 순간 자신의 모습으로 과거를 받아들이며 미래 역시 자신에게 닥칠 위험이 아닌 약속으로 보기 때문에 전적으로 현재에만 산다.

내가 달리는 모든 1마일은 늘 첫 번째 1마일이다. 길에서 보내는 매시간은 언제나 새로운 시작이다. 날마다 러닝복을 입을 때마다 나는 처음 본 것처럼 삼라만상을 보고, 익숙한 것을 낯설게, 평범한 것을 비범하게 보며 다시 태어난다.

－조지 시언,《달리기와 존재하기》에서

나도 시언처럼 달리기를 통해 자유와 해방을 맛봤다. 무엇보다 과거에 얽매이고 미래를 불안해하기보다 현재를 누리고 만족하는 법을 배웠다. 달리기는 체육활동이 아니라 사색과 기도였다. 조금씩 거리를 늘리고 살금살금 속도를 높였다. 작은 목표를 세우고 그걸 이뤄 나가는 과정이 좋았다.

남산은 평지가 없다는 게 달리기하는 데 단점이기도 하지만 다양한 코스를 선택할 수 있어서 좋다. 평지에 가까운 소월로, 야외 식물원을 포함한 둘레길, 업힐 훈련 코스로 명성 높은 북측순환로를 그날그날 컨디션에 따라 골라서 뛴다. 공기가 쾌청한 날에는 남산 정상 팔각정까지 한달음에 오른다.

이효리가 주인공으로 출연한 〈서울 체크인〉이라는 TV프로그램에서, 배우 구교환과 그의 연인 이옥섭 감독이 나온 회차를 인상 깊게 본 적이 있다. 이 감독은 미운 사람이 있으면 어떻게든 그 사람의 귀여운 구석을 보려고 한다, 그러면 밉지 않게 된다, 이런 말을 했다. 나도 그랬다. 처음에는 동네에 도저히 적응이 안 됐다. 밤이 되면 취객과 오토바이 소음으로 어수선하고, 불법 주차와 쓰레기 투기가 난무하고, 이웃 간에 정이 없고, 핫플레이스는 많아도 채소가게 하나 없는 동네. 해방촌에 대한 불평을 늘어놓으라면 몇 페이지라도 가능했다. 해방촌의 단점이 크게 보이거나 사람에 지칠 때면, '이따 나가서 뛰고 오자', '일단 자고 내일 아침에 달리자' 이런 식으로 마음을 달래곤 했다. 그러자 비로소 동네에 애정이 싹트기 시작했다.

남산 자락에서 몇 년을 살아 보니 달리기 좋은 계절, 나쁜 계절은 따로 없는 것 같다. 긍정주의자가 아닌 나를 달리기가 좀 바꿔 준 듯싶다.

먼저 봄을 이야기해 보자. 남산 나들이객은 벚꽃이 만발하는 3월 말부터 4월 초 사이의 풍경에 열광하지만 나는 5월이 더 좋다. 벚꽃 다 지고 남산이 한산해질 즈음 아카시아꽃, 찔레꽃, 때죽나무꽃이 똑같이 흰옷을 빼입고 온 산에 향기를 내뿜을 때 달리면 꿈길을 나는 것 같다. 그중에서도 때죽나무꽃 향기가 가장 황홀하다. 때죽나무 옆을 지날 때는 속도를 높일 수가 없다. 잠시 걷거나 멈춰서 심호흡을 하며 향기에 흠뻑 젖는다. 눈을 자극하는 건 세상에 얼마나 많은가. 5월 남산은 코와 폐부와 심장까지 행복하게 한다. 다만 봄은 미세먼지, 황사 탓에 외출을 삼가야 할 날이 많다는 게 아쉽다.

여름은 샤워하기 전 땀을 흠뻑 흘릴 수 있어서 좋다. 여름에는 다른 러닝 코스로 눈을 돌리지 않는다. 뙤약볕 내리쬐는 한강이나 운동장 트랙은 너무 덥다. 밤에도 달궈진 땅에서 열기가 느껴진다. 자비로운 남산은 선선한 나무 그늘을 러너에게 내준다. 장마 때도 폭우만 아니라면 달릴 만하다.

남산의 가을은 봄만큼 황홀하다. 노란 은행나무가 도열한 소월로를 달리다가 산 안쪽으로 들어가면 울긋불긋 단풍 세상이 펼쳐진다. 산 정상부에 흐드러진 구절초와 눈부신 억새 물결도 가을에만 볼 수 있는 진풍경이다. 봄이든 가을이든 자꾸 달리다가 멈춰 서서 사진을 찍게 된다는 건 유의사항이다.

겨울은 영하 10도 이하면 달릴 의지가 발동하지 않지만 꾸역꾸역 나가면 머리가 맑아지고 기분이 쾌청해진다. 공원관리사무소에서 제설 작업을 성실히 해 주는 덕에 눈이 쌓여도 금세 마른 길을 달릴 수 있다.

남산을 달리기 시작한 뒤 새로 습관이 생겼다. 다른 도시로 여행이나 출장을 가면 짧게라도 조깅을 한다. 화천, 평창, 순천, 경주, 부산 등 숱한 지역에서 달려 봤다. 달리기가 도시를 바라보는 새로운 시각을 더해 줬다. 바다를 끼고 있거나 강, 호수, 하천

이 있는 도시는 어디든 달릴 만한 코스가 있다. 인구가 적은 지역은 서울보다 고요히 사색하며 달리기가 더 좋다.

여행은 모름지기 산책하듯 천천히 거닐며 사람과 풍경을 관찰하는 게 낫지 않냐고 반문할 수 있다. 걷기 예찬론자로서 동의하지만 그게 전부는 아니다. 한번 달려 보시라. 심박수가 적당히 치솟은 상태로 시속 10킬로미터로 달리면서 바라보는 풍경에는 색다른 감동이 있다. 미운 풍경이 더 예뻐 보인다. 무엇보다 스스로를 조금 더 흡족하게 바라볼 수 있다.

물론 여행기자도 출장 중
자투리 시간이 나면,
박물관을 간다든가
벼룩시장을 구경하고,
가끔은 무념무상 산책을 즐긴다.
그렇지만 '정말 나도 블레저를
하고 있구나' 의식하게 된 건
달리기를 하면서다.

뉴욕이 아니라 화천에서 블레저를

강원도 화천군

블레저bleisure라는 말이 있다. 비즈니스와 레저의 합성어로, 출장지에서 잠깐의 여유를 누리거나 출장 앞뒤로 휴가를 붙여서 여행을 즐기는 걸 말한다. 출장이 일상인 여행기자에게 블레저라는 말은 새삼스럽다. 저런 세련된 미국식 합성어는 멀끔한 수트 차림으로 뉴욕에서 중요한 업체를 만나 거래를 성사시킨 뒤 메트로폴리탄미술관에서 작품을 감상하고, 이른 아침 영어 팟캐스트 방송을 들으며 허드슨강 변을 달리는 비즈니스맨에게 어울리는 말 같다.

물론 여행기자도 출장 중 자투리 시간이 나면, 박물관을 간다든가 벼룩시장을 구경하고, 가끔은 무념무상 산책을 즐긴다. 그렇지만 '정말 나도 블레저를 하고 있구나' 의식하게 된 건 달리기를 하면서다.

서울을 벗어나 처음 달려 본 도시는 강원도 화천이었다. 중요한 거래 때문에 간 것도 아니었고 당연히 수트 차림도 아니었다. 삼복더위에 산골마을로 토마토축제를 취재하러 갔으니 퍽이나 여행기자의 블레저다운 상황이었다.

2022년 8월 화천 사내면을 방문했다. 2년 이상 중단됐던 전국 축제가 6월부터 재개하면서 토마토축제도 3년 만에 돌아왔다.

나는 축제파가 아니다. 군중보다 소수, 무리보다 개인이 편하다. 들썩이고 흥이 넘치는 분위기보다 차분하고 다소곳한 정서에 끌린다. 많은 사람이 모이는 행사를 폄하하거나 그런 곳에서 에너지를 얻는 사람을 무시하는 건 아니다. 내 체질이 아닐 뿐이다.

여행 분야에서 축제는 중요한 주제인데 어떤 축제는 마음이 동하지 않는다. 일이란, 직장생활이란 좋아하는 것만 가려서 할 순 없다. 그러면 일도 아니고, 직장도 아니겠지. 하지만 정말 아니다 싶은 것들은 피하려고 애쓴다. 생명 감수성이 떨어지는 축제가 그런 경우다. 맨손 물고기 잡기를 어릴 적 추억을 되살리는 체험으로 포장하는 축제가 전국 각지에서 열린다. 그중 대표적인 한 축제는 100만 마리가 넘는 생물을 오로지 놀잇감, 먹잇감으로 즐긴다. 축제의 야만성을 지적하는 목소리가 커지고 있지만 여전히 '지역 경제'와 '축제 참가자의 뜨거운 반응'을 앞세운 논리에 묻히고 있다.

그런 겨울 축제를 당장 없애자는 건 아니다. 다른 고민도 필요한 시점이라는 걸 말하고 싶다. 비겁하게 보일지 몰라도 그 축제들을 소개하지 않는 정도의 소극적인 실천을 하고 있다. 수많은 미디어가 다루는 축제이니 나라도 그 소식을 '꺼둠' 상태로 해야지 싶었다. 채식주의자는 아니지만 고기 사진을 개인 소셜미디어에 올리지 않는 것과 비슷할까. SNS에는 고기 사진이 너무 많다. 삼겹살부터 소고기 등심, 생선회, 몸부림치는 산낙지까지 화면에 가득 찬 고기 사진을 볼 때마다 죄책감이 든다. 넘쳐 나는 고기 사진에는 다른 생명의 숨을 끊어서 생명을 유지하는 인간으로서의 미안함, 민망함 같은 게 결여돼서 불편하다. 채식주의자가 된 뒤에나 그런 말을 하라고 지적하면 할 말이 없다. 내가 많은 부분에서 이렇다. 이성과 실천이 엇박자일 때가 많은데 간극을 줄이려 애쓰며 산다.

화천. 몇 번 가 봤지만 산천어축제 말고는 잘 몰랐던 동네다. 취재 당시만 해도 주민(2만 4천 명)보다 군인(2만 7천 명)이 많이 살아서 휴전선 접경지라는 이미지가 확실했다. 아니나 다를까. 화천은 축제도 군부대와 함께했다. 토마토축제 첫째 날 분위기는 군부대 위문행사로 착각이 들 정도였다. 사내면 문화마을의 작은 무대에서 군복 입은 장정들이 랩을 하고 있었고, 탱크와 장갑차 같은 군 장비를 전시하고 체험하는 공간도 있었다. 생활체육공원에서는 여성 디제이와 댄스그룹이 무대에 올랐고 장병들의 환호

성이 천둥처럼 쩌렁쩌렁했다. 화천에 있는 모든 장병이 쏟아져 나온 것 같았고, 군인 가족과 뒷짐 지고 구경하는 주민들도 꽤 많아 보였다. 과연 군대가 지역 경제의 주축인 동네다웠다.

알고 보니 2022년 말 화천에 소재한 이기자부대(27사단)가 해체될 예정이었다. 인구 감소와 그로 인한 병력 부족 때문이다. 이기자부대라니, 2001년 겨울이 떠오른다. 춘천 102보충대에 입소했을 때 가장 가기 싫었던 부대가 바로 이기자부대였다. 부대 이름부터 살벌하게 느껴졌고, 빨간 바탕에 한글로 '이기자'라고 쓰인 부대 마크도 부담스러웠다. 나와 달리 화천에서 이기자부대의 존재는 퍽 소중했나 보다. 온 마을이 이기자부대의 해체 소식을 안타까워했고, '그동안 감사했다'는 현수막도 내걸었다.

토마토축제는 산천어축제보다 규모는 작아도 면 단위에서는 제법 큰 행사였던 터라 숙소 구하기가 쉽지 않았다. 면 중심가에 있는 모텔을 간신히 찾았다. 이름은 토마토모텔. 주인 아주머니에게 열쇠를 건네받았다. 상큼한 이름과 달리 담배 냄새가 밴 낡은 여관 느낌의 숙소였다. 짐을 풀지 않은 채 프론트로 내려가서 물었다.

"사장님, 혹시 방 좀 바꿔 주실 수 없나요?"

"왜요? 방이 마음에 안 들어? 축제 기간이라 그거 딱 하나 남았어요. 다른 방도 다 비슷해요."

"아, 냄새가 좀 나서요. 알겠습니다."

모텔 근처 식당에서 저녁을 사 먹고 천변을 산책했다. 삼복더위 때인데도 깊은 산골이라 밤 공기가 선선했다. 산책로 정비가 잘돼 있어서 걷기 편했다. 천변 주택가 풍경도 정겨웠다. 인견 바지를 입은 파마머리 할머니들이 평상에 둘러앉아 부채를 부치고 있었다. 떠들썩한 축제장과 대조적이었다.

모텔로 돌아와 등이 배길 정도로 딱딱한 스프링 침대에 몸을 뉘었다. 방 공기도 퀴퀴한데 침대까지 불편하니 숙면은 기대하기 힘들었다. 자는 둥 마는 둥 하다 일찍 깼다. 계속 뒤척이느니 어젯밤 산책했던 천변을 달리는 게 나을 것 같았다.

남산을 열심히 달리던 시절이라 혹시나 하고 러닝화를 챙겨왔다. 당시만 해도 러닝화의 중요성을 몰랐다. 너무 기능이 출중한 신발에 의존하면 근육이 고루 발달하지 않는다는 설명을 책에서 읽었고, 그 말을 진리처럼 믿어 밑창이 아주 얇은 아쿠아트레킹화를 신고 달렸다. 나는 스포츠든 어떤 취미생활이든 장비발을 앞세우기보다 차근히 실력을 키우며 장비를 업그레이드하는 편을 선호한다. 지금 생각하면 용감했다. 거의 맨발이나 다름없는 신발로 10킬로미터까지 달렸으니 말이다. 여러 달리기 책과 유튜브를 보니, 내가 신었던 종류의 미니멀 러닝화나 맨발이 좋다는 것도 하나의 주장에 불과했다. 화천을 다녀온 뒤 쿠션이 빵빵한 러닝화를 샀다.

신발이 부실하긴 했어도 화천 달리기는 즐거웠다. 당시엔 스마트워치가 없어서 카카오맵으로 코스를 대충 머리로 그린 뒤 달렸다. 사창천을 끼고 한참 달리다가 조금 더 큰 지촌천 변을 달렸다. 화천군에 있는 사창천과 지촌천. 어쩐지 천 이름이 살벌한 느낌인데 주변 풍광은 고즈넉했다. 서울에서는 자동차 소음을 들으며 달렸는데, 화천에서는 자동차도 사람도 없고 시원한 물소리를 들으며 달렸다. 이대로 10킬로미터 이상 달릴 수 있을 것 같았다. 그렇지만 5킬로미터를 달리는 데 만족했다.

이날의 달리기는 무척 흡족한 나의 첫 블레저 경험이었다. 이날 아침 덕에 화천에 좋은 이미지 하나를 갖게 됐다. 뜻밖의 러닝 친화 도시.

토마토축제의 하이라이트는 '황금반지를 찾아라'였다. 수심이 발목 정도 되는 간이 풀장에 토마토를 쏟아붓고 그 안에서 순금 반지를 찾는 행사다. 400명이 일제히 풀장으로 뛰어들었다. "찾았다!"를 외치는 사람이 하나둘 나타났다. 사회자는 댄스음악을 틀고 분위기를 북돋았다. 금을 찾기 위해 눈에 불을 켠 사람도 있었지만 대부분 풀장에서 뒹구는 순간 자체를 즐겼다.

네 번의 황금반지 찾기 행사에는 토마토 45톤이 들었다. 귀한 먹거리를 낭비하는 것 아닌가 싶었지만 농민 이야기를 듣고 마음이 놓였다. 화천군이 상품성이 떨어지는 파지 토마토를 전량 수매해 쓰는 거라고 했다. 2022년 여름, 화천군은 예년보다 긴 장마 탓에 토마토 수확량이 30퍼센트 줄었고 상품 질도 떨어졌다고 한다. 그해 여름은 정말 심란했다. 가는 곳마다 날씨가 이상하다는 말을 들었다. 중북부 지방은 장마와 홍수에 농사를 망친 농가가 많았고, 남부지방은 지독한 가뭄에 시달렸다. 지방 취재를 갈 때마다 기후위기를 체감한다.

현장 기자실에서 사진을 첨부해 바로 기사를 썼다. 기사가 나가자마자 악플이 주렁주렁 달렸다. 코로나 감염 위험이 여전한데도 축제를 연 지자체가 무책임하다는 비판, 축제를 즐기는 참가자들이 무지몽매하다는 힐난, 이런 행사를 소개한 기자도 무식하다는 질책이 이어졌다. 그러나 현장에 있던 나는 생각이 달랐다. 인간은 하루하루 연명하기 위해, 그러니까 죽지 않고 병들지 않기 위해서만 사는 게 아니었다. 사람은 놀아야 하고 자유를 누려야 하며 여행도 해야 하는 욕망하는 존재다. 기뻐하고 신난 사람들, 활짝 웃는 군인들을 이틀간 계속 마주치니 내 기분도 밝아졌다. 더불어 화천에서 나는 코로나 확진과 지독한 고열을 선물받았다. 축제 현장을 열심히 취재하고 코로나에 걸리니, 직업인으로서 뭔가 충실히 산 것 같았다.

축제 이후 한 달 가까이 미각을 잃은 채로 살았다. 그 탓에 화천에서 사 온 고급 흑토마토의 맛을 하나도 느낄 수 없었다. 토마토 마을을 취재하고, 토마토모텔에서 자고, 토마토 풀장 사진을 열심히 찍었는데 토마토 맛을 느낄 수 없다니. 억울했다.

예정대로 2022년 말, 한국전쟁 직후 창설된 이기자부대는 해

체됐다. 군인이 모두 떠난 마을 풍경이 어떨지 궁금하다. 군에 의지하던 마을 경제가 직격탄을 입었다는데 군인 없는 토마토축제는 안녕할지.

한낮에 관광객으로 북적이던 공원은
월요일 이른 아침부터
달리기 훈련장 같았다.
사위가 깜깜한데도
달리는 사람이 많아서 놀랐고,
강렬한 아침 해를 흡수한
공원의 모습이 너무 멋져서
또 놀랐다.

유네스코 유산에서 달리는 기분

스페인 마드리드시

큰 도시를 썩 좋아하지 않았다. 세계가 주목하는 다이내믹한 도시에서 매일 복작거리며 사는데 여행을 가서까지 번잡함 속에 나를 던져두고 싶지 않았다. 그러나 달리기에 매료된 뒤부터는 많은 것이 달라졌다. 이른 아침 조깅을 하면 도시의 단점을 대개 용서할 수 있다. 특히 강이나 바다, 멋진 공원을 갖춘 도시에서 시속 10~12킬로미터로 달리며 잠깐의 자유를 누린다. 달리기 덕에 좋은 인상을 얻은 도시에서 나는 관대해진다. 마드리드가 바로 그런 곳이었다.

처음 마드리드 취재 제안을 받았을 때는 심드렁했다. 유럽 여행은 시골이 진리라고 생각했고 지금도 그 생각은 변함없다. 스페인이 난생처음인데 일주일을 수도 마드리드에만 머물라니. 세

조용한 아침

비야, 마요르카, 빌바오처럼 이름만으로 매혹적인 도시나 처음 들어 본 낯선 지방 소읍이 아니어서 아쉬웠다.

다행히 시내에만 머무는 일정은 아니었다. 마드리드는 스페인 정중앙에 자리한 광역 자치주이기도 하다. 한국으로 치면 서울 종로에 머물면서 가까운 관광명소도 보고, 경기도 곳곳에 산재한 문화유산을 방문하는 게 주요 일정이었다.

여러 유산 중에서도 남부 마드리드의 소도시 아란후에스가 가장 기억에 남았다. 스페인의 최전성기를 구가했던 펠리페 2세가 16세기에 지은 별궁과 거대한 정원이 조화를 이룬 곳이다. 아름드리 플라타너스가 도열한 프랑스식 정원을 산책하는 것만으로 마음에 평화가 깃들었다. 1980~1990년대 〈토요명화〉의 오프닝 음악으로 유명한 호아킨 로드리고의 〈아란후에스 협주곡 2악장〉이 이곳을 배경으로 만든 곡이다. 이어폰을 꽂고 정원을 거닐며 완곡을 감상하면 묘한 애수가 가슴에 차오른다. 고종석의《도시의 기억》에 따르면, 로드리고는 아란후에스에 머문 경험이 있었다. 그는 정원의 목련 향기, 새들의 지저귐, 분수 소리에서 착안해 곡을 만들었다. 정작 공원에서 무얼 봤는지는 말한 적이 없다. 그는 세 살 때 시력을 잃었기 때문이다.

아란후에스를 방문한 뒤 마드리드 시내 레코드 가게에서 재즈 트럼페터 마일스 데이비스의《스케치스 오브 스페인》앨범 LP를 샀다. 데이비스가 재해석한 〈아란후에스 협주곡〉도 원곡 못지 않은 걸작이다. 테크니션인 데이비스가 감정을 극도로 억누른 채 담백하게 연주한 노래를 듣다 보면 낙엽 뒹구는 아란후에스의 가을 풍경이 스멀스멀 떠오른다. 별스럽지 않았던 막간의 산책이 음악 덕분에 영롱한 기억으로 채색됐다.

스페인에서 가장 최근에 유네스코세계유산 대열에 합류한 '빛의 풍경Paisaje de la Luz'은 마드리드 시내 한복판에 있었다. 처음 이름을 들었을 땐 정체를 알 수 없었다. '빛의 벙커', '빛의 시어터'처럼 한국에도 많이 생긴 몰입형 미디어인가 싶었다. 알고 보니 공원과 가로수길, 박물관 등을 아우른 권역을 일컫는 말이었다. 이 거리와 공원을 중심으로 과학, 예술, 문학이 융성했던 까닭에 특정 건물이나 공원이 아니라 2제곱킬로미터에 이르는 권역을 통째로 유산으로 지정했다. 이곳에 펠리페 2세가 시민 누구나 산책을 즐기도록 유럽 최초의 가로수 길을 만들었다고 한다.

빛의 풍경에 속한 프라도미술관은 마드리드에서 가장 가고 싶던 곳이었다. 강상중 교수의 《구원의 미술관》을 읽고 실물이 궁금한 작품이 프라도에 많았기 때문이다. 디에고 벨라스케스의 〈시녀들〉이 단연 압도적이었다. 가로 2.76미터, 세로 3.18미터에 이르는 대형 화폭 속 인물들이 살아서 움직이는 것처럼 느껴졌다. 작품과의 거리에 따라 각 인물의 시선이 달라지는 것 같은 착각도 들었다. 시녀의 당당하면서도 모호한 눈빛, 벨라스케스 자신을 묘사한 것으로 추정되는 화가의 삐딱한 자세와 시선은 '당신은 무얼 바라보고 사느냐'고 묻는 듯했다. 그림 앞에서 발이 떨어지지 않았다. 알브레히트 뒤러의 〈자화상〉도 강렬했다. 일종의 생채기 같은 충격을 주었다. 얼굴을 약 30도 돌린 상태에서 흘겨보는 듯한 그림 속 사내의 시선은 감춰 두고 싶었던 내면의 불안을 향해 스포트라이트를 비추었다. '당신은 지금 무엇에 매여 있나' 하고 쏘듯 물어보는 것 같았다. 멍한 기분을 안고 미술관을 나왔다.

빛의 풍경에 속한 레티로공원은 작지만 기품이 느껴졌다. 500년 전 수도원 정원으로 가꾸기 시작해 왕족이 이용했던 공간답게 별궁을 비롯해 중후한 멋을 풍기는 건물이 곳곳에 있었고, 세월의 더께가 낀 조각품도 많았다. 가이드와 함께 공원을 둘러본 뒤 다짐했다. 새벽에 이 공원을 달려 보리라.

레티로공원은 호텔에서 가까워 해 뜰 무렵 조깅 장소로 제격이었다. 일정이 빠듯한 출장 중에도 수면 시간을 아껴서 이른 아침에 눈을 떴다. 7시에 커튼을 젖혔는데 칠흑처럼 어두워서 스마트폰 시계를 다시 확인했다. 구글맵을 보고서야 알았다. 마드리드는 서울보다 훨씬 높은 북위 40도에 걸쳐 있는 도시다. 10월 말, 마드리드는 8시 30분이 넘어서야 해가 뜬다. '태양의 나라' 스페인은 연중 따뜻하고 당연히 이른 아침 해가 쨍하게 도시를 비추리라 생각했는데 무지했다.

레티로공원에서 예기치 않게 일출 조깅을 경험했다. 한낮에 관광객으로 북적이던 공원은 월요일 이른 아침부터 달리기 훈련 장 같았다. 사위가 깜깜한데도 달리는 사람이 많아서 놀랐고, 강렬한 아침 해를 흡수한 공원의 모습이 너무 멋져서 또 놀랐다. 짙푸른 하늘과 가을빛으로 물들기 시작한 고목들이 그윽한 분위기를 연출했다. 해가 뜨기 전부터 호수에서 조정을 즐기는 사람도 있었다. 떠오르는 해를 배경으로 노 젓는 모습이 너무 우아해서 달리기를 멈추고 한참 바라봤다.

출근 전 가볍게 조깅을 하는 사람이 대부분이었을까. 속도를 높여 질주하는 러너는 보이지 않았다. 서울 남산이나 한강공원에 비하면 러너들의 평균 연령이 훨씬 높아 보였다. 홀로 뛰는 사람이 많다는 것도 인상적이었다. 열 명 이상 그룹을 이룬 젊은 크루들도 더러 보였다. 공원을 크게 한 바퀴 뛰고 호텔로 돌아오니 딱 5킬로미터였다. 아주 특별한 달리기는 아니었지만 마드리드 시민과 일상을 함께 호흡했다는 것만으로 좋았다.

이날 일정은 빡빡했다. 조깅을 마친 뒤 호텔에서 조식을 먹고 아란후에스, 친촌 같은 소도시를 다녀온 뒤 밤 늦게까지 도심의 신흥 명소와 식당을 취재했다. 2만 종 나무가 우거진 공원에서 맑고 건강한 기운을 잔뜩 충전한 덕에 2만 보 넘게 걸었는데도 끄떡없었다.

며칠을 지내고서야 마드리드가 '인간다운 도시'로 진화 중이라는 점이 눈에 들어왔다. 자본의 힘으로 고삐 풀린 채 뒤바뀌는 메가시티의 천편일률적인 면모가 마뜩지 않을 때가 많다. 그래서 반대로 속도를 조절하며 고민하는 도시를 볼 때면 신선한 자극을 얻는다. 마드리드에서 멀지 않은 거리는 걷거나 뛰거나 자전거를 탔는데, 보행로가 넓고 공유자전거 인프라가 탄탄해, 편하고 안전하게 다닐 수 있었다. 알고 보니 이는 최근 일어난 변화였다.

마드리드시는 2018년 최대 번화가인 그란비아를 리모델링했다. 차로를 왕복 8차선에서 4차선으로 줄이고 보행로를 확 넓혔다. 디젤 차량의 도심 진입을 제한했고 몇 년 뒤에는 내연기관차의 출입을 아예 막고 전기차만 다니도록 할 계획이다. 도심 광장은 나무를 빼곡히 심어 공원화했고, 자동차는 지하도로로 다니도록 했다. 공기오염을 줄이고 시민에게 쉼터를 내주자는 취지에서였다. 덕분에 이 도시를 찾은 출장자도 공유자전거를 타고 안전하게 도심을 누빌 수 있었다. 코펜하겐이나 암스테르담처럼 자전거 전용도로가 잘 갖춰져 있진 않았지만 자전거를 몰고 자동차도로로 들어가도 운전자들이 양보를 잘해 줬다.

내가 묵었던 숙소 동쪽에 레티로공원이 있었다면, 서쪽에는 레티로보다 다섯 배 큰 공원 카사데캄포가 있었다. 자전거를 타고 공원까지 이동한 뒤 조깅을 했다. '마드리드의 허파'로 불리는 공원답게 거대했다. 레티로공원이 잘 가꾼 부잣집 마당이라면 카사데캄포는 야생에 가까웠다. 러닝 코스를 어떻게 잡아야 할지도 막막했다.

다행히 달리는 시민이 많았다. 그들을 따라 작은 호수 주변을 빙빙 돌다가 샛길로 빠졌다. 세계 최대의 올리브 생산국답게 공원 안에도 올리브나무가 많았다. 수령이 수백 년은 돼 보이는 큼직큼직한 올리브나무 사이를 달리며 남유럽의 정취를 느끼다가 작은 언덕에 올라섰다. 시내 쪽으로 시야가 활짝 열렸다. 왕궁과 알무데나대성당이 한눈에 들어왔고, 그 위로 해가 쏟아지며 장엄한 풍광을 빚었다. 출장 첫날 왕궁 옆에 자리한 데보드신전에서 카사데캄포 쪽을 물들인 석양을 감상했는데 이번엔 반대 방향으로 일출을 감상하다니, 완벽한 선물세트를 받은 기분이 들었다.

"프라도미술관도 좋지만 스페인 사람이 각별히 아끼는 화가 호아킨 소로야의 집에도 꼭 가 보세요."

한국으로 돌아오는 날, 짬을 내 현지 가이드가 귀띔한 소로야미술관을 방문했다. 호텔에서 2킬로미터 거리, 이번에도 공유자전거를 이용했다. 프라도미술관과 달리 동양인이라곤 혼자뿐이었는데 그게 신기했는지 입구에 있던 스페인 할아버지가 말을 걸어왔다. 스페인어를 알아듣진 못했지만 눈빛으로 이해했다.

"젊은이, 혼자 온겨? 나 따라오셔. 나랑 가면 공짜여."

할아버지가 소로야의 조카인지, 참전군인인지, 아니면 그냥 경로우대 찬스를 사용한 건지 모르겠으나 그가 베푼 후의 덕에 공짜로 입장했다. 아담한 정원은 더없이 평화로웠고 소로야가 만년을 지냈던 집은 밝고 아늑했다. 그의 작품에 담긴 바다에서는

찰랑이는 파도 소리가 들리는 것 같았다. 정원 벤치에 앉아 분수 물소리를 경청하는 사람, 미술관 바닥에 털썩 앉아서 한 작품을 하염없이 올려다보는 사람, 나긋한 미소로 관람 동선을 안내해준 미술관 직원까지. 복작복작한 프라도미술관과 달리 사람들의 표정도 눈빛도 한결 여유로웠다.

유네스코세계유산 안에서 조깅을 즐기고, 현지인이 사랑하는 화가의 생가를 방문한 경험은 기사로 쓰지 않았다. 모처럼 취재의 압박을 벗어나 잠시 해방을 맛본 시간이었으니까. 그 도시가 마드리드였으니 블레저를 제대로 누리는 코스모폴리탄이 된 것 같아 어깨가 으쓱해졌다. 마드리드를 다녀온 뒤 '큰 도시가 싫다'는 말을 잘 하지 않는다.

대학 안으로 들어서니
딴 세상이었다.
먼지 풀풀 날리는 바깥과 달리
깨끗하고 고요한 공원 같았다.
그토록 애타게 찾던 공원!

5년 만의 치앙마이

태국 치앙마이주 치앙마이시

정부가 마스크 착용 의무를 해제할 무렵, 아내와 치앙마이로 휴가를 떠났다. 팬데믹 이후 첫 해외여행은 익숙하고 친근한 도시가 좋을 것 같았다. 5년 만에 방문한 치앙마이는 거의 그대로였지만 그사이 내가 달라져 있었다. 러닝이 여행의 리추얼이 되어 있었으니 도시를 바라보는 관점도 바뀔 수밖에 없었다.

달리기가 취미인 사람의 입장에서, 치앙마이는 높은 점수를 주기 어려운 도시다. 구글맵을 보면 한숨이 나온다. 도시 안에 뛸 만한 공원이 없다. 운동장도 안 보인다. 제법 폭이 넓은 핑강이 있지만 강변에 산책로 따위는 없다. 달리기를 포기하려던 순간 아내가 말했다.

"우리 숙소에서 치앙마이대학이 가깝네. 내일 아침에 거길 뛰자!"

지도를 보니, 도이수텝산 동쪽 자락에 위치한 학교가 널찍한 녹지에 안겨 있었고, 제법 큰 호수도 있었다. 가슴이 뛰었다.

달리기를 먼저 시작한 건 내가 아니었다. 잠깐 일을 쉬던 시절, 아내는 집 앞 어린이대공원을 열심히 뛰었다. 같이 뛰어 보자며 손을 내밀었지만 나는 전혀 마음이 동하지 않았다. 그러다가 아내가 반강제로 등록한 7킬로미터 마라톤 대회를 함께 나갔다.

"당신은 기본 체력이 있으니 7킬로미터는 어렵지 않을 거야."

대회 이름은 '청춘런'. 여의도 한강공원에 집결한 수많은 청춘들 틈에서 청춘인지 아닌지 애매한 우리는 함께 같은 속도로 달렸다. 반환점 3.5킬로미터까지는 꾹 참았지만 콜린성 두드러기 때문에 몸이 가려워 더 뛸 수가 없었다. 아내한테 먼저 가라고 했다. 달리다가 멈춰 서서 몸을 박박 긁기를 여러 번, 다시 달리다가 오른쪽 무릎이 시큰해서 쩔뚝거렸다. 걷다 뛰다를 반복해서 피니시 라인은 겨우 통과, 메달도 받았다. 아내한테 차마 말하진 않았지만 다시 대회를 뛸 일은 없을 것 같았다. 달리기는 나에게 어울리는 운동이 아니라고 철썩같이 믿었다. 제대로 뛰지도 않으면서 인증샷에 열을 올리는 청춘들도 이해할 수 없었다.

달리기 냉담자나 다름없던 내가 불혹을 넘긴 뒤 뛰기 시작했고, 툭 하면 나갈 만한 대회가 없는지 뒤져 보고, 외국에 나갈 때도 러닝 코스부터 찾게 됐으니 뭐든 함부로 장담할 일이 아니다.

치앙마이 숙소는 서울의 가로수길과 비슷한 분위기의 상업지구 님만해민 뒷골목 주택가에 있었다. 치앙마이대학까지는 약 2.5킬로미터, 걸어서 33분 거리였다. 달리면 시간이 절반 정도 걸릴 것 같았다.

아내나 나나 완벽한 러닝 복장을 갖춘 건 아니었다. 편한 옷을 입고 숙소 앞 골목에서부터 뛰기 시작했다. 햇살이 쨍하게 비추니 집집마다 마당에 핀 꽃들이 더 화사해 보였다. 이 집 저 집 구경하느라 속도가 안 났다. 현지인이 많아 보이는 카페와 국숫집, 밑반찬과 도시락 파는 가게를 스쳐 지나며 머릿속에 저장해뒀다. 마당 낙엽을 쓰는 사람, 교복 입고 등교하는 아이들, 아무에게나 꼬리 치는 누렁 개들이 정겨운 치앙마이 골목의 풍경을 완성했다. 역시 치앙마이는 골목이다.

큰 도로로 나오니 사정이 달라졌다. 보행로가 워낙 좁아서 뛰기가 쉽지 않았다. 자동차와 오토바이 소음이 심했고, 건기인 겨울이어서 먼지도 많이 날렸다. 그나마도 좁은 보행로는 곳곳이 공사 중이었고, 보도블록도 울퉁불퉁해서 발목을 접질릴 것 같았다. 출근 시간이 다가오면서 더 많은 자동차와 오토바이가 도로로 쏟아져 나왔다. 아내는 계속 마른기침을 했다. 참고로 치앙마이를 겨울에 간다면 미세먼지는 감수해야 한다. 태국 북부의 화전火田 풍습 때문에 공기 질이 나쁜 날이 많다.

대학 정문까지 이어지는 후아이깨우로드로 접어들자 분위기

조용한 여행

가 달려졌다. 도로가 한산했고 가로수도 훨씬 큼직큼직했다. 문이 잠겼을까 봐 걱정했으나 기우였다. 태국 국기가 휘날리고 마하 와치랄롱꼰왕 사진이 큼직하게 걸린 학교 정문은 활짝 열린 채 우리를 반겨 줬다.

대학 안으로 들어서니 딴 세상이었다. 먼지 풀풀 날리는 바깥과 달리 깨끗하고 고요한 공원이었다. 그토록 애타게 찾던 공원! 녹나무를 비롯한 아름드리나무와 야자수가 우거진 초록 세상에는 자동차와 오토바이 소음 대신에 새들의 노랫소리가 낭랑했다. 학교 밖에서 걷다 뛰다를 반복했던 우리는 모터라도 장착한 것처럼 힘차게 걸음을 내디뎠다.

후문에서 500미터를 들어가니 앙깨우호수가 나왔다. 잠실 석촌호수 정도의 아담한 크기였는데 수변 산책로를 달리는 사람이 많았다. 다른 나라에 와서 함께 달리는 사람을 만나면 동질감이 느껴져 괜히 반갑다. 맞은편에서 다가오는 러너에게 엄지손가락을 들어 보였다. 그러면 어김없이 그들은 엄지손가락이나 윙크로 화답했다. 며칠 머물다 떠날 여행객 신분이지만 몸으로 어떤 장소와 부대끼고 현지인과 비슷한 일상의 리듬을 공유하면, 부유하는 이방인이 아닌 것 같은 착각이 든다.

호수 뒤편으로 병풍처럼 뻗은 산세가 근사했다. 한국의 단풍처럼 샛노랑, 새빨강은 아니어도 옅은 가을빛이 도는 산림이 호수에 비쳐 더 진득한 색채를 띠었다. 1년 내내 여름만 있을 것 같은 남국의 산천이 이런 색을 낸다는 게 신기했다.

이 풍경 안에 더 머물고 싶었다. 더 달리고 싶었다. 그러나 숙소에 예약해 둔 아침식사 시간을 지켜야 했던 터라 발길을 돌렸다. 다시 정문으로 나가 먼지 폴폴 풍기는 도로를 달려 숙소에 도착했다. 애플워치를 보니 약 7킬로미터를 달렸다. 뛰다가 걷다가 하다 보니 한 시간 30분 이상 걸렸다. 푸짐한 아침상을 깨끗이 해치웠다.

이후 치앙마이대학을 두 번 더 방문했다. 후문 쪽에서 매일 야시장이 열리는데 저렴한 길거리 음식을 파는 노점상이 100미터 거리만큼 늘어선다. 아내의 지인이 추천해 준 가게에서 해물라면을 먹었다. 너무 맵고 또 맛있어서 눈물이 났다. 식사를 마치고 배도 꺼트릴 겸 학교를 산책했다. 교복 입은 대학생들이 어울려 노는 모습이 풋풋했다. 삼삼오오 클럽 활동을 하고 코트에서 열정적으로 농구를 하는 학생들을 가만히 구경했다. 운동장 위로 비행기가 수시로 날아다녔다. 저녁놀 물든 시간, 열심히 슛을 던지는 학생들과 농구 코트 주변을 두른 싱그러운 야자수, 무심히 하늘을 지나가는 비행기가 어우러진 풍경이 치앙마이를 상징하는 한 장면으로 마음에 각인됐다.

며칠 뒤 조깅을 한 번 더 하고 싶었지만 자전거 산책을 선택했다. 공유자전거를 빌려 학교를 구석구석 둘러봤다. 달리기 좋은 캠퍼스는 자전거 타기도 좋았다. 호숫가 카페 야외 좌석에 앉아 커피를 마시며 여유를 누리고 싶었지만 이날도 숙소 조식을 예약해 뒀던 터라 복귀해야 했다. 숙소로 돌아가 배불리 조식을 먹긴 했으나 호숫가 카페에서의 여유를 놓친 게 두고두고 아쉬웠다.

언젠가 다시 치앙마이를 찾는다면 최대한 대학 가까운 곳에 숙소를 잡고 이 좋은 캠퍼스를 더 많이 누려 보자고 우리는 의기투합했다. 치앙마이대학 안에는 큼직한 식물원도 있고 미술관도 있으니 아쉬울 게 없다.

한 달 정도 살아 보기 여행을 한다면 역시 학교 주변이 제격이라는 생각도 들었다. 여행이 아니라 살아 보기라면 최대한 일상과 가까운 리듬을 유지할 필요가 있을 테고 그런 점에서 대학가는 최고의 명당이 아닐까 싶다. 거닐고 달리기 좋은 교정, 저렴한 음식값, 그리고 파릇파릇한 청춘의 기운. 꼭 치앙마이가 아니어도 그럴 테니, 다음 여행지가 어디든 대학 주변을 노려 보리라.

얼마 안 남았다는 안도감이 들 무렵
최악의 오르막 구간이
재난처럼 찾아왔다.
머리가 어질어질했다.
울고 싶었다.

벚꽃비 맞으며 달리다

경상북도 경주시

"벚꽃이 그렇게도 좋냐 멍청이들아."

벚꽃 시즌마다 귀가 닳도록 들려오는 장범준의 〈벚꽃엔딩〉보다는 십센치의 노래 〈봄이 좋냐〉 가사에 공감하는 편이었다. 꽃에 흥미가 없다기보다는 사람 몰리는 곳은 질색이니까. 여의도 윤중로, 경주 대릉원, 진해 군항제처럼 벚나무보다 사람이 압도적으로 많은 장소나 축제를 굳이 찾아가는 걸 이해할 수 없었다. 그랬던 내가 바보 대열에 합류했다. 4년을 연거푸 경주로 벚꽃놀이를 갔으니 말이다.

경주로 봄나들이를 나선 건 아내 때문이었다. 생일 선물로 받고 싶은 게 있는지 물었더니 '경주 여행'이라고 콕 집어 말했다.

"벚꽃도 보고 한옥 숙소에도 묵어 보고 싶어."

이렇게 받고픈 생일 선물이 구체적일 때는 피할 도리가 없다. 차를 몰고 남쪽으로 내달았다.

그해에는 봄이 빨랐다. 3월 말 경주는 꽃 천지, 사람 천지였다. 숙소는 황리단길 한복판에 있었다. 가 본 사람은 알겠지만 황리단길은 주차 지옥이다. 숙소에 주차장이 없어서 좁은 골목에 요령껏 차를 댈 수밖에 없었다. 장거리 운전을 한 뒤 주차 공간을 찾다가 진이 다 빠졌다. 대문을 열고 한옥 게스트하우스로 들어갔다. 까칠하게 굴지 않으려 애썼지만 스멀스멀 올라오는 불평을 억누를 수 없었다. 객실을 둘러보면서 말했다.

"침대 없는 건 이해하는데, 의자도 없네. 화장실이 되게 아담하다. 샤워를 쭈그려 앉아서 해야겠어. 하하."

"한옥이니까 그러려니 해. 방 좁은 거 말곤 다 좋을 거야."

잠시 후 숙소 주인이 추천해 준 근처 식당에서 늦은 저녁을 먹었다. 슴슴한 콩국수 맛이 마음에 들었다.

"흠. 주인분 안목은 있으시군."

허기가 가시니 기분이 조금 나아졌다. 안압지라는 이름이 더 익숙한 '동궁과 월지'로 밤 산책을 나섰다. 은은한 조명과 달빛이 누각과 벚나무를 비춘 모습이 퍽 낭만적이었다. 경주의 봄은 이런 거였군, 그럴싸하네, 중얼거렸다.

이튿날 아침 새소리에 잠을 깼다. 숙소 주인 아주머니가 아침을 먹으라고 부르셨다. 안채 문을 연 순간 "우와" 하고 육성이 터졌다. 평소 리액션이 약하다고 지적을 받는데 이때만큼은 진심으로 입이 떡 벌어졌다.

업라이트 피아노와 벽난로, 빈티지 조명과 손수 엮은 패브릭 제품이 어우러진 아담한 거실이 멋스러웠다. 식탁에 2인 상이 차려져 있었다. 버섯 향 은은한 떡국, 직접 만든 드레싱을 얹은 샐러드는 그냥 봐도 지극한 정성이 느껴졌다. 물론 맛도 끝내줬다.

밥을 들면서 아주머니와 두런두런 이야기를 나눴다. 책, 빈티지 제품 등 몇몇 취향을 공유할 수 있어 흥미로웠는데 무엇보다 순수한 어른의 모습을 마주한 것 자체로 좋은 기운을 얻었다. 스페인 산티아고 길을 가기 위해 영어 공부를 꾸준히 하고 있다고, 처음엔 외국인 투숙객을 상대하는 게 겁났지만 지금은 주저 않고 말을 건다고. 언제가 될지 몰라도 산티아고 길을 간다는 생각만으로도 행복하다고. 은발의 어른에게서 아이 얼굴이 보였다.

여행 취재가 업이다 보니, 남의 여행에 시큰둥할 때가 많다. 나도 거기 가 봤는데, 가 봤자 별거 없는데, 이런 태도 말이다. 한데 이렇게 맑은 표정으로 여행의 꿈을 말하는 어른을 만나니 내가 너무 찌들어 있었구나 싶었다. 쉽게 싫증 내고 뭔가에 금방 질린다는 건 정신이 노화했다는 증거가 아닐까. 머리가 하얘지고 주름이 짙어져도 호기심을 잃지 않고 배우려는 태도를 유지한다면 청춘처럼 살 수 있겠다고 생각했다.

아침밥을 먹고 나니 운전의 피로와 좁은 방에 대한 불만이 뜨거운 커피에 각설탕 녹듯 사라졌다. 이 집이 달리 보였다. 아담한 한옥 마당에 히어리, 설유화 등 자잘한 봄꽃이 어우러진 모습이 정겨웠다. 툇마루에 걸터앉아 햇볕을 쬐고 책을 읽었다. 관광객이 골목 가득한 황리단길 한편에 이렇게 평화롭고 고요한 세상이 있다니. 갑자기 서울에서도 한옥에 살아 보고 싶다는 망상이 들었다.

주인분은 상대적으로 덜 알려진 벚꽃 감상 포인트와 식당을 추천해 주셨다. 추천 장소의 벚꽃이 얼마나 아름다운지 설명할 때 또 아이처럼 들뜬 표정이었다. 관광지 경주에 오래 사셨을 텐데도 여전히 계절과 자연에 감탄할 수 있다는 게 부럽고 또 존경스러웠다.

추천받은 장소는 여느 경주 관광지와 달리 한산했고 벚꽃뿐 아니라 온갖 꽃이 흐드러진 꽃 천지였다. 진분홍색 겹벚꽃과 연못에 축 늘어진 수양벚꽃이 고혹스러웠다. 서울과 먼 경주의 봄 하늘은 어찌나 맑은지 분홍 꽃과 파란 하늘이 어우러진 모습만으로도 먼 거리를 달려온 보람을 느꼈다. 그건 그렇고, 숙소 주인분이 알려 주신 벚꽃 포인트가 어디냐고요? 사실 꼭꼭 숨겨 두고 싶은데 경주시가 대놓고 "비밀 명소"라고 공식적으로 홍보해 버렸다. 구글에 '경주시 벚꽃 비밀 명소'라고 치면 줄줄이 나오니까 참고하시길. 그런데 '비밀'과 '명소'는 형용 모순 아닐지.

이듬해에는 보문호를 위주로 벚꽃 명소를 취재하기 위해 출장을 갔고, 그다음 해에는 '경주 벚꽃 마라톤'에 참가했다. 수년 전, 다시는 대회에 안 나가리라는 다짐은 더 이상 유효하지 않았다. 스스로를 테스트하고 싶던 와중에 아내가 경주 벚꽃 마라톤을 찾아내 함께 등록했다.

마라톤 대회 하루 전날인 3월 31일, 경주 보문단지에 입성했다. 숙소에 짐을 풀고 보문정과 보문호를 산책했다. 잘 뛸 수 있을까. 완주는 할 수 있을까. 걱정이 앞섰다. 대회 일주일 전 휴대폰을 떨어뜨려 엄지발가락을 다친 탓에 정상 컨디션이 아니었다. 훈련량도 부족한 것 같았다.

결전의 날, 일찌감치 기상했다. 대회 주최 측에서 보내 준 벚꽃색 티셔츠를 입고 집결지인 보덕동 행정복지센터로 이동했다. 1만 명이 넘는 인파로 북적북적했다. 아내는 10킬로미터, 나는 하프 코스여서 출발 시간이 달랐다. "살아서 만나자!" 아내와 파이팅을 외치고 헤어졌다. 출발선으로 이동했다. 지금까지 달려봤던 7킬로미터, 12킬로미터 대회와는 확실히 분위기가 달랐다. 러너들의 복장도 달랐고, 종아리 근육도 달랐다. 재미 삼아 온 사람은 없어 보였다. 탕, 출발 신호가 울렸다.

보문호를 오른쪽에 끼고 달리는 초반부는 완만한 내리막길이었다. 안개가 짙은 와중에도 길가에 만개한 벚꽃의 존재감은 확실했다. 대회 이름에 걸맞게 처음부터 끝까지 벚나무 도열한 도로를 달렸다. 바람에 흩날리는 벚꽃이 응원단이 손에 들고 흔드는 응원수술처럼 보였다.

주황색 아식스 민소매 티셔츠를 입은, 그러니까 달리기 구력이 꽤 있어 보이는 60대 추정 아저씨를 페이스메이커 삼아서 달렸다. 한 명 한 명, 한 그룹 한 그룹을 추월하는 재미가 컸다.

무라카미 하루키는 달릴 때 무슨 생각을 하느냐는 질문에 "아무것도 생각하지 않는다", "나는 공백 속을 달린다"고 말했다. 달리기 애송이인 나는 경주의 벚꽃길을 달리며 다른 주자들과 나를 비교하며 잡념에 휩싸였다. '잘 뛰지도 못하면서 왜 저리 비싼 신발을 신었을까.' '뛰는 폼이 영 엉성하군. 대회 참가보다는 자세 교정이 시급해 보이네.' '저렇게 팔을 크게 흔들면 금방 힘이 빠질 텐데. 완주가 쉽지 않겠어.'

더는 남 걱정할 처지가 아니었다. 숨이 가빠 오는 걸 느끼다가 애플워치를 확인했다. 1킬로미터에 4분 30~40초 페이스. 평소보다 훨씬 빠른 속도였다. 5킬로미터까지는 괜찮았는데 조금씩 힘이 부치기 시작했다. 아식스 아저씨는 변함없이 힘차게 뛰고 있었다. 그를 뒤따르는 게 점점 힘들었다. 안 되겠다 싶어서 7킬로미터 지점 급수대에서 아저씨를 보내 드렸다. 그리고 속도가 쭉쭉 떨어졌다. 이렇게 페이스 조절을 엉망으로 할 거면 애플워치를 왜 찬 걸까?

반환점인 경주여고를 지날 즈음 우려했던 상황이 벌어졌다. 오른쪽 엄지발가락 통증이 심해졌고 왼발바닥에 물집이 잡힌 게

느껴졌다. 무릎과 고관절은 좌우를 번갈아 저려 왔다. 초반부에 제쳤던 주자들, 자세가 엉성해 보였던 이들이 다시 등 뒤에서 나타나 멀찌감치 사라져 갔다. 자존심이 상했지만 힘을 짜낼 수 없었다. 몸 곳곳에 속도 제한 장치를 걸어 둔 것 같았다. 이후 북천을 따라서 5~6킬로미터를 달릴 때는 아무것도 눈에 들어오지 않았다.

17킬로미터 즈음 보문호 쪽으로 돌아왔다. 얼마 안 남았다는 안도감이 들 무렵 최악의 오르막 구간이 재난처럼 찾아왔다. 머리가 어질어질했다. 울고 싶었다. 그러나 멈추지 않았다. 걷지 않았다. 속도를 늦췄고 다른 주자를 의식하지 말고 내 템포와 내 자세에 집중하자고 나를 타일렀다. 신기하게도 가장 힘들어야 할 오르막길이 그다지 버겁지 않았다. 그동안 남산에서 연습한 게 힘을 발휘한 걸까.

오르막길이 끝날 무렵 신비한 체험을 했다. 심장이 터질 듯한 상태인데도 명치에서 머리끝까지 찌르르한 자극이 퍼지며 갑자기 상쾌한 기운이 전신을 감쌌다. '헉헉' 지친 숨소리가 아니라 '유후 유후' 신날 때 터지는 탄성이 나왔다. 고통의 한가운데 찾아온 카타르시스, 이른바 '러너스하이runner's high'였을까?

다시 벚꽃이 눈에 들어왔다. 꽃의 생김새는 자세히 볼 수 없었지만 느린 셔터 속도로 사진을 찍으면 사물이 흐리고 번진 결과물을 얻는 것처럼 몽환적인 이미지로 그 풍경이 가슴에 남았

다. 벚꽃을 배경으로 달리는 주자들이 모두 멋져 보였고, 길 옆에서 꽃나들이를 즐기는 사람들도 핑크빛으로 행복해 보였다. 이따금 바람이 불 때면 꽃비가 흩날렸다. 입속으로 들어온 꽃잎 하나를 오물오물 씹어 보니 달큼했다. 달리면서 꽃도 먹는 마라톤이라니, 이 모든 순간이 화양연화처럼 느껴졌다. 마침 귀에 꽂은 이어폰에서 더재즈크루세이더스의 〈웨이 백 홈〉이 들렸다. 환희의 찬가가 울려 퍼지는 것 같았다.

경주 시민들의 박수를 받으며 기어이 피니시 라인을 통과했다. 부상과 오버페이스가 뼈아팠지만 인생 첫 하프마라톤을 완주한 걸로 만족했다. 골인 지점에서 먼저 10킬로미터를 완주하고 기다리던 아내와 부둥켜안았다. 이쯤 되면 마라톤 풀코스 일반인 부문 동메달이라도 딴 것 같지만 기록은 한 시간 58분. 간신히 두 시간 안에 들어왔다.

숙소에서 샤워를 한 뒤 보문호 고깃집에서 평소 먹는 양의 두 배를 점심으로 해치웠다. 하프마라톤을 뛰고 나니 1,264칼로리가 소모돼 있었다. 그리고 작년에 발견한 벚꽃 비밀 명소를 찾아갔다. 다행이었다. 아직까지 이곳은 관광객에게 점령당하지 않은 채 비밀의 화원 같은 고요함을 간직하고 있었다. 다리에 슬슬 힘이 풀렸다. 겹벚나무 아래 재킷을 깔고 드러누웠다. 완주의 기쁨, 달큰한 꽃향기, 살랑살랑 봄바람, 가벼운 근육통과 극도의 피곤함이 교차했다. 그 기분이 나쁘지 않았다.

이듬해 봄, 우리는 또 경주를 찾았고 하프마라톤에 동반 참가했다. 나는 지난해 기록보다 7분을 단축했고, 아내는 난생처음 하프마라톤을 완주했다. 그리고 우리는 합의했다. 당분간 벚꽃철에 경주는 오지 말자고. 질리거나 지겨워서는 아니었다. 경주의 봄을 원 없이 누렸기에 더 바랄 게 없다는 생각이 들었다.

4년 새 많은 것이 달라졌다. 나도 아내도 조금 더 잘 달리는 사람이 됐고, 별 관심이 없던 도시를 편애하는 수준에 이르렀다. 이제 봄마다 경주를 가지 않더라도 벚꽃철에 이르면 4년간 비축한 경주의 추억을 끄집어내 오물오물 곱씹을 생각이다.

앞으로 살면서 수많은 봄을 맞을 것이다. 아마도 나는 봄마다 열심히 달릴 것이고, 기회가 된다면 경주가 아닌 다른 도시에서 마라톤 대회를 참가할 것이다. 달려 보고 싶은 도시도 많고, 참가하고픈 대회도 많다. 그러기 위해서는 하루키가《달리기를 말할 때 내가 하고 싶은 이야기》에 쓴 것처럼 "한 발 한 발 보폭에 의식을 집중하는 동시에 되도록 긴 범위로 만사를 생각하고, 되도록 멀리 풍경을 보자고 마음에 새겨야 할 것"이다. 오늘도 남산을 달리러 나간다.

| 4장 |

좋은 게 많기보다

나쁜 게 적은

좋은 기억은
내가 좋아하는 것들로
꽉 채워진 순간이 아니라
내가 꺼리는 것들이 없을 때
만들어진다.

취향의 두 얼굴

어느 해변 카페

하루에 커피 두 잔을 마신다. 아무 커피나 각성용으로만 마시진 않는다. 아침엔 향 좋은 핸드드립 커피를 텀블러에 내려서 출근하고, 점심엔 에스프레소를 즐겨 마신다. 알코올보다 카페인이 체질에 맞고, 술집보다 카페가 편하다. 위계와 매너를 따지는 술자리보다는 캐주얼한 분위기의 커피 미팅을 선호한다. 여럿이 잔 부딪치며 으쌰으쌰 하는 자리도 필요하지만 혼자 혹은 두셋이서 찻잔을 앞에 두고 낮은 목소리에 귀기울이는 게 편한 건 어쩔 수 없다. 취해서 흐느적거리는 것보다 말똥말똥한 상태로 뭔가에 집중하는 시간을 소중히 여긴다.

카페가 여행의 이유가 되기도 한다. 커피 애호가로서 지도 앱에 저장해 둔 카페가 전국 각지에 꽤 많다. 나도 언젠가 카페를 차려 보고 싶다는 용감한 생각도 이따금 한다. 유행 타지 않는 맛과 편한 분위기, 그날그날 날씨와 어울리는 음악이 흐르는 인적 뜸한 골목의 카페. 상상은 즐겁지만 감히 엄두를 낼 일이 아니라는 걸 알기에 카페 탐방과 이 원두 저 원두 내려 마시는 홈카페 생활로 만족한다.

내 취향의 카페를 고르는 기준이 있다. 커피 맛은 기본이고 바리스타의 친절하면서도 자신감 있는 접객 태도, 주인장의 애정과 개성이 묻어난 인테리어, 여기에 세심한 음악 선곡이 뒷받침된다면 더 바랄 게 없다. 다음과 같은 카페는 웬만하면 안 들어간다. 돈으로 다 해결한 듯한 공간 연출, 무비판적으로 트렌드를 따른 메뉴(이를테면 흑당라테, 뚱카롱), 촌스러운 한글 폰트 간판과 낯간지러운 글귀 장식("네가 제일 예뻐", "다 잘될 거야"). 이 밖에도 에스프레소를 주문했는데 "저희는 큰 잔밖에 없는데요?"라거나 "설탕은 없고요, 시럽 드릴까요?" 하는 집도 발길을 끊는다. 이렇게 쓰고 보니 꺼리는 목록이 훨씬 많아서 '나 참 피곤한 사람이에요'라고 고백하는 것 같다. 어쩔 수 없다. 나에게 취향이란 그런 것이다. 뭔가를 까다롭게 좋아하는 것.

어느 한적한 해변에 있는 카페를 1년 사이 세 번 찾아갔다. 아늑한 느낌의 인테리어, 빈티지 스피커에서 흘러나오는 음악 소리, 예술가 풍모가 느껴지는 바리스타가 커피를 내리는 모습까지. 내 취향을 두루 충족한 공간이었다.

첫 방문 때는 주말이어서 사람이 너무 많았다. 줄 서는 건 질색이지만 어렵게 찾아갔기에 발길을 돌릴 순 없었다. 30분을 기다려 카페 안으로 들어서자 스피커에서 클래식 음악이 흘러나왔다. 손님 대부분이 음악 소리에 집중하며 조용히 커피를 마시고 있었다. 커피잔이 받침에 부딪는 소리, 바리스타가 커피도구 다루는 소리가 소품처럼 섞여 들렸다. 인스타그램에서 핫한 카페치고는 희한한 풍경이었다.

그해 겨울, 눈 내리는 날 그 카페를 또 찾았다. 손님은 우리 부부 말고 한 테이블뿐이었다. 카푸치노를 마시며 주인과 대화도 나눴다. 음악과 여행 등 여러 관심사가 통했다. 같은 라디오 프로그램의 애청자라는 사실이 대화를 더 풍성하게 해 줬다. 창밖으로 해변을 물들이며 떨어지는 해를 바라보며 괜히 마음이 몽글몽글해졌다.

"비수기여서 여유롭고 좋네. 다시 오길 잘했다."

카페를 나서며 아내에게 말했다. 인적 뜸한 비수기야말로 이 카페의 고요한 낭만을 만끽하는 방법이라고 생각했다. 역시 여행 고수 되기의 비법은 다른 게 없다. '비수기의 전문가'가 되는 수밖에.

이듬해 여름, 그 카페를 또 찾았다. 테이블에 자리를 잡고 주인장에게 인사를 건넸다. 세 번째 방문이라고 강조했는데도 그는 나를 못 알아봤다. 살짝 섭섭했지만 이해해야지 어쩌겠나. 단골

동네 카페도 아니고, 내 외모가 아주 독특한 것도 아니니까. 잠시 후 나는 건드리지 말았어야 할 도화선에 불을 당기고 말았다.

"앰프가 좋아 보이네요. 저는 아파트에 살아서 음악을 크게 못 듣거든요. 올인원 오디오로 만족하고 있습니다만."

주인장의 눈에서 불꽃이 튀었다.

"아파트 사는 사람들, 좋아하는 음악도 못 듣고 참 딱합니다. 집값 오르기만 기대하면서 살면 너무 불행하지 않나요? 사람들은 원하는 삶을 선택하려면 용기가 필요하다고 말합니다. 그러나 용기의 문제가 아닙니다. 행복하게 살 줄 모르는 거예요. 행복하려면 지금 누리는 걸 포기해야 하는데 다들 그걸 못 합니다. 그게 다 욕심이고 욕망입니다."

당혹스러웠다. 오디오 얘기나 하려고 했는데 난데없이 행복론 강의라니. 그것도 윽박지르는 설교투로. 고요함과 아늑함이 최대의 매력이었던 카페가 일순간 낯설어졌다. 바닥을 드러낸 커피잔을 괜히 홀짝였다.

설교는 조금 더 이어졌는데 더 이상 인용은 하지 않겠다. 한 문장으로 요약하면, 서울 외곽에 주택 한 채를 장만하라는 이야기였다. 아무 대꾸를 할 수 없었다. "저, 전세 사는데요? 그것도 빚이 절반이고요"라고 받아치고 싶었지만 입이 떨어지지 않았다. 얼굴이 굳어 버린 아내가 복화술하듯 "가자"라고 말한 뒤 먼저 일어났다. 그리고 우리는 차를 타고 해변을 떠나며 목소리를 높였다.

"아파트에 살면 다 속물이고, 욕망의 노예야? 쳇, 주택을 지으라고?"

별일 아니라면 별일도 아니었다. 한데 생각할수록 뽀글뽀글 속에서 화가 피어올랐다. 시간이 꽤 지나서도 그랬다. 이런 일로 내상이 생길 줄이야.

카페를 다녀온 뒤 이날 있었던 일을 소셜미디어에 소상히 올렸다. 희한한 경험을 기록하는 차원이기도 했고, 글로 정리하며 내 감정을 톺아보려는 뜻도 있었다. 여러 사람이 글을 읽었고, 잘 모르는 사람도 댓글을 달았다. 반응은 다채로웠다. "사장이 꼰대다", "글쓴이가 너무 예민하다. 열등감도 있어 보인다", "아파트가 문제인 건 맞다", "꼰대는 틀린 말을 하지 않는다. 눈치가 없어서 문제다" 등등. 어떤 이는 "사장님이 아파트에서 안 좋은 기억이 있으신가 봐요"라며 내가 품어 보지 못한 생각으로 주인장을 헤아리기도 했다.

따지고 보면 주인장의 말은 하나도 틀리지 않았다. 댓글 내용 하나하나도 모두 맞는 말이었다. 세상은 넓고 사람은 다양하며, 한 사람의 내면에는 그 자신도 다 알 수 없을 만큼 복잡한 층위가 존재한다. 너무 단정적으로 특정인을 저격한 것 같아서 후회하며 게시물을 내렸다. 내 마음도 내 뜻 같지 않다.

생각해 보니 나는 취향의 배신을 경험한 거였다. 여러 관심사가 통하는 어른에게 듣고 싶었던 대답, 기대했던 반응이 있었지만 그건 내가 만든 허상이었다. 나에게 실망을 안긴 타인에게 문제가 있는 게 아니었다. 다만 나는 그 자리에서 난데없이 설교를 듣고 싶지 않았을 따름이다.

이때의 경험을 통해 깨달았다. 좋은 기억은 내가 좋아하는 것들로 꽉 채워진 순간이 아니라 내가 꺼리는 것들이 없을 때 만들어진다는 사실 말이다. 이를테면 나는 평화로운 순간을 해치는 소음 못지않게 단정적인 말, 지나친 자기 확신이 불편하다.

밴드 브로콜리너마저의 노래 〈좋은 사람이 아니에요〉에 이런 가사가 나온다. "단정하는 사람을 믿지 말아요. 세상은 둘로 나눠지지 않아요." 나도 아파트가 싫다. 그렇다고 아파트가 당장 벗어나야 할 지옥이라고 생각하지 않는다. 주택이나 한옥에 살아 보고 싶지만 그곳이 천국이라고 여기지 않는다.

100가지 마음에 드는 조건이 충족되는 것보다 한두 가지 꺼려지는 요소가 없는 여행이 소중하다. 그런데 어쩌나. 마주치기 싫은 상황을 완벽히 예측할 수도 통제할 수도 없는 게 여행이 아니던가. 하다못해 마음에 드는 카페를 찾아가는 작은 여행의 순간도 이러한데. 그래서 여행이 재미있기도 하고 피곤하기도 하다. (이 글에는 약간의 허구를 가미했다. 다만 대화 내용은 사실 그대로 담았다.)

아픔과 갈등과 불행이 뒤섞인
일상으로부터 도피하는 게
여행이라 믿었던가.
그러나 우리가 여행하는 장소 또한
누군가의 일상 공간이란 걸 의식한다면
우리의 여행에서
어떤 일도 일어날 수 있다.

불행이 없기를, 아니 불행이 적정하기를

베트남 럼동성 달랏시

에티오피아, 하와이, 태국에서 커피농장을 방문한 적이 있다. 빨갛게 익은 커피 열매를 구경하고 현지인이 내린 커피를 맛보는 재미가 좋았다. 그러나 세계적인 산지라고 해서 커피 맛이 도드라지진 않았다. 커피는 재배 과정 못지않게 볶고 추출하는 기술이 중요한 음료다.

베트남의 대표적인 커피 산지인 달랏은 조금 달랐다. 사심을 담아 기획한 취재에서 핵심은 커피농장 방문이었다. 여러 커피농장을 찾아다녔고 달걀을 넣은 에그 커피, 족제비 똥 커피 등 별별 커피를 맛봤다. 커피 맛도 기대 이상이었지만 도시 자체가 좋았다. 선선한 날씨와 맛깔난 음식, 상업화하지 않은 도시 분위기도 모두 흡족해서 한동안 만나는 사람마다 "취향 저격 여행지"라며 달랏을 극찬했다.

호찌민을 경유해야 했던 몇 해 전만 해도 달랏에서는 한국인을 마주칠 일이 거의 없었다. 지금은 아니다. 팬데믹 이후 한국에서 여러 항공사가 직항편을 띄우고 있고, TV 여행 프로그램과 유튜브에도 달랏이 자주 등장한다. 도심에는 한글 간판을 단 치킨집, 삼겹살집, 부동산도 생겼다. 아련하다. 어디를 가도 한국어를 듣기 어려웠던, 그 시절 달랏.

달랏은 프랑스인의 휴양지였다. 프랑스가 인도차이나를 지배했던 시절, 프랑스인에게 베트남은 너무 더웠다. 수도 사이공(호찌민)을 피해 찾은 곳이 해발 1,000~1,500미터에 자리한 달랏이었다. 프랑스인은 호화 빌라를 짓고 철로를 깔았다. 알프스를 만난 듯 반가웠을 터였다. 달랏의 최저 기온은 12~15도, 최고 기온은 25~28도 수준. 그래서 '영원한 봄의 도시'라고 불렸고, 바로 이런 환경이 커피 생산에 적합해 고급 아라비카종 재배지로 발전했다.

달랏에서는 커피농장 투어가 인기다. 커피를 시음하고 생산자를 직접 만나기도 하는데 가장 인상적이었던 건 커피밭 그 자체였다. 현지인 가이드와 함께 오토바이 타고 산길을 내달리던 길이었다. 갑자기 아카시아 비슷한 꽃향기가 진동했다. 이내 옅은 눈이라도 내린 듯 온 산자락이 하얗게 물든 풍경이 펼쳐졌다. 오토바이를 세웠다. 아카시아가 아니었다. 온 산이 커피나무였다. 얼핏 보면 매화 만발한 광양 매실농장과 비슷했지만 커피꽃 향기는 매화 향을 압도했다. 안개처럼 온 산을 덮은 꽃향기 때문에 정신이 혼몽할 지경이었다. 커피나무 아래 돗자리를 깔고 잠들고 싶었다.

정확히 2년 만에 달랏을 또 찾았다. 첫 방문 때와 같이 2월이었고, 그때와 달리 아내가 함께였다. 이태 전처럼 완벽한 봄 날씨가 우리를 반겨 줬다.

숙소는 아내가 찾은 에어비앤비와 내가 출장 때 갔던 호텔을 2박씩 예약했다. 이른 아침 공항에 도착하자마자 택시를 타고 비앤비를 찾아갔다. 3층짜리 주택이었다. 부겐베리아꽃이 만발한 정원을 지나 로비로 들어갔다. 체크인 시간이 아니어서 짐을 내려 두고 객실만 구경했다. 방이 좁았다. 화장실도 좁았다. 일본의 낡은 관광호텔 같았다. 오래된 목조주택이어서 걸음을 내딛을 때마다 바닥이 삐걱거렸다. '혹시 네이버 블로그에서 본 숙소야?'라고 물으려다 참았다. 삐걱거리는 마음을 억누르고 로비로 내려왔다. 아침을 먹고 커피를 마시면 기분도 풀리리라.

집주인이 추천해 준 식당에서 2천 원짜리 쌀국수를 주문했다. 상차림을 보자마자 입꼬리가 올라갔다. 한국의 쌈밥집처럼 큰 접시에 채소를 수북이 쌓아 줬다. 국물에 짜 먹는 라임도 아끼지 않고 내줬다. 숙주는 없고 육수는 맑은 정통 베트남 쌀국수였다. 정갈하고 향긋한 맛이 돋보였다. 비로소 아내에게 미소를 지

어 보였다.

국수를 먹고 나오는 골목에서 기시감이 드는 풍경을 맞닥뜨렸다. 가게 입구에 개 한 마리가 낮잠을 자고 있었는데 2년 전에 골목을 쏘다니면서 만난 친구였다. 그때도 곤히 자는 모습이 귀여워서 사진을 찍었는데 똑같은 자세로 붙박여 있었다. 뭘 파는 집인지 정체도 모르면서 괜히 반가워서 안으로 들어가 '반깐'이라는 디저트를 사 먹었다. 계란빵과 비슷한 간식을 느억맘 소스에 찍어 먹었다. 완벽한 단짠단짠 조합이었다. 베트남 음식은 싼 대신 양이 적다. 그래서 디저트를 꼭 먹게 된다. 체질적으로 나에게 맞는 취식 방식이다.

도심을 쏘다니다가 다시 숙소로 돌아왔다. 정원에서 꽃 구경을 하고 해가 진 뒤에는 2층 공용 거실에서 고양이를 쓰다듬으며 책을 읽었다. 밤이 깊었고 숙소에는 우리만 있었다. 이때 1층에서 낯익은 노래가 흘러나왔다. 피아노 선율이 감미로운 다프트펑크의 〈위드인〉이었다.

노래는 한 번으로 그치지 않았다. 두 번 세 번 반복 재생됐다. 그러더니 누군가 피아노로 그 곡을 따라서 연습하는 소리가 들렸다. 목조주택이라 방음이 전혀 안 됐다. 피아노 연주가 뚝 뚝 끊겼고 거푸 틀린 음이 들렸다. 연주자는 네 마디 이상을 매끄럽게 이어 나가질 못했다. "대체 언제까지 피아노를 치는 거지? 잘 치기나 하든가. 답답하네."

로비로 내려갔다. 찢어진 검은 데님 바지에 검은색 워커를 신고 은귀고리를 한 숙소 직원이 업라이트 피아노 앞에 앉아 있었다. 딱 1980년대 헤비메탈 가수 차림이었다. 그는 턱수염을 긁적이며 피아노를 잘 못 쳐서 미안하다고, 필요한 게 있냐고 물었다. 머쓱해했지만 기가 죽은 눈치는 아니었다. 차마 조용히 해 달라는 말이 나오지 않았다. 소리의 진원을 알고 나니 불만이 수그러들었다. 나는 괜찮으니 편하게 연습하라고 했다. 그러고는 대뜸 그에게 택시기사를 소개해 달라고 했다. 이튿날 도시 외곽을 갈 계획이었는데 아내가 함께여서 오토바이보다는 안전한 택시가 나을 듯했다. 직원은 친구 중에 아주 괜찮은 운전기사가 있다며 눈을 반짝였다.

이튿날 아침. 20대로 보이는 젊은 기사가 숙소 앞에서 기다리고 있었다. 기아 카렌스를 타고 달랏에서 가장 높은 랑비엥산, 프랑스가 만든 기차역과 궁전 등을 둘러봤다. 이태 전 가 봤던 커피 농장에서 만개한 커피꽃을 봤고, 정신이 번쩍 깨는 연유커피도 마셨다. 이날의 하이라이트는 기사가 데리고 간 식당이었다. 토마토생선조림부터 디진 돼지고기를 넣은 달걀전, 줄기콩볶음, 아욱과 비슷한 채소로 끓인 국까지. 수차례 베트남을 여행했지만 이렇게 수더분한 가정식은 처음이었다. 먹는 내내 황송했다.

이동 중 기사와 끊임없이 이야기를 나눴다. 주로 우리가 질문했다.

"어디서 영어를 배웠길래 이렇게 유창해?"

"진짜? 관광객 상대하며 어깨너머로 배운 게 전부인데."

"아직 젊잖아. 큰 도시로 가고 싶진 않아?"

"달랏에서는 한 달에 30~40만 원 정도 버는데 그거면 충분해. 지금 삶에 만족해."

친구라 닮은 건가. 숙소에서 〈위드인〉을 연주하던 직원처럼 운전기사도 친절했고, 당당했다. 무엇보다 속이 깊었다. 헤어지면서 당신은 우리가 만난 최고의 가이드였다고, 덕분에 달랏에 대한 애정이 더 커졌다고 말했다. 다음에 달랏에 오면 또 보자는 인사와 함께.

숙소로 돌아왔다. 밤이 깊어 오자 여지없이 그 노래가 들려왔다. 〈위드인〉. 어제와 비슷한 패턴이었다. 원곡이 세 번 정도 재생됐고, 띄엄띄엄 피아노 연주가 이어졌다. 아내와 나는 배시시 웃었다. 엉성한 실력에도 굴하지 않고 피아노 앞에 앉은 그의 꾸준함에 박수를 보내고 싶었다.

다음 날 잠자리를 옮겼다. 프랑스 식민지 시절, 프랑스인이 지은 고급 빌라를 개조한 리조트였다. 숙소는 비앤비보다 훨씬 근사했다. 방도 널찍했고 욕조도 컸고 산책과 조깅을 할 수 있을 만큼 부지도 넓었다. 한데 심심했다. 도시 외곽이라 오토바이 소음도 없는 조용한 밤, 뭔가 허전했다. 아내와 나는 음악 앱을 열어 〈위드인〉을 재생했다. 세 번 네 번 연거푸 틀었다. 그 뒤로 한국에 돌아와서도 우린 이 노래를 자주 듣고 있다. 달랏을 추억하고 싶을 때, 여행지에 가서 나른한 기분을 느끼고 싶을 때, 또 둘이 싸워서 분위기가 어색해졌을 때 화해의 배경음악으로 활용한다. 도입부의 피아노 연주가 시작되면, 조건반사적으로 옅은 미소가 지어진다.

달랏을 떠날 때까지 별다른 일정은 없었다. 구글맵을 뒤져서 식당과 카페를 찾아다녔고 호숫가를 산책했다. 아내와 손잡고 시내를 거닐면서 말했다.

"달랏 좋지? 잘 왔지?"

"그러네. 음식도 맛있고 사람들도 좋아. 불편할 정도로 과하게 친절하지 않은 것도 마음에 들어."

이런 대화를 나누는 순간, 경악할 만한 장면이 눈앞에 펼쳐졌다. 도로에서 절규하는 개 소리가 들렸다. 전방 30미터 거리에서 택시가 덩치 큰 시베리안허스키를 들이받았다. 우리도 지나가던 행인들도 충격을 받고 소리쳤다. 형제로 보이는 다른 시베리안허스키가 택시기사를 향해 거칠게 짖었다. 허스키 형제는 길 옆 작은 호텔에 살았는데 그 앞을 지나면서 여러 번 마주쳤다.

동남아 소도시나 시골에서는 아무데나 널브러져 있거나 느릿느릿 도로를 활보하는 개나 고양이를 볼 수 있다. 사람도 동물도 서로 눈치껏 피해 다니기에 사고가 나진 않는 듯하나 볼 때마다 불안했다.

호텔 직원이 뛰쳐나왔고 다행인지 불행인지 허스키는 앞다리 하나만 바퀴에 깔렸다. 한눈에 봐도 심하게 다쳤는데 허스키는 고통스러워하며 혀로 발을 핥았다. 형제 허스키는 안절부절못하며 곁을 맴돌았다. 녀석도 얼마나 충격을 받았을까. 호텔 직원은 택시기사에게 삿대질을 하며 목소리를 높였고 택시기사는 몇 마디 하더니 슝 하고 가 버렸다.

놀란 아내는 진정하지 못했다.

"뭐야, 저러고 그냥 가 버려? 수습도 안 해? 아니, 개 주인은 빨리 병원으로 데려가야지. 뭐 하는 거야?"

우리는 차마 다친 개 앞으로 지나갈 수 없었다. 가슴이 진정되지 않아 저녁도 못 먹었다. 베트남 음식이 대체로 육식인데 다친 동물을 생각하니 아무것도 먹을 수 없었다. 내가 사고를 낸 게 아닌데도 인간이란 사실이 미안했다. 원죄의식처럼 깊은 죄책감에 사로잡혔다.

이튿날 그 호텔을 찾아가 허스키의 안부를 물었다. 직원은 여러 부위가 골절됐지만 수술을 잘 마쳤다고 말했다. 형제 허스키는 쓸쓸한 얼굴로 로비를 지키고 있었다. 조금 누그러진 기분으로 우리는 다시 손을 잡고 걸었다.

"달랏에 대한 환상이 다 깨졌어?"

"달랏이라서 그런 사고가 난 건 아니잖아."

"택시기사가 제대로 책임을 졌으려나 모르겠네."

호찌민으로 가는 비행기 안에서도 허스키 생각이 떠나지 않았다. 나는 왜 계속 그 개를 떠올렸을까. 단지 사고를 목격해서만은 아니었다. 누구나 여행은 희극이기를 바란다. 거기에 아픔, 갈등, 불행이 끼어들지 않기를 원한다. 아픔과 갈등과 불행이 뒤섞인 일상으로부터 도피하는 게 여행이라 믿었던가. 그러나 여행도 삶의 일부라고 보면, 우리가 여행하는 장소 또한 누군가의 일상 공간이란 걸 의식한다면 어떤 일도 일어날 수 있다는 걸 받아들일 수 있을 것이다. 우리는 그저 행운과 타인의 호의 속에서 탈없이 여행을 마쳤을 때 감사할 수 있을 따름이다.

"너무 행복에 겨우면 때로는 행복의 괴물이 될 위험이 있다."

로맹 가리의 소설 《노르망디의 연》에 나오는 문장이다. 너무 행복에 겨운 여행, 불행과 불운은 1퍼센트도 없는 여행과 인생만 꿈꾸진 않았던가. 기온도 습도도 적정한 커피산지, 거슬리는 게 아무것도 없던 여행지에서 적절한 행복에 관해 생각했다.

달력 사진처럼 보였던 계단식 논은
정지된 이미지가 아니었다.
그 안에는 사람이 살고 있었고
삶이 흐르고 있었다.
하교 후 신나게 노는 꼬마들,
마당에서 강아지를 씻기는 남매,
물소를 몰고 어디론가 가는 사내.

자연주의 숙소와 카프카의 변신

베트남 라오까이주 사빠시

"사빠 갈까?"

어느 날 아내가 말했다.

"베트남 북부 산동네? 가는 길이 멀고 험하다던데?"

동남아 여행 경험이 제법 축적됐을 무렵, 우리는 색다른 동남
아를 만나고 싶었다. 리조트에서 흐느적흐느적 쉬는 해변 휴양지
나 번잡한 대도시는 피하고 싶었다. 그렇다고 미얀마나 캄보디아
처럼 문화유적이 중심인 곳도 내키지 않았다. 달랏의 기억이 좋
았던 터라 당시 우리에게는 베트남이 '최애' 국가였고, 달랏처럼
선선한 산동네라면 더할 나위 없겠다고 합의했다.

하노이공항에 도착하자마자 차를 타고 사빠로 이동했다. 여
행자 대부분은 사빠에 갈 때 다음 둘 중 한 가지 방법을 택한다.

약 여덟 시간 걸리는 굼벵이 열차, 좌석이 180도 눕혀지는 슬리핑버스. 우리는 두 방법을 다 배제하고 미니밴을 이용했다. 돈을 조금 더 쓰더라도 컨디션을 챙기자는 아내의 제안을 받아들였다.

네댓 시간 구불구불 산길을 달려 사빠 타운에 도착했다. 비가 추적추적 내리는 밤이었다. 예약해 둔 숙소는 부티크호텔 콘셉트였는데 이름도 '마이부티크호텔'이었다. 하노이 출신이라는 젊은 부부가 운영하는 신축 호텔로, 내외관이 한국의 모텔 같았지만 가성비가 준수했고 무엇보다 위치가 좋았다. 사빠 타운 한복판에 있어서 어디든 걸어다니기 편했다.

"사빠는 20세기 초 프랑스가 식민지 시절 개발한 산악 휴양지"라고 흔히 말한다. 틀린 말은 아니나 철저히 서구 관점에서 동양을 대상화하는 설명이다. 프랑스가 베트남을 침탈하기 전에도 사빠에는 사람이 살았다. 베트남이라는 나라가 건국되기 전부터 사람들은 해발 1,500미터의 험한 고산지대에 계단식 논을 일구고 살았다. 프랑스가 이채로운 풍광을 발견해서 관광지로 개발했을 따름이다.

타운에서 이틀 밤을 묵었다. 비 때문에 숙소 주변 식당과 카페를 찾아다니며 시간을 보낸 게 전부였다. 실망스러웠다. 날씨 탓만은 아니었다. 기념품점에서는 온갖 조악한 물건과 '짝퉁' 아웃도어 의류를 팔았고, 길에서 마주치는 전통 복장을 한 고산족은 하나같이 피곤한 얼굴이었다. 도로부터 건물까지 사방이 공사판이었다. 그나마 위안이라면, 호텔 옆에 있는 식당 야미*yummy*에서 파는 음식이 정말 '야미'했다는 사실이다. 여기서 파는 짜조는 베트남을 여섯 번 가 봤고, 베트남 현지 식당 약 100곳을 가 본 여행기자가 최고로 꼽을 만했다. 느억맘 소스에 짜조를 찍어 먹으며 우리는 남은 사빠 일정을 의논했다.

"달랏 분위기를 생각했는데 많이 다르네."

"그래도 내일 숙소를 옮기면 훨씬 좋을 거야. 자기가 딱 좋아할 만한 곳으로 예약했거든."

사빠 시내를 벗어나 인적 뜸한 산골마을 라오짜이에 자리한 숙소로 이동했다. 택시에서 내린 순간 입이 쩍 벌어졌다. 볏짚을 얹은 전통가옥이 계단식 논 골짜기에 들어앉아 있었다. 마침 날씨도 완전히 갰다.

"와, 이제야 진짜 사빠에 온 것 같네."

나는 아내를 추켜세웠고, 아내는 사빠 시내에서 보지 못한 흐뭇한 미소를 지으며 어깨를 으쓱했다.

숙소 주위에는 아무것도 없었다. 택시를 타고 멀리 이동하거나 장시간 트레킹을 하지 않는 이상 숙소에서 모든 걸 해결해야 했다. 그래도 괜찮았다. 숙소 식당의 음식 맛이 좋았고, 볕을 쬐며 계단식 논을 보는 것만으로도 심심하지 않았다. 식당 겸 카페는 투숙객의 쉼터 역할도 했는데 치대기 좋아하는 고양이와 한 달 배기도 안 되는 새끼 강아지 대여섯 마리가 있어서 녀석들과 노는 시간도 즐거웠다. 낙조와 산그림자가 만들어 내는 광선을 감상한 뒤 쌀국수를 사 먹고 카페에서 책을 읽었다. 베트남 커플 몇몇이 함께 있었는데 적막강산의 밤 분위기를 해치고 싶지 않았는지 모두 속삭이듯 대화를 나누었다.

땅거미가 완전히 내려앉은 시간, 객실로 이동했다. 독채형 전통가옥은 선선하다 못해 쌀쌀한 기운이 돌았고 조명도 어두웠다. 먼저 침대에 뻗었다. 곧 화장실에서 괴성이 들려왔다. 화들짝 놀란 아내와 달리 나는 차분했다. 벌레가 나왔겠거니 했다. 아내는 어떤 종류든 벌레를 보면 기겁한다. 자연주의 숙소니까 그 정도는 감수해야 한다고 말하려는 찰나, "장난 아니야, 바퀴벌레가 손가락만 해"라고 아내가 말했다. 눈을 비비며 화장실로 가 보니, 장수하늘소만 한 바퀴벌레가 벽에 붙어 있었다. 딱! 슬리퍼로 때려서 황천길로 보내 줬다.

공포와 수심 가득한 아내의 얼굴에서는 조금 전까지의 평온과 만족은 온 데 간 데 없었다. 다행히 대형 사각 모기장으로 침대를 두를 수 있었다.

"벌레가 많긴 한가 보다. 이제 걱정 말고 사사"라고 말을 마치기 무섭게 바퀴벌레가 또 출몰했다. 객실 마루를 나무로 얼기설기 깔았는데 그 틈으로 녀석들이 기어 나왔다. 딱! 딱! 딱! 덩치가 큰 바퀴벌레는 둔중해서 잡기 어렵지 않았다. 프론트데스크에 얘기해 벌레 퇴치 스프레이와 모기향을 받았다. "이제 괜찮을 거야"라고 말했지만 아내는 침대에 눕지도 못한 채 웅크려 있었다. 나도 너무 많은 살생을 저질러서인지 잠이 달아나 버렸다.

"우리 남은 하루는 취소하고 시내로 돌아갈까?"

날밤을 새다시피 한 뒤 아침을 먹는 둥 마는 둥 하며 아내가 말했다. 숙소 매니저에게 남은 1박을 취소할 수 있냐고 물었다. 매니저는 당당한 눈빛으로 말했다. 아고다에서 환불 불가 조건으로 예약한 거라 불가능하다고. 여기는 산악지역이고, 친환경 숙소이니 어쩔 수 없다고. 우리는 돌아서서 한숨을 내쉬었다. 말이 친환경 숙소지 친벌레 숙소라면 문제가 있는 것 아닌가.

역시나 할 것도 없고, 갈 곳도 없는 아침. 계단식 논을 굽어보고, 강아지와 고양이를 벗 삼아 놀았다. 호러영화 같았던 밤과 달리 한없이 평화로운 순간이었다. 점심시간, 우리는 숙소 식당으로 툴툴 걸어갔다. 자리를 잡았더니 매니저가 다가왔다. "벌레 때문에 잠을 제대로 못 잤다니 미안하다"며 점심을 무료로 대접하겠다고 했다. 사람이 이러면 안 되는데 공짜 앞에서 올라가는 입꼬리를 제어할 수 없었다. 그리고 이날 먹은 분짜는 베트남을 북에서 남까지 두루 훑었고, 현지 식당에서 안 먹어 본 음식이 거의 없는 여행기자가 최고로 꼽을 만한 맛이었다.

점심을 먹고 졸음이 쏟아졌지만 방으로 가는 건 내키지 않았다. 아내에게 숙소에서 굽어보던 산 아래 마을로 가 보자고 했다. 챙겨 온 등산화를 신고 구글맵을 보며 걷기 시작했다. 지그재그 내리막길을 한참 걷다 보니 어느새 강이 흐르는 골짜기 바닥에 닿았다.

달력 사진처럼 보였던 계단식 논은 정지된 이미지가 아니었다. 그 안에는 사람이 살고 있었고 삶이 흐르고 있었다. 하교 후 신나게 노는 꼬마들, 마당에서 강아지를 씻기는 남매, 물소를 몰고 어디론가 가는 사내. 관광지에서 흔히 볼 수 없는 일상의 풍경이 있었다. 전통복장을 한 고산족 여인도 마주쳤다. 관광객을 상대하느라 피곤에 찌든 표정이 아니라 일과를 마친 뒤의 홀가분함이 보였다. 그는 우리를 보고 밝게 웃었다. 뭐라고 말을 했으나 알아듣지 못해 우리도 웃음으로 화답했다. 슈퍼마켓에서 믹스커피를 사 마시고 다시 지그재그 길을 걸어 올랐다. 힘들지 않았다. 비로소 여행다운 여행을 한 것 같아 뿌듯했다.

다시 밤이 찾아왔다. 모기향을 피우고 예방 차원에서 벌어진 마루 틈마다 스프레이를 난사했다. "오늘 밤은 괜찮을 거야." 아내에게 말했다. 어제 거의 잠을 못 잔 데다가 트레킹으로 몸이 축나서인지 나는 푹 떨어졌다. 얼마나 시간이 흘렀을까. 아내가 내 어깨를 툭툭 치는 게 느껴졌다.

"뭐야, 또 나왔어?"

"일부러 자기 안 깨우려고 했는데 한 마리가 아니야. 벽에도 막 기어다녀."

"모기장 안으로는 못 들어올 거야. 그냥 자면 안 될까?"

이렇게 말한 걸 비웃기라도 하듯 바퀴벌레 한 마리가 침대 쪽으로 날아왔다. 커다랗고 시커먼 날개를 펼친 채 다가오는 녀석의 모습이 슬로모션처럼 생생했다. 카프카 소설 〈변신〉의 주인공 그레고르 잠자처럼 인간의 영혼이 깃든 존재 같았다. 바퀴는 그냥 벌레가 아니었다. 절지'동물'이었다.

"꺅", "으악." 아내도 나도 비명을 내질렀다. 녀석에게 스프레이를 난사한 뒤 슬리퍼를 휘둘렀다. 다시 살생의 밤이 엄습했다. 울고 싶었다. 번잡한 사빠 시내가 그리웠다. 안온한 서울 집 침대가 아련했다. 왜 우리는 사서 고생을 했을까, 여행이란 뭘까 생각하다가 빌 브라이슨의 명문장이 떠올랐다.

"여행이란 얼마나 이상한 일인가. 집의 안락함을 기꺼이 버리고 낯선 땅으로 날아와 집을 떠나지 않았다면 애초에 잃지 않았을 안락함을 되찾기 위해 엄청난 시간과 돈을 쓰면서 덧없는 노력을 하는 게 여행이 아닌가."

한두 시간이나 잤을까. 거짓말처럼 아침이 찾아왔다. 서둘러 짐을 쌌다. 떠나기 전 풍경이나 한번 보자며 테라스 문을 열어 봤다. 우리는 또 소리를 질렀다. 바퀴벌레가 떼지어 있었던 건 아니었고, 거짓말 같은 풍광이 눈앞에 펼쳐졌다. 사선으로 쏟아지는 아침 햇살이 계단식 논을 짙은 채도로 물들였고 공기도 깨끗해서 산 아래 마을까지 또렷이 보였다. 우리는 벽에 걸려 있는지도 몰랐던 고산족 옷을 입고 기념사진을 찍었다. 절지동물에 시달렸

조용한 여행

던 밤, 문만 열면 이처럼 그림 같은 세상이 있다는 걸 우리는 까맣게 잊고 있었다. 뭐가 꿈이고 뭐가 현실인지 헷갈렸다. 어제는 분짜가 우리에게 대감동을 주더니 오늘은 풍경 한 방이 우리 마음을 붕붕 띄웠다. 이런, 롤러코스터 같은 사빠여.

하노이로 돌아가는 날, 우리는 예정에 없던 일을 강행했다. 베트남의 지붕이라 불리는 해발 3,143미터 판시판산을 오르기로 했다. 산 정상까지 케이블카가 다녔다. 이번 여행에서 너무 뻔한 관광지는 피하자고 했는데 활짝 갠 하늘이 마음을 들쑤셨다. 그리고 우리는 케이블카 안에서, 신선계 같은 산꼭대기에서 여느 관광객처럼 깔깔거리며 기념사진을 찍었다. 인도차이나반도를 수십 번 드나든 여행기자로서 이렇게 청명한 하늘, 시원한 공기는 처음이었다.

판시판에서 내려와 예약해 둔 슬리핑버스를 탔다. 자연주의 숙소 객실에서 내내 겁에 질려 있었던 아내는 활짝 웃으며 버스 좌석을 뒤로 젖혔고 두 다리를 쭉 뻗었다. 덜컹덜컹 슬리핑버스는 꽤 안락했다. 하노이 가는 길, 우리는 모처럼 꿀잠을 잤다.

자연주의 숙소를 선호하는 우리의 취향은 지금도 변함이 없다. 그런 숙소는 약간의 불편을 감수해야 한다. 다만 그 불편이 안락한 잠을 방해할 정도는 아니길, 무자비한 살생을 저지르는 사태로 이어지지 않길 바랄 뿐이다.

우리에게 진짜 필요한 건
더 많은 경험이 아니라
편견으로 꽉 묶여 있던 매듭을
조금 느슨하게 푸는 일이 아닐까.
그러면 여행이 새로운 단초가
될 수도 있을 것이다.

말없이 걷기만 해도 충분한

경상북도 문경시

전라도로 여행을 가거나 호남 사람을 만나면 네이티브처럼 전라도 사투리가 터진다. 서울 태생이지만 스스로를 호남 사람이라고 생각한다. 부모님 두 분 모두 전라남도 출신이다. 어릴 적 방학 때마다 할머니 댁에서 살다시피 하면서 전남 영암을 고향으로 여겼다. 제2의 고향처럼 생각하는 곳은 강원도다. 고성군에서 군 생활을 했고, 기자 일을 하면서 전국 도 가운데 강원도를 가장 빈번하게 드나들었다. 그러고 보니, 강원도 18개 시군을 모두 가 봤고, 각 도시마다 저장해 둔 숙소, 밥집, 카페 목록도 제법 방대하다.

상대적으로 거리감이 느껴지는 동네는 경상도다. 애향심이 남다른 아버지 영향을 무시할 수 없다. 호남 사람이 대체로 그렇듯 아버지는 고 김대중 대통령에 대한 존경심이 남달랐다. 그리고 영남 출신 대통령에 대한 거부감이 강했다. TV에서 경상도 사투리를 쓰는 정치인, 연예인이 나오면 어김없이 혀를 찬 뒤 채널을 돌리셨다. 나도 경상도와 친해지기 쉽지 않았다. 군 시절에 특히 그랬다. 대체로 영남 출신 고참들과 불화했다. 같은 욕도 경상도 사투리로 듣는 게 훨씬 굴욕적이었다.

밥벌이의 힘일까. 경상도로 숱하게 취재를 다니면서 마음의 장벽이 걷혔고 경상도 사투리도 익숙해졌다. 영암만큼은 아니어도 갈 때마다 마음이 푸근해지는 동네도 생겼다. 경북 문경이 그중 하나다.

2020년 여름, 경상북도의 여러 지역을 취재할 기회가 있었다. 문경은 백두대간 첩첩산중에 자리한 산골인데도 희한하게 젊은 도시라는 인상을 주었다. 젊은 귀촌인을 두루 만나서였을까. 감각적인 분위기의 카페와 식당도 많았고, 문경새재처럼 해묵은 관광지도 낡은 느낌이 들지 않았다.

문경에서 이색 체험도 많이 해 봤다. 패러글라이딩을 가장 잊을 수 없다. 가을 초입, 베테랑 강사와 한 몸이 되어 날아올랐다. 웅장한 백두대간 산세와 황금 들녘을 굽어보며 하늘을 날았다. 상공에 가만히 떠 있는 정지 비행의 순간 온 세상이 얼마나 고요한지 아시는가. 지상에서는 경험할 수 없는 적막과 천상의 신비한 기운이 온몸을 감싼다.

고요한 하늘에서 강사와 도란도란 얘기도 나눴다. 맛집을 추천받았고, 강사의 비행 이력도 들었다. 취미로 시작해서 20여 년 경력을 자랑한다는 그는 주말엔 하루 열다섯 번씩 비행을 한단다. 이 정도면 비둘기나 까치보다 더 많이 나는 게 아닐지. 대회에 출전하면 100킬로미터 가까이 비행하기도 한다고 했다.

10년 전 기억이 떠올랐다. 뉴질랜드 퀸스타운에서 스카이다이빙을 체험한 적이 있었다. 경비행기를 타고 해발 4천 미터 상공으로 올라가 뛰어내리다가 낙하산을 펼치고 유유히 착륙했다. 10여 초. 맨몸으로 수직강하하는 그 순간, 극강의 스릴과 전율을 느꼈다. 무사히 착지한 뒤 다이빙 업체 사무실에 들렀는데, 강사들의 프로필에 이름, 국적 외에 다이빙 횟수가 적혀 있었다. 젊은 한국인 강사는 다이빙 횟수가 천 번에 달했다. 그는 워킹홀리데이로 뉴질랜드에 왔다가 강사가 됐다고 한다. 어떤 강사는 다이빙 횟수가 무려 2만 5,800번이었다. 하늘을 날면서 느낀 감격보다 이들의 이력이 더 경이로웠다. 한 번의 대단한 업적을 이루기보다 끈질기게 한 가지 일에 몰두하는 사람들. 살수록 이런 이들을 존경하게 된다. 더군다나 목숨이 걸린 위험한 일이라면 그 앞에서 머리를 숙여 마땅하다고 생각한다.

보통 패러글라이딩 체험은 15분이면 끝난다. 그런데 문경의 베테랑 강사님은 하강할 생각을 안 했다. "이렇게 빙빙 돌면 더 멋진 영상이 나옵니다, 저 산봉우리 쪽으로 접근해 보죠." 끝없이

도는 패러글라이딩에서 내 머리도 돌아 버렸다. 하늘에서 토사물을 뿜을 뻔했다. 잔디밭에 철퍼덕 착지한 뒤에야 멀미 기운이 가셨다.

하늘에서 문경을 내려다보면 사방으로 파도 치는 산세가 보인다. 어느 방향을 봐도 다 산이다. 수많은 산속에는 걷기 좋은 길도 수두룩하다. 문경새재도립공원 같은 전국구 명소 말고 한갓진 곳을 찾는다면 고모산성이 제격이다. 고모산에 있어서 고모산성이다. 돌계단을 걸어 오르면 굽이굽이 휘돌아 흐르는 영강이 내려다보인다. 오후 6시, 조명이 들어오면 더 그윽한 분위기가 연출된다. 고모산성 바로 옆에는 음식 이름 같은 '진남교반' 유원지가 있다. 1933년 대구일보가 경북 8경 중 1경으로 꼽은 곳이다. 고모산성과 진남교반은 코로나 시절 한국관광공사의 비대면 관광지 100선에 올랐다. 가 보니 정말 그랬다. 특히 고모산성은 대면은커녕 스칠 사람조차 거의 없었다.

그해 겨울 휴가를 내고 아내와 함께 문경을 찾은 건 자연스러운 선택이었다. 일정은 3박 4일. 대야산자연휴양림에서 하루를 자고 나머지 두 밤은 민박에서 묵었다. 휴양림 일정만 추가했을 뿐 코스는 출장 때와 비슷했다. 괜찮았던 식당과 카페를 다시 찾아갔고 고모산성을 다시 걸었다. 아내도 문경이 퍽 맘에 든 눈치였다. 비수기여서였을까? 어딜 가나 고요하고 차분한 분위기가 마음에 들었다. 풍경도 음식도 커피도 숙소도 거슬리는 구석이 없었다.

　내친김에 5월 장모님 칠순 기념 여행도 문경으로 갔다. 칠순 여행도 겨울 휴가 코스와 비슷했다. 코로나 유행이 극심한 시기였던 터라 사람 부딪힐 일이 없는 문경이야말로 부모님을 위한 비대면 여행지로 제격이라고 생각했다. 휴양림에서 자고 모노레일을 타고 고모산성을 걷는 느슨한 일정을 짰다. 굳이 휴양림을 또 찾은 이유가 있었다. 대야산휴양림은 산림청이 운영하는 국립 휴양림 중에서도 '5성급'으로 통한다. 숙소 대부분이 신축 건물인데다 자연환경도 좋아 전국 휴양림 중에서 예약 경쟁이 가장 치열한 축에 속한다. 그래도 칠순 여행인데 5성급 휴양림이 아니라 5성급 호텔로 모셨어야 했나.

　5월치고는 많이 더웠다. 모노레일을 타고 단산 정상에 오르니 청량한 바람이 불어왔다. 장인 장모님은 하트 모양을 그리며 열심히 기념사진을 찍으셨다. 간이역을 카페로 활용해 유명한 가은역을 찾았다. 이곳의 시그니처 메뉴인 사과청 넣은 밀크티와 마들렌은 문경 갈 때마다 사 먹는데 어른들도 좋아하셨다. 그리고 고모산성으로 향했다. 그렇다. 최근 두 번의 여행에서 빼놓지 않은 우리의 고모산성.

　어머니는 다리가 뻐근하다 하셔서 산성 아래쪽에서 기다리셨고 아버지와 나만 꼭대기까지 올라갔다 내려왔다. 산성 입구까지는 산책 수준이라고 생각했는데 여행 전부터 컨디션이 안 좋으셨던 어머니는 숨이 가빠 보였다. 자식 걱정시키는 걸 죄악시하는 어머니는 계속 괜찮다, 걱정 말라 하셨지만 기운이 달리는 걸 숨길 순 없었다. 아내도 예민해졌다. 칠순 여행의 주인공이 어머니인데 어머니를 더 배려했어야 하는 게 아닐까. 여행 전문가 행세를 하지만 나는 다른 사람의 눈높이를 맞추는 데 자주 실패한다. 내 취향은 확고한 편이지만 타인의 취향을 헤아리는 데는 서툴다. 이건 경험과 지식의 문제가 아닐 테다. 나는 미숙하다.

산성 아래에는 '오미자테마터널'이라는 정체불명의 관광지가 있다. 오미자와 터널의 관계가 궁금했는데 역시 큰 관련은 없었다. 기차가 광물을 싣고 오가던 터널을 폐광 이후 관광지로 활용했는데 문경의 특산물인 오미자가 터널의 주인공이 돼 버렸다. 조명과 벽화로 터널을 장식했고 한쪽에선 오미자청 등 문경 특산물을 팔았다. 우리 둘만의 여행이었다면 선택하지 않았을 곳이었으나 의외로 부모님이 좋아하셨다. 터널 안이 완벽한 평지였고, 기온이 15도 정도여서 불볕더위에 피신처로 제격이었다. 오미자청을 잔뜩 사자는 아버지를 뜯어말려 과자만 몇 봉지 샀다. 아버지는 어디를 가시든 고생스럽게 물건을 파는 행상을 지나치지 못하신다. 휴양림으로 돌아오자마자 장인 장모님은 드르렁드르렁 코 골며 주무셨다.

이튿날은 새벽부터 비가 내렸다. 칠순 기념 여행인데 비협조적인 날씨가 원망스러웠다. 그 좋다는 휴양림 명품 탐방로를 산

책할 수 없었다. 아내와 나만 우산 쓰고 숙소 주변을 걸었다. 길섶에서 아주 작은 네잎클로버를 발견해 어머니께 드리려고 챙겼다. 한데 주머니에서 꺼내 보니 다 뭉개진 상태였다. 그냥 버리려던 찰나 어머니가 "이리 주소" 하시고는 클로버를 삼키셨다. 헉, 내 동공이 확장된 걸 보신 어머니는 멋쩍게 웃으셨다.

장모님은 무슨 생각으로 클로버 잎을 드셨을까, 문경 여행이 즐거우셨을까, 칠순을 맞으신 기분은 어떠신가, 나는 질문하지 못했다. 아내나 나나 곰살맞은 성격이 아니고 부모님과 속내를 터놓고 얘기하는 편도 아니다. 칠순 여행이니 여느 여행과 다를 법도 했는데 우리는 착실하게 준비한 일정을 소화했다. 휴양림을 나와 메기매운탕을 사 먹고 서울로 돌아왔다.

문경을 자주 가진 못해도 수시로 생각한다. 그때마다 고적한 고모산성과 어머니가 네잎클로버를 삼키셨던 순간, 촌스럽고 엉성하지만 시원했던 오미자테마터널이 떠오른다. 패러글라이딩이라는 이색 체험을 하긴 했지만 정작 그리운 건 지극히 소소했던 순간들이니 여행이란 게 얼마나 거창해야 하나 싶다.

여행이 사람을 성숙하게 한다거나 여행이 인생의 스승이라는 말을 믿기 힘들다. 산성처럼 차곡차곡 항공 마일리지가 쌓이고 온갖 나라의 도장이 여권에 빼곡히 찍혀도 인간의 미숙함과 완고함은 그대로일 수 있다. 우리에게 진짜 필요한 건 더 많은 경험이 아니라 편견으로 꽉 묶여 있던 매듭을 조금 느슨하게 푸는 일이 아닐까. 그러면 여행이 새로운 단초가 될 수 있을 것이다. 낯설었던 여행지, 꺼렸던 동네, 딱히 흥분될 것도 없는 도시가 새롭게 보이고 그러다 보면 조금 넓어진 자신을 만날 수 있다.

언젠가 누군가와 함께 문경을 간다 해도 여행 코스는 이전과 비슷할 것이다. 문경새재나 고모산성을 걸을 것이다. 다만 이번에는 조바심을 내려놓고 더 천천히 더 깊게 호흡하며 걸음을 내디딜 테다. 낯선 지방의 깊고 고요한 풍경을 함께 거닐며 마음이 산뜻해지는 기분을 느끼기만 해도 충분하다. 경상도 쪽으로는 얼씬도 안 하시는 아버지를 모시고 가 볼까 싶다. 뭘 하든 아버지와 나는 깊은 이야기를 나누진 않을 테고 때로는 어색한 침묵을 견뎌야 할 수도 있다. 그래도 상관없다.

비행기 환승이라는 번거로움이
자유를 보장하는 열쇠가 된다.
이런 전제를 납득하는 사람에게
내가 추천하는 여행지 중 하나가
말레이시아 르당이다.

푸른바다거북의 등이 손끝에 닿을 때

말레이시아 쿠알라트렝가누주 르당섬

"한국에서 직항편이 있는 곳은 거르세요."

색다른 여행지를 추천해 달라는 사람에게 하는 말이다. 막연하게 좋은 여행지를 알려 달라면 난감한데 요즘은 단서 하나를 덧붙이는 사람이 많다. '한국인이 많지 않은 곳.' 이건 내가 여행지를 선택할 때도 꼭 적용하는 필터다. 왜 우리는 한사코 같은 국적의 사람이 몰리는 곳을 피하고 싶어 할까. 복잡한 설명을 거두고 한마디로 말하면 '외국에 온 기분이 들지 않아서'가 아닐까.

취재차 남태평양의 휴양지를 간 적 있다. 한국의 모든 항공사가 하루에도 수차례 비행기를 띄우는 괌과 사이판. 두 섬에서는 여행의 3대 핵심과제(먹고 자고 놀고)를 모두 해결할 수 있는 리조트가 한국인 가족 여행객에게 인기다. 뷔페식당에서 밥을 뜨는데 옆 테이블 대화 소리가 또렷이 들렸다. 아파트 시세, 자식 자랑, 이웃 험담 등을 들으며 생각했다. 나 지금 강릉 온 건가? 불운하게도 한국어가 공용어인 나라는 지구상에 한국뿐이다.

리조트에서 모든 걸 해결할 수 있고, 한국어만으로도 의사소통이 가능한 곳을 최고의 해외여행지로 꼽는 사람이 많고 그들의 선택을 존중한다. 나도 아이를 챙겨야 하고 여행지를 물색할 여력이 없다면 취향을 떠나 그런 리조트를 찾았을 테다. 그러나 아는 사람 없는 곳에서 자유와 고독을 느끼고, 낯선 세계와 조우할 때 기쁨을 누리는 이들도 있다. 이들에게는 익숙한 환경으로부터 단절되는 게 중요하다.

남미의 파타고니아처럼 지구 반대편까지 날아갈 필요는 없다. 가까운 아시아라도 직항편만 피하면 된다. 비행기 환승이라는 번거로움이 자유를 보장하는 열쇠가 된다. 이런 전제를 납득하는 사람에게 내가 추천하는 여행지 중 하나가 말레이시아 르당이다.

일로 알게 된 50대 남성 K 앞에서 르당에 대해 떠든 적이 있다. 지구상에 이런 곳은 없고, 평생 잊지 못할 경험을 했으며, 언젠가 꼭 다시 가고 싶은 곳이라고. 그러면서도 "가 보시라", "추천한다"는 말은 하지 않았다. 사람 취향은 제각각이니까. K는 열대 섬을 좋아하지 않을 것 같았다.

한참 뒤 K에게 연락이 왔다. 친구들과 르당에 가기로 했으며 비행기 표도 끊었다고. "정말요? 50대 아저씨끼리요?" 내심 걱정했다. 만약 실망하면, 그 책임은 내가 뒤집어쓰는 것 아닌가. 그러고는 잊어버렸다. 어느 날 K의 소셜미디어에 르당에 대한 게시물이 올라왔다. 푸른바다거북과 헤엄치는 영상 밑에는 "인생 최고의 바다를 만났다"는 코멘트가 달려 있었다. 입꼬리가 슥 올라간 채로 거북이 영상을 한참 바라봤다.

내가 르당에 간 건 약간 충동적이었다. 외국 잡지에서 르당을 소개하는 글을 읽었는데, 오색찬란한 산호와 다이버가 어우러진 사진도 한 장 있었다. 이런 바다야 동남아에 흔하디흔하지만 몇몇 문구가 확대경을 들이댄 것처럼 크게 보였다. "말레이시아 최초의 해양공원", "1년에 절반밖에 개방되지 않는 섬" 같은. 여지없이 나는 "최초"에 낚이고 말았고 르당의 로망을 품었다. 그리고 몇 해 뒤 취재 때 마음 깊이 담아 뒀던 르당을 끄집어냈다. 네이버 뉴스를 샅샅이 뒤졌다. 크루즈를 타고 반나절 르당을 들렀다는 기사는 있어도 르당섬을 본격적으로 다룬 기사는 보이지 않았다. 하여 나는 일간지 '최초'로 르당 집중 취재에 돌입했다.

에어아시아 비행기를 타고 쿠알라룸푸르에서 쿠알라트렝가누로 가는 국내선으로 갈아탔다. 쿠알라트렝가누는 르당으로 가는 관문 도시로, 말레이반도 동쪽 해변에 자리한다. 르당 가는 배가 드문드문 뜨는 탓에 항구 주변 숙소에서 하룻밤 묵을 수밖에 없었다. 숙소에서 멀지 않은 곳에 이슬람 사원이 있었는데 쿠란을 읽는 기도 소리가 객실까지 쩌렁쩌렁 울렸다. 하루 다섯 번 기도 시간은 이슬람의 중요한 율법이니 이해해야지. 한데 기도 소리가 그칠 기미가 없어 보였다. 휴대폰에 찍힌 외교부 문자를 확인했다.

"라마단 기간 중 다중이용시설 방문 자제 등 각별 유의."

사실 라마단이라고 겁을 먹을 필요도 없거니와 말레이시아는 치안도 좋은 편인데 괜히 저 문자가 마음을 쪼그라들게 했다. 라마단 기간, 이슬람교인은 해가 떠 있는 시간에 금식한다. 이슬람 인구가 많은 쿠알라트렝가누는 낮 시간에 가게 대부분이 문 닫은 상태였다. 딱히 갈 곳도 없어서 해 지길 기다렸다가 밖으로 나갔다. 깜짝 놀랐다. 호텔 바로 앞이 야시장이었는데 금식과 금욕의 절기가 맞나 싶을 정도로 왁자했다. 알고 보니, 라마단 기간에 이슬람 사람들은 억눌렸던 식욕을 해소하기 위해 해 진 뒤 폭식을 한다고 한다. 나도 포장마차에서 어묵튀김, 해물라면 등 맵고 짜고 단 음식을 사 먹었다. 손님의 발길이 끊이지 않았다. 히잡 쓴 노점상 아주머니의 표정이 환했다.

호텔로 돌아왔다. 늦은 밤까지도 기도 소리는 사그라들지 않았다. 평소 이 정도 데시벨의 소음이면 잠들기는 글렀지만 의외로 금세 꿈나라로 들어갔다. 기도 소리가 자장가처럼 느껴졌다. 사원에서, 가정집에서 뛰쳐나온 사람들의 밝고 들뜬 표정을 봤기 때문이었다. 역시 사람을 알고 겪으면 받아들이는 마음도 조금 넓어진다. 라마단에 대한 편견도 희석됐다.

이튿날 아침, 여객선을 탔다. 바다가 호수처럼 잔잔했다. 르당은 4~10월이 여행 시즌이다. 나머지 기간에는 몬순기후의 영향을 받아서 비가 많이 내리고 파도도 세다. 아예 4~10월에만 문을 여는 호텔과 식당도 많다. 6월에 방문했으니 준성수기였는데도 배가 텅텅 비어 있었다. 역시 라마단 때문이었다. 한 시간 반 쪽 잠을 자고 나니 배가 섬에 닿아 있었다. 말레이시아에 와서는 계속 꿀잠이다.

항구에서 기다리던 차를 타고 리조트로 이동했다. 르당은 하트 모양처럼 생겼다. 하트에서 위쪽 움푹 들어간 만에 르당에서 제일 유명한 숙소 타라스리조트가 자리한다. 말레이시아의 재벌그룹 버자야가 소유한 리조트다. 시설 자체는 호화롭진 않으나 입지가 기막히다. 새하얀 모래사장과 에메랄드빛 해변, 병풍처럼 바다를 두른 구릉만 봐도 낙원의 이미지 그대로다. 리조트 외에는 어떤 상업시설도 없다.

객실에 짐을 풀고 숙소를 둘러봤다. 투숙객은 정확히 두 그룹으로 나뉘었다. 수영장에서 물놀이를 즐기는 중화권 아이와 그 아이가 귀엽다고 사진을 찍어 주는 중화권 부모, 해변에 엎드려 등판을 '웰던'으로 굽고 있는 서양인 여행객. 나는 일로 왔기에 두 그룹 쪽 어디에도 속할 수 없었다.

리조트 직원들을 만나 인사를 나누던 중 매니저가 말했다.

"바다거북을 보는 배가 곧 출발하니 서두르세요."

황급히 수영복으로 갈아입고 일본, 호주 관광객과 함께 작은 배에 올라탔다. 배는 먼 바다로 나가지 않았다. 리조트에서 5분쯤 이동한 뒤 선장이 배를 세우고 엔진을 껐다.

"여기가 푸른바다거북 서식지입니다."

설명이 짤막했다. 곧 검은 물체가 수면으로 붕 떠오르는 게 보였다. 거북이었다. 한 마리가 아니었다. 등 껍질 길이가 1미터 정도로 보이는 어른 거북 두 마리와 앙증맞은 새끼 거북 한 마리가 또 다가왔다. 보트가 탄성으로 요란했다. 배 위에서 상체를 쭉 내밀고 강아지를 쓰다듬듯이 거북의 등을 만져 봤다. 그 모습을 보던 선장이 말했다.

"물속으로 들어가셔도 됩니다. 다만 거북이 등에 올라타지는 마세요."

구명조끼를 걸치고 바다로 뛰어들었다. 녀석들은 붙임성 좋은 고양이처럼 관광객 사이를 어슬렁어슬렁 유영했다. 조금 더 생생하게 거북의 모습을 촬영하기 위해 조끼를 벗고 깊이 잠수했다. 골든리트리버처럼 커다란 눈망울, 추상화 같은 등껍질 무늬를 이렇게 가까이에서 마주하다니. 여기에, 거북을 졸랑졸랑 따라다니는 빨판상어도 있었다! 이 모든 바닷속 신비를 르당에 도착하자마자 눈앞에서 보고 있다는 게 믿기지 않았다. 30분을 바다거북과 어울려 놀았다. 어린이부터 어른까지, 배에 올라탄

관광객은 연신 "럭키! 럭키!"를 외치며 팔짝팔짝 뛰었다. 비쩍 마른 체형 때문에 래시가드도 수영복 바지도 헐렁한 차림의 50대 일본인 남성은 아이 같은 표정으로 말했다.

"이 순간을 기대하며 르당을 찾아왔습니다. 하와이를 비롯해 태평양의 수많은 바다를 가 봤지만 거북을 만지면서 함께 유영한 건 난생처음이에요. 스바라시!!"

나도 "스바라시"라고 화답했다.

르당을 비롯한 쿠알라트렝가누 앞바다는 세계적으로 명성 높은 바다거북 서식지다. 어미가 알 천 개를 낳으면 이 중 한 마리만 살아남아 부화를 한다고 한다. 쿠알라트렝가누에 있는 바다거북 보호센터에 따르면 거북 알 요리, 지구 온난화, 해양 개발 등으로 바다거북의 개체 수가 급감하고 있다. 2022년 미국 플로리다주에서는 4년간 관찰된 새끼 거북이 모두 암컷이었다. 파충류인 거북은 알을 깨고 나올 때 기온에 따라 성별이 결정된다. 섭씨 27.7도 이하면 수컷, 그 이상이면 암컷이 될 확률이 높다는데 온난화 탓에 성비 불균형이 심각해진 거다. 열대 바다에서 바다거북을 보는 일이 점점 어려워진다니 르당에서의 기억이 더 애틋해졌다. 그때 만났던 거북 한 마리 한 마리가 살아 있는 것 자체가 기적이었다.

이후 리조트에 머물며 다양한 해양 레저를 체험했다. 배를 타고 섬 주변을 돌며 스노클링을 했는데 지금까지 봤던 바다의 기억을 단번에 지워 버릴 만큼 황홀했다. 총천연색의 크고 작은 열대어, 온갖 희귀한 모양의 산호가 바닷속을 수놓았다. 봄날의 화사한 꽃동산이 바닷속에 있었다. 수심 10미터까지 내려가 〈니모를 찾아서〉의 주인공 흰동가리도 봤고 상어과 중에 몸집이 작은 흑기흉상어도 만났다. 굳이 스노클링이나 스쿠버다이빙을 하지 않아도 리조트 앞바다가 열대어 천지였다.

르당은 작은 섬이지만 섬이 거느린 바다는 드넓었다. 르당의 바다도 감격스러웠지만 섬을 오가는 길 마주친 장면들, 그러니까 라마단 기간 야시장이나 종일 울리는 기도 소리도 정겨웠다. 아시아인으로서 아시아에서만 느낄 수 있는 친근함이 좋았다. 소설가 정세랑의 표현대로 "아시아인만큼 아시아를 사랑할 순 없다"는 말이 절절히 와닿았다.

여전히 나는 여행지를 추천하는 게 조심스럽다. 그래도 편한 자리에서 여행 이야기를 할 때면 르당을 조심스럽게 꺼낸다. 절대로 가 보라고 부추기지 않는다. 최고의 여행지라고 추켜세우지도 않는다. 그래도 사람들은 알아본다. 르당을 이야기하는 내 눈이 사모하는 사람을 떠올릴 때처럼 초승달 모양을 하고 있다는 것을.

쉽게 보이는 풍경만이
전부가 아니라고 말하고 싶고,
자연이든 사람이든
외양보다는 깊숙한 내면이
본질에 가까울 거라 믿는 편이다.

걸어서 태초의 하와이 속으로

미국 하와이주 카우아이섬

섬은 재밌다. 제도諸島와 군도群島는 더 재밌다. 올망졸망 모여 있는 섬들은 일란성 쌍둥이처럼 꼭 닮았을 것 같지만 그렇지 않다. 이 섬 저 섬 넘나들며 차이를 발견하는 건 언제나 흥미롭다. 이를테면 마리아나제도의 사이판과 괌이 서로 다르고, 군산 앞바다 고군산군도에 속한 섬들도 저마다의 개성을 자랑한다. 하와이제도는 내가 가 본 섬 중에 각 섬의 고유성이 가장 돌올한 곳이었다.

기자 초년 시절, 다섯 개 하와이 섬을 방문한 적 있다. 호놀룰루공항에 도착한 뒤 하와이안항공 소형기를 타고 섬을 넘나들었다. 30분에서 한 시간 정도의 짧은 비행이었는데도 섬마다 분위기도 색채도 달랐다. 출장을 다녀온 뒤 누가 물어보지도 않았지만 나만의 순위를 매기곤 했다. 와이키키해변이 있는 오아후는 번잡해서 탈락, 마우이는 누구나 예쁘다며 좋아하니까 후순위, 빌 게이츠가 결혼식을 올렸다는 라나이는 부호들의 휴양지니까 패스, 빅아일랜드는 너무 크니까 별로. 이러다가 늘 카우아이를 최고로 꼽았다. 딱 하룻밤 머물렀을 뿐인데 고유한 풍광과 섬이 품은 사연이 흥미로웠다.

애니메이션 〈도리를 찾아서〉 도입부에 나오듯 하와이는 화산이 펑펑 터지면서 생긴 섬이다. 500만 년 전, 카우아이가 가장 먼저 탄생했다. 최고령 섬답게 하와이에서도 수목이 가장 무성한데 비도 많이 내려 섬 전체가 초록색이다. 그래서 별명이 '정원의 섬'이다. 다른 섬에서 볼 수 없는 천 미터 깊이의 와이메아협곡은 '태평양의 그랜드캐니언'이라 불린다. 사나운 협곡 지형 때문에 개발이 덜 됐고 관광객의 발길도 뜸한 편이다. 그러니까 이 섬의 여러 면모는 호기심 많고 마이너 취향을 가진 나에게 제격이었다. 첫 방문 때는 주마간산식으로 명소 몇 곳만 둘러보고 바쁘게 다른 섬으로 이동했지만 정확히 10년 뒤 다시 찾았을 때는 달랐다.

어디서나 한국어가 들리고 한국어 안내 간판도 많은 호놀룰루공항과 달리 카우아이 리후에공항은 그냥 태평양의 다른 나라 같았다. 도착하자마자 렌터카를 몰고 구글맵에 저장해 둔 악기상점으로 향했다. 서울 낙원상가가 아닌 하와이에서 우쿨렐레를 사고 싶어서 눈독을 들였는데 마침 공항 근처에 평판 좋은 가게가 있었다. 원주민 여성 점원에게 가성비 좋은 입문용 우쿨렐레를 보여 달라고 했다. 하와이에 왔으니 하와이안코아 원목으로 만든 악기를 사야 뜻깊을 것 같았다. 점원 아주머니는 300달러짜리 악기를 보여 주며 말했다.

"솔직히 이 제품 이하는 다 장난감이야. 이 정도는 사야 후회를 안 하지."

다른 악기를 더 볼 필요도 없었다. 소리도, 나무 무늬도 딱 마음에 들었다. 이제는 가격 흥정을 할 차례. 낙원상가처럼 하와이 악기점도 정찰제가 아니었다. "오늘 내가 마지막 손님 같으니 '굿 딜'을 하자"고 제안했다. 웬걸. 아주머니는 사람 좋은 표정을 지으면서도 물러서지 않았다. 아주머니가 말했다. "할인은 어렵고, 액세서리를 챙겨 줄게. 간단한 연주법도 지금 알려 줄 수 있고." 아니, 가게 닫을 시간인데 웬 강습? 흥정을 포기하고 현금 300달러를 냈다. 여태 외국에서 한 번에 지출한 최대 금액의 현찰이었다. 너무 충동적인 쇼핑은 아니었나 하는 후회와 중후한 디자인의 기타를 얻은 뿌듯함이 교차했다.

섬 동쪽 힐튼가든인호텔에 도착했다. 짐을 풀고 마땅히 할 일이 없어서 해변으로 나갔다. 잠시 스노클링을 즐긴 뒤 호텔 정원을 산책했다. 석양이 물들기 시작했다. 이때 해변 공터에 모여 있는 원주민 무리가 보였다. 모두 진지한 표정을 한 채 원주민어로

주문 같은 걸 외는 모습이 제례를 지내는 것 같았다. 곧 그들은 전통악기 반주에 맞춰 훌라를 추기 시작했다. 질서정연한 30여 명의 몸짓은 숭고하고 경건했다. 천천히 바람에 흔들리는 야자수, 육지 쪽으로 밀려오는 파도의 리듬과 그들이 엉덩이를 실룩실룩 흔드는 리듬이 하나가 된 듯했다. 훌라는 인간의 몸으로 들어온 자연이었다. 벅찬 환대를 받은 기분이었다.

10년 만의 카우아이 방문은 하이킹이 가장 큰 목적이었다. 헬리콥터를 타고 협곡 위를 날기도 했지만 두 발로, 온몸으로 협곡의 속살을 느껴 보고 싶었다. 일찌감치 등산 프로그램을 예약했다. 무엇보다 기대가 컸던 건 현지인과 함께 반나절 이상 산행을 한다는 사실이었다. 언제라도 나는 '진짜'가 궁금하다. 리조트가 줄지어 선 와이키키해변은 가짜 풍경이고, 포토존에서 기념사진만 찍고 돌아서는 게 가짜 여행이란 말은 아니다. 하지만 나는 쉽게 보이는 풍경만이 전부가 아니라고 말하고 싶고, 자연이든 사람이든 외양보다는 깊숙한 내면이 본질에 가까울 거라 믿는 편이다. 결정적인 사실 하나 더. 차별화한 여행기사를 쓰기 위해선 고생이 수반돼야 한다. 독자도 기자의 악전고투기를 좋아한다.

가이드 제레미아가 "하나페페 마을에 닭 그림으로 뒤덮인 낡은 차가 있으니 그 앞에서 만나자"고 했다. 역시 닭의 섬답다. 카우아이 인구는 7만 5천 명인데 야생 닭은 45만 마리가 산다. 서울에 비둘기가 흔한 것처럼 카우아이에서는 어디를 가나 야생

닭이 활보하고, 아침이면 어김없이 호텔 정원에서 알람 역할을 한다.

"한국에서 등산은 자주 하는 편인가?"

"예스."

"난이도 '상'인데 괜찮겠나?"

"돈 워리."

"등산 장비와 점심식사는 챙겨 왔나?"

"오브 코스."

제레미아는 내가 험한 하이킹을 소화할 만한 사람인지 거듭 확인했다.

이날 도전한 코스는 누아롤로트레일이었다. 차를 타고 트레일이 시작되는 코케에주립공원으로 이동하는 길, 제레미아는 트레일 왕복 길이는 13킬로미터, 표고 차가 800미터라는 걸 강조했다. 한국은 국토 70퍼센트 이상이 산이고 등산 경험도 충분하니 걱정 말라고 호기를 부렸다.

신발 끈을 단단히 조인 뒤 등산로로 들어섰다. 전망대에서 내려다볼 때와는 달리 심원하고 컴컴한 숲이었다. 우람한 유칼립투스나무와 내가 산 우쿨렐레의 원목인 코아나무가 하늘을 완전히 가렸다. 깊은 숲에는 천연 먹거리가 많았다. 야생 산딸기와 구아바가 보일 때마다 멈춰 서서 따 먹었고, 제레미아는 고목에 자란 덕다리버섯을 저녁 때 볶아 먹겠다며 가방에 챙겨 갔다. 어른 키

보다 큰 생강나무 숲을 지날 때는 진이 빠졌다. 사람 한 명 간신히 걷는 길 안쪽으로 무척 억센 이파리가 웃자라 있었다. 옷이 진흙 범벅이 됐다.

한 시간 30분을 걸으니 바다가 빼꼼 나타났다. 오르막 내리막 길이 반복됐다. 스틱을 힘껏 찍으며 걷다 보니 시야가 활짝 열린 산등성이에 다다랐다. 여기서부터 천 길 낭떠러지를 옆에 끼고 조심조심 걸었다. 세 시간 만에 트레일 종착지에 닿았다. 사람은 커녕 쥐도 새도 벌레도 안 보이는 벼랑 끄트머리였다. 헬리콥터를 타고 협곡을 굽어보면서 '저렇게 위험한 곳까지 사람이 걸어서 갈 수 있나' 했던 곳까지 왔다.

발가락 열 개에 잔뜩 힘을 준 채 벼랑에 서서 나팔리해변 쪽을 바라봤다. 거인이 손으로 할퀸 듯 깊게 패인 협곡이 행렬을 이뤘고, 쪽빛 바다는 육지 쪽으로 거친 파도를 던지며 두터운 포말을 만들었다. 바람 소리가 앙칼졌고 구름은 영화 필름을 고속으로 돌린 것처럼 바쁘게 지나갔다. 이 섬의 태초를 본 것 같았다. 익룡이 날아다녀도 어색하지 않을 풍경이었는데 실제로 영화 〈쥬라기 공원〉을 카우아이에서 촬영했다. 들릴 듯 말 듯 "어메이징"을 연발하는 나를 보고 제레미아가 말했다.

"멋지죠? 이 풍경 하나 보려고 누아롤로트레일을 걷습니다."

배낭에서 샌드위치를 꺼냈다. 제레미아는 나초칩과 견과류를 먹었다. 일정표에는 "일생일대의 풍경을 보며 먹는 점심"이라고

돼 있었다. 일생일대의 풍경은 맞는데 제레미아의 점심은 허술해도 너무 허술해 보였다.

"너무 간단히 먹는 거 아닌가요?"

"이 정도 열량이면 충분해요."

"내 샌드위치 좀 나눠 줄까요?"

"정말 괜찮아요."

점심을 먹으며 제레미아에게 한국의 등산문화와 한국인이 등산 중 얼마나 먹는 일에 진심인지 설명했다. 이를테면 어르신들은 라이스와인(막걸리)에 스시(홍어무침을 설명하긴 어려워서)를 곁들이기를 좋아하고, 불판을 챙겨 와서 삼겹살을 굽는 사람도 있다고, 나도 산에서 컵라면과 김밥을 즐겨 먹는다고 말했다. 제레미아가 가볍게 웃으며 말했다.

"언빌리버블."

나는 외국인에게 한국의 희한한 면모를 들려주는 걸 즐기는 구석이 있다. 반대도 마찬가지다. 외국인이 자기 나라의 자랑거리보다 의외의 사실, 굴욕적인 역사를 들려줄 때 귀가 활짝 열린다. 하여튼 나의 한국 등산문화 디스에 제레미아는 딱히 맞장구를 치지 않았다. 나팔리해변을 응시하며 얌전히 나초를 먹었다.

걸어온 길을 되밟아 돌아왔다. 체력이 떨어진 데다 오르막이 많아서 허벅지가 후들거렸다. 앞선 제레미아와 계속 간격이 벌어졌다. 그래도 무사히 하이킹을 마쳤다. 정확히 여섯 시간을 걸었다. 자동차 아이스박스에 있던 파인애플과 스타프루트를 먹으니 눈이 번쩍 뜨였다. 제레미아는 다음엔 조금 더 힘든 1박 2일 나팔 리해변 코스를 도전해 보라고 말하며 손을 흔들었다. 그래, 이틀 짜리 코스에 도전한다면 반드시 제레미아에게 한국 라면의 힘을 보여 주리라.

카우아이 여행의 하이라이트는 누아롤로 하이킹이었지만, 바다에서 보낸 시간도 눈부셨다. 12월부터 3월까지는 고래 시즌이다. 알래스카에서 여름을 보낸 고래들이 번식을 위해 하와이까지 내려온다. 고래 관광선을 타고 남쪽 바다를 떠돌다 혹등고래를 봤다. 과거 알래스카에서처럼 큰 무리는 아니었지만 지금 이곳이 하와이라는 사실이 중요했다.

고래를 보고 돌아오는 길, 마이크를 잡은 선장 조가 디제이처럼 분위기를 북돋았다. 당시 신곡이었던 마룬파이브의 〈메모리즈〉를 배가 쩌렁쩌렁 울릴 정도로 크게 틀었는데 육지 쪽에서 피어오르던 무지개가 노래와 묘하게 어울려 기분이 몽글몽글해졌다. 하와이 전통 칵테일 마이타이를 홀짝이며 노래를 따라 부르는 사람도 있었다.

"오늘 이 자리에 있는 사람들을 위해 건배, 지금은 떠나 버린 사람을 위해 건배!"

카우아이를 떠나기 전까지 틈날 때마다 리조트 앞바다에서 스노클링을 했다. 물속에서 만난 친구 중에는 하와이주의 상징인

트리거피시의 외모가 단연 인상적이었다. 녀석은 이따금 사람을 공격하기도 하는데 특유의 불만 섞인 표정과 컬러풀한 몸 색깔, 그리고 이름까지 전부 매력적이다. 트리거피시의 하와이 원주민 어 이름은 '후무후무누쿠누쿠아푸아아*Humuhumunukunukuapuaa*' 다. 생긴 것처럼 이름도 참 만화 같다.

가끔 카우아이가 생각날 때면 집에 있는 우쿨렐레를 집어든 다. 그리고 하와이 태생의 가수 이즈의 〈오버 더 레인보우〉를 연 주한다. 작은 악기에 어떤 힘이 있는지 줄을 튕길 때면 야자수가 바람따라 춤추는 카우아이의 해변이 아스라이 떠오른다. 악기 를 연주하다가 생각해 봤다. 후무후무누쿠누쿠아푸아아를 소재 로 노래를 만들어 보면 어떨까. 유튜브를 검색해 봤다. 이런, 이 미 노래가 있네? 어라, 한국 노래네? 〈아기 상어〉 노래를 만든 핑 크퐁에서 이미 동요로 만들었다. 나와 같은 생각을 하다니. 심지 어 내가 머릿속에 떠올린 멜로디와도 거의 똑같다. 충격이다. 그 럼 누아롤로트레일이나 고래에게 바치는 노래라도 만들어야 할 까 보다.

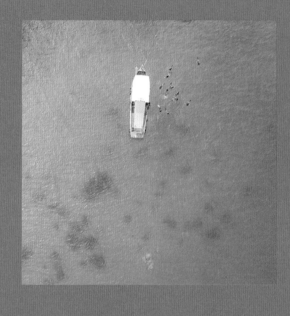

| 5장 |

서핑하는

할아버지가 되는 꿈

서퍼는 늘 파도를 의식하며 산다.

좋은 파도가 일어나면

만사 제쳐 두고

바다로 뛰쳐나간다.

서퍼 할아버지의 구부정한 뒷모습

미국 하와이주 오아후섬 노스쇼어

"현세의 삶이란 한낱 스포츠와 여가일 뿐임을 기억하라."

1967년에 나온 제임스 설터의 소설《스포츠와 여가》속 이 문장은 50여 년이 지난 지금, 현대인의 정언명령이 된 것 같다. 누군가에겐 나도 저 말의 신봉자처럼 보일 수도 있겠다. 좋아하는 스포츠가 많고 소셜미디어에 달리기, 스쿠버다이빙, 스키를 즐기는 사진을 심심찮게 올리니 말이다. 스포츠와 여가는 삶의 일부일 뿐이라 생각하고 딱히 내세울 만한 실력도 갖추지 못했다. 타고난 재능과 운동신경도 없다. 그래도 천부적 호기심 덕에 이것저것 기웃거리길 좋아했다. 다양한 스포츠를 직접 할 수 있어야 여행도, 내가 쓰는 기사도 풍성해진다는 생각에 더 열심히 몸을 부리기도 했다.

즐기는 스포츠 종목이 여럿 있다는 게 대수인가 싶기도 하다. 좋게 봐서 다재다능하다고 할 수 있겠으나 실상은 산만한 성격, 주의력 결핍(초등학교 생활기록부에 늘 적혀 있던 그 문구)의 증거가 아닐까. 그러니까 다재다능은 나의 무기가 아니라 콤플렉스의 다른 이름이다.

어떤 스포츠든 몇 번씩 도전하면 감을 잡곤 하는데 늘 좌절만 주는 스포츠도 있다. 바로 서핑이다. 기자 초년 시절 하와이에서 맛보기 체험을 했고, 강원도 양양에서도 몇 차례 배웠지만 힘만 빼다 끝났다. 모든 스포츠가 그렇듯 서핑도 시간과 돈을 투자하면 실력이 늘 테다. 그런데 서핑에는 스키나 스쿠버다이빙만큼 열정이 생기지 않았다.

서핑에 대한 동경 자체가 사라진 건 아니었다. 자연에 가장 가까운 스포츠가 서핑이라 믿는다. 서핑은 적절한 높이와 세기의 파도가 올 때만 즐길 수 있다. 자연을 정복하거나 자연에 맞서지 않고 철저히 자연의 리듬에 몸을 맡긴다는 점이 매력이다. 아웃도어 브랜드 파타고니아 창업자 이본 쉬나드가 쓴 책《파타고니아, 파도가 칠 때는 서핑을》이 서퍼의 라이프스타일을 단적으로 보여 준다. 서퍼는 늘 파도를 의식하며 산다. 쉬나드와 직원들은 대장간을 운영하던 시절부터 2미터짜리 파도가 오면 작업장 문을 닫고 파도를 타러 나갔다. 세계적인 서핑 명소마다 파도가 삶의 최우선 순위인 서퍼들이 살고, 그들만의 문화가 살아 숨 쉰다.

내가 가 본 곳 중엔 하와이 오아후섬 노스쇼어 지역이 그랬다.

호놀룰루국제공항에 도착한 여행객은 대부분 와이키키해변이 있는 동쪽으로 이동한다. 그러나 색다른 하와이를 만나고 싶다면 북쪽, 노스쇼어로 가 볼 일이다. 서핑을 못해도 상관없다. TV에서 봤던 그림 같은 파도, 그 파도를 갖고 노는 서퍼를 구경만 해도 흥미진진하다.

노스쇼어를 가기 전 하와이 전문가에게 들은 말은 서핑 고수를 구경하는 것 못지않게 노스쇼어 특유의 라이프스타일을 느껴보라는 것이었다. 비치보이스풍 노래가 울려 퍼지는 해변의 펍? 하와이안 셔츠에 반바지, 플리플롭을 매치한 패션? 특유의 라이프스타일이란 게 뭔지 알 수 없었지만 궁금증을 품고 노스쇼어를 찾았다.

하와이는 서핑 발상지다. 와이키키를 비롯해 수많은 해변에서 파도를 탄다. 파도 질에도 등급이 있다. 초보는 와이키키처럼 순한 바다를 찾지만 서핑 매니아는 노스쇼어를 동경한다. 해변 길이가 약 11.2킬로미터에 달하는 노스쇼어는 서퍼 사이에서 '월드 클래스' 파도로 유명하다. 특히 11월부터 2월까지 파도의 질이 가장 좋다. 이 시기에 맞춰 반스, 빌라봉, 퀵실버 같은 서핑 브랜드가 대회를 열고 전 세계 톱클래스 서퍼가 모여든다.

12월, 큰 서핑대회가 열리는 반자이파이프라인해변을 찾아갔다. 이름처럼 둥근 파이프 모양의 파도가 건물 2~3층 높이로

일어났는데 서퍼들은 그걸 자유롭게 넘나들었다. 자세히 보니 초등학생도 있었고, 허리 구부정한 노인도 있었다. 장난감 사 달라고 부모를 조르는 모습이 어울릴 법한 꼬마들이 구름 타듯 파도에서 놀고 있다니. 선베드에 누워서 책을 읽으면 어울릴 법한 할아버지가 롱보드를 타다니.

해 질 녘 할레이바해변으로 이동했다. 선홍색으로 물든 하늘에 무지개가 피어올랐다. 관광객만이 이 풍경을 넋 놓고 바라봤다. 서퍼들은 해가 넘어간 뒤에도 바다에서 나오지 않았다. 그 무리에도 할아버지 서퍼가 있었다.

서핑 성지까지 왔으니 나도 그냥 갈 순 없었다. 비록 한 번뿐일지라도, 말짱 도루묵이 될지라도 서핑의 성지에서 서핑을 배우겠다는 의지가 솟구쳤다. 숙소에서 운영하는 서핑학교에 강습을 신청했다. 파도가 잔잔한 북쪽 지역 해변으로 이동했다. 강사 조가 기본 동작을 알려 줬는데 한국에서 배운 것과 다르지 않았다. 보드에 엎드린 채 팔을 저어서(패들링) 해변에서 약 100미터 거리까지 나갔다. 적절한 파도가 오기를 기다렸다가 몸을 일으키고(라인업) 재빠르게 자세를 잡은 뒤 전진했다(라이딩). 노스쇼어의 파도는 여태 경험한 것과 확실히 달랐다. 높이가 1미터 이하로 낮은 편이었는데도 밀어 주는 힘이 상당했다. 파도가 하얀 거품을 일으키며 깨지지 않고 해변 가까이까지 쭉쭉 뻗어 나갔다. 몇 차례 연습하고 나니 일어선 채로 50미터 이상 파도를 탈 수 있었다. 생초보 서퍼로서 처음 맛보는 경험이었다.

서핑 강습을 마친 뒤 차를 타고 배회하다가 해가 떨어질 즈음 이름 모를 해변에 차를 세웠다. 노스쇼어는 오아후섬 북서쪽에 길게 뻗은 해변 지역이어서 어디에서나 멋진 일몰을 볼 수 있다. 해변에 사람들이 삼삼오오 모여 있었다. 다가가 보니 어른 몸뚱이만 한 푸른바다거북이 새근새근 자고 있었다. 물속에서 봤던 것보다 거북은 훨씬 거대했다. 지역 주민으로 보이는 사람들은 바다에서 놀기 바빠 보였지만 관광객들은 신기해하며 거북 주변으로 모였다. '거북이보호재단'에서 일한다는 여성 데비 헤레라가 거북을 세심히 살피고 있었다. 팔뚝에 푸른바다거북 문신을 새긴 그가 거북이를 둘러싼 사람들에게 말했다.

"바다거북이 백사장에서 자는 모습을 볼 수 있는 해변은 세계적으로도 희귀하죠. 가까이서 보고 싶겠지만, 거북이가 푹 쉴 수 있도록 3미터 이상 거리를 두고 조심히 관찰해 주세요."

거북을 만난 바다를 밝힐 순 없다. 하와이 정부 방침에 따라서다. 거북을 보는 건 괜찮지만 대중에게 장소를 공개하진 말라는 가이드라인이 있었다. 그러니 물속이 아니라 물 밖에 있는 거북을 보고 싶다면, 현지 사정에 훤한 주민에게 수소문해 보라고 쓸 수밖에 없어서 송구하다.

거북을 구경하고 나니 어느덧 밤이었다. 아무리 큰 해변도 해진 뒤에는 한국의 비수기 해수욕장처럼 썰렁해졌다. 듬성듬성 자리한 서핑숍, 갤러리, 식당이 불을 켜고 있는 정도였다. 식당도 저렴한 푸드트럭이 대세였다. 서핑을 마친 사람들이 모여 새우덮밥이나 타코를 먹으며 조용히 하루를 마무리하는 게 이 동네 사람들의 소박한 일상이다.

노스쇼어의 와이알루아 지역에서 만난 화가 웰지와 진지하게 이야기를 나눌 기회가 있었다. 화가인 그에게도 서핑이 일상이자 삶이었다. 그가 만든 서프보드에는 만화처럼 귀엽게 묘사한 물범과 거북, 하와이의 꽃과 나무가 새겨져 있었다. 웰지는 파도를 타다가 물범과 바다거북을 자주 만난다고 했다. 그에게 노스쇼어에 사는 서퍼들만의 라이프스타일이 뭐냐고 물었다. 그랬더니 돌아온 답.

"서퍼는 늘 파도만 바라보며 살아요. 좋은 파도가 찾아오면 하던 일을 제쳐 두고 달려나가죠. 그렇게 파도에 열광하는 사람이면 누구든 격의 없이 친구가 될 수 있습니다. 부자든 가난하든, 그림을 그리든 식당 아르바이트를 하든, 전혀 중요하지 않죠."

할레이바해변에서 본 딱 그 장면이었다. 해 질 무렵, 어린이부터 허리 구부정한 노인까지 모두 한데 섞여서 바다에서 노는 그 모습, 그들이 뿜어내는 공기 혹은 열기. 라이프스타일이란 게 소비 트렌드도 아니고 인위적인 문화도 아니라는 걸 단박에 이해할 수 있었다. 서퍼의 라이프스타일이란 파도에 지극한 애정을 가진 사람들이 더불어 살면서 만들어 내는 공기였다.

꼬부랑 할아버지가 돼서도 애정하는 뭔가에 대한 마음이 식지 않았으면 하는 소망이 나에게도 생겼다. 이건 다짐으로 될 일이 아니기 때문에 굳이 '소망'을 하는 거다. 건강이 허락해야 하고 집중력도 있어야 한다. 어떤 문화의 소비자나 트렌드의 추종자가 아니라 애호가여야 한다. 대상 그 자체를 애정하는 게 얼마나 어려운지 잘 안다. 이를테면 머리부터 발끝까지 파타고니아 같은 서핑 브랜드의 옷을 빼입기보다는 몸을 부려서 서핑을 즐기는 것, 펜더나 깁슨 같은 고가의 기타를 여럿 소유하는 게 아니라 악기 하나로도 만족하며 연주를 즐기는 것 말이다. 남 얘기가 아니다. 타고나기를 산만한 데다 본질보다 외형(파타고니아 옷, 악기 수집)으로 마음이 흐를 때가 많은 나 같은 사람은 상당한 노력이 필요하다. 이런 생각이 맴돌 때마다 서퍼 할아버지의 구부정한 뒷모습을 떠올린다. 바다를 바라보던 그 형형한 눈빛을 생각한다.

아내와 내가 저들처럼
누군가에게 따스한 존재가
돼 주는 동시에
귀여운 노인이 될 수 있다면
좋겠다.

만년의 나와 아내를 상상한 곳

인도네시아 발리섬 사누르

여행을 다닐수록 국가보다는 도시, 도시보다는 동네에 초점을 두게 된다. 국가 따위야 입국 도장을 찍을 때까지만 의식한 뒤 까맣게 잊고, 텃새 시늉하는 철새처럼 작은 동네에만 붙박여 지내는 시간이 많다. 하와이에서는 조용한 동네 노스쇼어에 머물렀던 시간이 소중하고 행복했다. 서핑을 못한다는 건 큰 문제가 아니었다.

몇 차례 방문한 인도네시아 발리에서도 위압적인 리조트가 줄지어 선 해변, 밤이 더 시끄러운 번화가를 피해 온 사방이 초록인 산골이나 한물간 갯마을의 고적한 호텔에서 지낼 때 평화로웠다. 그때 얘기를 해 보려고 한다.

처음 발리를 찾았을 때는 스미냑, 쿠타, 우붓 등 여러 지역에 숙소를 예약했다. 나도 아내도 발리가 처음이라 각기 다른 동네의 분위기가 궁금했다. 며칠 지내 보니 스미냑과 쿠타는 우리 취향과 거리가 멀었다. 중국인 단체관광객, 덩치와 목청이 모두 큰 앵글로색슨족이 점령군 행세를 하는 게 볼썽사나웠다. 물론 한국인도 많았다. "저 식당 꼭 가야 해? 너무 시끄러운데?" "이 카페는 네이버 블로그에서 찾았어?" "이 해변에는 왜 이리 쓰레기가 많아?" 나는 스미냑과 쿠타에서 내내 투덜이 모드였고 자주 분위기가 싸늘해졌다.

나는 이렇게 여행과 출장을 종종 혼동한다. 휴가 때는 긴장의 끈을 툭 풀고 지내면 될 텐데 실패하면 안 된다는 압박, 보통의 관광객 무리와는 조금 달라야 한다는 강박에서 자유롭지 못하다. 휴가 때는 일부러 카메라를 챙기지 않는데도 출장 모드를 완전히 해제하지 못한다. 어떤 여행작가는 "여행도 병이다"라고 썼는데, 나는 이렇게 말해야 할 것 같다. 출장도 병이다.

번잡스러움과 무더위가 들끓는 해변을 벗어나 약 한 시간 거리의 우붓으로 이동했다. 아내나 나나 우붓에 대한 기대가 가장 컸다. 내륙 밀림 지역인 우붓이야말로 진짜 발리라는 말을 많이 들었다. 그러나 첫인상은 별로였다. 여느 동남아 관광지처럼 도로는 어수선했고, 식당과 카페가 촘촘하게 들어차 있어서 답답했다. 한데 신기했다. 가게 안으로 들어가면 딴 세상이 열렸다. 식당이든 카페든 숙소든 안쪽에 아담한 정원을 갖췄거나 계단식 논

이 보였다. 논 뷰 카페에서 커피를 마시며 생각했다. '이래서 우붓, 우붓 하는구나.'

우붓에서 일과는 매일 비슷했다. 새벽에는 요가를 했고, 낮에는 카페를 가거나 수공예품점과 소규모 갤러리를 구경했다. 잠이 덜 깬 상태여서 요가 동작들이 힘에 부쳤지만 사방이 탁 트인 대형 누각 같은 공간에서 다국적 여행자와 섞여 새소리 들으며 운동을 했던 건 잊지 못할 경험이었다. 상체가 앞으로도 옆으로도 45도 이상 굽혀지지 않는 서양인을 보며 작은 위안을 얻었고, 찰흙처럼 몸이 구겨지는 남자들을 보며 부러움을 느끼기도 했다. 이후 나는 누가 발리를 간다고 하면 요가를 꼭 권하는 요가 체험 전도사가 됐다(요가 전도사까지는 아니고).

우붓에서는 풀빌라를 숙소로 잡았다. 신혼여행도 아닌데 굳이 풀빌라를 잡은 건 남들은 신혼여행 때 가는 풀빌라를 우리도 한 번은 가야 할 것 같아서였다. 겨울에 결혼한 우리는 한국보다 더 추운 유럽으로 허니문을 갔다.

독채형 풀빌라는 과연 커플을 위한 낙원이었다. 수영장과 정원, 둘이서 뛰어놀아도 될 만큼 널찍한 객실을 보고 말했다. "이래서 우붓이 진짜 발리라고 하는구나." 그러나 수영장에 발을 담그기도 전에 사달이 났다. 자연주의를 표방한 숙소여서 변기와 욕조가 야외에 있었다. 커다란 야자수가 담장 역할을 하는 야외 화장실은 개미며 거미며 온갖 벌레가 드나드는 걸 막아 줄 리 없었다. 곧 불길한 예감이 현실이 됐다.

"여보, 이리 좀 와 봐."

욕조 위를 기어다니는 벌레를 보고 아내는 기겁했다.

"도저히 여기선 못 지낼 것 같아. 짐을 안 풀었으니까 방을 바꿔 달라고 하면 안 될까? 풀빌라 아니어도 괜찮을 것 같아."

결국 우리는 결정했다. 돈이 아깝지만 객실을 다운그레이드하기로. 직원의 안내로 화장실이 내부에 있는 부티크호텔형 객실로 이동했다. 이후 우리는 풀빌라의 ㅍ자도 꺼내지 않았다.

당분간 발리는커녕 인도네시아를 갈 일은 없을 거라 생각했던 우리는 불과 3년 만에 발리를 또 찾았다. 충동적인 결정이었다. 난데없이 우한 폐렴(당시엔 이 용어가 익숙했다)이 발생했고 삽시간에 중국 주변국이 여행 위험 지역이 됐다. 겨울 휴가를 위해 예약했던 방콕행 항공권과 호텔을 취소했다. 당분간 기내식 먹을 일은 없겠구나 싶었는데 아내가 말했다.

"발리 갈까? 인도네시아는 섬나라여서 우한 폐렴 영향이 아직 없대. 중국인 입국도 아예 막았다고 하고. 항공권도 엄청 싸. 직항이 40만 원이야."

40만 원에 혹했다. 3년 전에는 타이베이를 경유했는데도 항공료가 거의 두 배였다. 결국 우리는 텅 빈 가루다인도네시아항공 이코노미석에 드러누워 남반구로 날아갔다.

두 번째 발리 여행에 앞서 나는 아내와 몇 가지 약정을 했다.

오직 한동네에만 머물고, 숙소는 4성급 이하 가성비 호텔을 이용하자고. 일정이 빡빡하거나 이동이 많으면 피곤해지고, 피곤해지면 자꾸 다투게 된다는 걸 알았다. 함께한 시간이 쌓이면서 서로의 호불호를 더 선명히 파악했다. 그래서 선택한 동네가 우붓 못지않게 분위기가 차분하다는 사누르였다. 사누르에 대해서는 '예술가가 많이 산다'는 설명보다는 '유럽의 노인들이 사랑하는 한물간 휴양지'라는 설명이 끌렸다.

　도착한 발리는 믿을 수 없을 만큼 썰렁했다. 몇 안 되는 여행객은 대부분 백인 노인 커플이었다. 같은 발리 안에서도 사누르는 더 한산했다. 코로나 영향도 있었지만 사누르에는 핫플레이스라고 할 만한 곳이 없었다. 우리는 이 도시에 걸맞게 여행했다. 되도록 걸어다녔고 해변과 수영장 선베드에 누워 한껏 게으름을 부렸다. 식탐을 부리지도 않았다. 인도네시아식 백반인 나시짬뿌르가 주식이었다. 요가원을 한 번 가고, 사누르 앞바다에서 출발하는 섬 투어를 한 번 다녀온 게 전부였다. 발리의 눈부신 하늘과 바다, 짙은 녹음을 만끽하는 것만으로 벅찼다.

　처음 이틀은 제법 큰 리조트에서 묵었는데 이름이 기억나지 않는다. 오히려 발리에 도착한 뒤 대충 검색해서 싼값에 예약한 숙소에서 우리는 깊은 안식을 누렸다. 이름은 타무카미*Tamukami*. 하룻밤 4만 원짜리 호텔치고는 수영장도 널찍하고 객실 상태도 양호했다. 해변 가까이 있는데도 정글처럼 열대식물이 우람하게

자라 있었고 조경도 근사했다. 주황색 지붕을 얹은 숙소 건물은 유럽 분위기가 풍겼다. 3년 전 우붓 풀빌라에 견줘도 모자라지 않았다.

직원들도 친절했다. 모든 직원이 늘 웃는 얼굴이었고, 사소한 질문도 성의껏 답했다. 아침을 먹으며 한 직원에게 타무카미가 무슨 뜻인지 물었다. 그는 '우리 손님'이란 뜻이고, 정원을 손질 중인 벨기에인 수잔이 호텔 주인이라고 알려 줬다.

엇? 저 할머니? 누가 봐도 수수한 인상의 금발 할머니와는 이미 수영장에서 인사를 나눴다. 나는 느긋하게 수영을 하다가 선베드에 누워 책을 읽었고, 할머니는 홀로 물속에서 열심히 아쿠아로빅을 하고 있었다. 어느 아침에는 정원을 산책하며 애정이 잔뜩 담긴 눈빛으로 꽃을 돌보는 모습도 봤다. 장기휴가를 온 유러피언인 줄 알았다.

오후 느지막이 수영장에서 다시 한번 수잔을 만났다. 역시 그는 열심히 물속에서 팔다리를 휘젓고 있었다. 갑자기 취재 본능이 발동했다. 다가가서 말을 걸었다.

"이 호텔 직접 지으셨다면서요? 몇 년도쯤……"

"나인틴 나인티 나인~."

세기말, 클럽에서 디제이가 넣던 추임새 '1999'이 이렇게 귀엽게 들린 건 처음이었다. 수잔은 벨기에 사람인 자신이 발리에 온 사연을 짤막하게 들려줬다.

수잔과 남편은 아이가 없었다. 어쩌다 형편이 어려운 인도네시아 아이의 후견인이 됐다. 재정으로 뒷바라지만 한 건 아니었다. 자주 발리를 오가며 아이를 세심하게 보살폈다. 건축가였던 남편이 은퇴한 뒤에는 아예 발리에 정착했다. 발리에 호텔을 지으면 그곳에서 여생을 보낼 수 있고, 돌보던 아이에게 일자리도 줄 수 있겠다고 생각했다.

"처음 발리와 인연을 맺었을 때는 한 명의 딸을 얻은 것 같았지만 지금은 스무 명의 자녀(호텔 직원)와 함께 사는 기분이야."

꾸밈도 없고 과장도 없는 담백한 고백임을 그의 표정에서 읽을 수 있었다. 수잔의 사연을 듣고 숙소가 더 사랑스럽게 보였다. 사누르라는 동네도 더 따뜻하게 느껴졌다.

숙소를 떠나기 전 수잔에게 양해를 구하며 언젠가 여행 책을 쓴다면 당신의 이야기를 담고 싶다고, 괜찮다면 사진도 넣고 싶다고 했다. 수잔은 흔쾌히 "예스"라고 말했고, 이왕이면 남편과 함께 사진을 찍어 달라고 했다. 그러고는 호텔 한편, 의자에 앉아 있던 남편을 찾아갔다. 그는 귀가 잘 들리지 않았고 한쪽 팔과 얼굴 근육의 절반이 잘 움직이지 않았다. 그래도 힘써 웃는 표정에서 행복이 읽혔다. 잠깐 생각했다. 아내와 내가 이국에서 만년을 보낸다면 어떨까. 뭘로 생계를 해결할지는 모르겠지만, 저들처럼 누군가에게 따스한 존재가 돼 주는 동시에 귀여운 노인이 될 수 있다면 좋겠다.

숙소 예약 사이트에서 타무카미호텔의 이용자 평점은 높은 편이 아니다. 싸긴 한데 시설이 낙후하다는 후기가 지배적이다. 우리는 어떤 불만도 없었다. 건물이 낡긴 했어도 벌레가 나오지 않았으니 문제될 게 없었다. 정원과 건물에서 세월의 흔적, 사람의 손때가 느껴져 오히려 좋았다. 아침에 나오는 눅눅한 빵도, 답답한 와이파이와 수압이 약한 화장실도 우리가 누리는 시간의 방해자가 될 수 없었다. 역시 여행은 사람을 만나는 일이다. 비록 스치듯 지나가는 인연이라도 사람을 알고 사연을 알면 세상을 보는 내 시선도 달라진다. 결국 세상이 달라진다.

글을 쓰다 보니, 수잔 부부와 호텔의 안부가 궁금하다. 사누르의 공기가 그립다.

환경 다큐멘터리 〈수라〉에는
"아름다움을 본 책임감"이라는
말이 나온다.
그 말이 내 가슴을 쿵 하고 짓눌렀다.
나도 아름다운 여행지에
발을 딛을 때마다,
기사를 쓸 때마다 부채감을 느낀다.
그 빚을 어떻게 갚아야 할까.

아름다움, 그리고 책임감

인도네시아 발리섬 렘봉안

두 번째 발리 여행, 그러니까 사누르에만 머물렀던 여행은 심심함을 만끽한 시간이었다. 그래도 딱 한 번 관광객 모드로 여행사의 투어 프로그램을 이용해 봤다. 무료함을 못 견뎌서는 아니었고 발리의 바닷속이 궁금해서였다. 우한 폐렴 사태가 길어지면 언제 다시 동남아를 올지 모른다는 계산도 있었다. 한 번쯤 물놀이를 제대로 해야 할 것 같았다. 발리 동쪽 바다에 떠 있는 작은 섬 렘봉안으로 향했다.

렘봉안 이야기에 앞서 가벼운 지적 하나. 마스크를 쓰고 물속 세상을 구경하는 놀이 스노클링*snorkeling*을 '스노쿨링'으로 오기하는 사람이 많다. 무더운 동남아에서 바다에 풍덩 빠지면 시원하긴 하지만 쿨링*cooling*은 아니다. 입에 물고 숨을 쉬는, 끝이 물

밖으로 나오도록 돼 있는 짧은 플라스틱 관 이름이 스노클이다.

고속 페리를 타고 섬에 도착해 작은 관광용 배로 갈아탔다. 동승한 여행객 중에는 한국인 가족도 있었다. 부모와 대학생으로 보이는 아들 둘이 함께였다. 스노클링 장소로 이동하는 중 그 집 아버지가 우리에게 말을 걸었다.

"신혼여행 오셨나 봐요?"

아내는 조용히 "아니요"라고 했고, 나는 일부러 먼 산 아니 먼 바다를 봤다. 인사라도 먼저 했거나 "실례지만"이라는 말을 덧붙였다면 모를까. 대뜸 가족관계와 여행 목적을 묻는 한 문장을 툭 던지다니. 언제부턴가 해외에서 한국인을 만나는 게 반갑지 않았다. 정확히 말하면 특정 부류의 한국인이다. 그중에서도 호구조사를 좋아하는 '인구조사관' 한국인은 경계 대상 1호다. 대체 왜 이역만리 외국까지 나와서 남들이 어떤 사이인지, 왜 여행을 왔는지, 무슨 일을 하는지, 어디 사는지가 궁금할까.

나도 취재 때문에 사람들에게 다짜고짜 말을 붙일 때가 많으니 남 말할 처지는 아니다. 기자여서 좀 무례해도 용납해 주거나 아니면 돌아서서 욕을 하더라도 싫은 내색을 안 하는 사람이 많을 것이다. 잘 안 되지만 혹시 내가 던진 범속한 말 속에 타인에 대한 비하나 혐오가 담겨 있진 않은지, 혹은 무례하지 않았는지 의식하려고 애쓴다. 꼰대가 되고 싶지 않다거나 '남에게 대접받고 싶은 대로 남을 대접하라'는 황금률을 지키기 위해서라기보다는 퇴보하는 인간이 되고 싶지 않아서다. 사람이란 부단히 자신을 점검하고 애쓰지 않으면 하류로 떠밀려 갈 수밖에 없는 존재다.

첫 번째 스노클링 포인트에 도착했다. 나에게 스노클링은 대단한 액티비티가 아니다. 남산 산책하는 기분으로 즐기는 놀이다. 아내에겐 그렇지 않았다. 이전에도 동남아 해변을 간 적이 있지만 물을 무서워한 탓에 수심이 깊으면 스노클링을 즐기지 못했다. 나는 이해하지 못했다. 구명조끼를 믿으라고, 또 나를 믿으라고 했지만 내가 아내에게 준 건 안심과 확신이 아니라 공포와 상처였다. 물속에서 발이 닿지 않는다는 사실이 그 자체로 아내에겐 커다란 두려움인 듯했다. 그런 점에서 렘봉안은 아내에게 꽤 도전적인 여행지였다.

투어 업체는 스노클링 초보를 위해 플라스틱 파이프로 만든 대형 튜브를 던져 줬다. 일본 스모 선수처럼 체구가 큰 가이드가 물속에서 파이프에 연결한 줄을 끌며 물고기가 많은 곳으로 일행을 안내했다. 줄에 연결돼 있기는 해도 발이 닿지 않는 바닷속 한가운데였다. 그런데 이번엔 아내가 튜브를 잡고 잘 따라가며 마스크를 쓴 채로 렘봉안 바닷속을 유유히 구경하는 게 아닌가. 나는 옆에서 계속 엄지손가락을 치켜올려 줬다. 진심으로 가슴에서 우러나온 '따봉'이었다. 그동안 함께 바다에 가서도 나만 물속에서 놀 때가 많았는데 이제 새 세상이 열렸다.

두 번째 포인트는 수심이 2~3미터로 얕은 편이었고 파도도 잔잔했다. 아내는 튜브를 쥐었던 손을 놓고 힘차게 발을 차며 보트 주변을 돌아다녔다. 열대어를 보고 인사를 건네고 V자를 그려 보이는 여유도 부렸다. 한결 마음이 놓였다. 이때부터 아내가 아니라 다른 사람들이 눈에 들어오기 시작했다.

일부 관광객이 이 정도 깊이는 괜찮다는 듯 구명조끼를 벗고 잠수했다. 나도 수중 영상 촬영을 위해(또 출장모드 발동) 구명조끼를 벗은 상태였다. 한데 눈을 의심케 하는 이상한 장면이 펼쳐졌다. 핀(오리발)으로 산호를 밟고 서 있는 사람들이 보였다. 하필 그 '인구조사관'과 아들이었다. 그들은 그걸로 모자라 발을 허우적거렸는데 연약한 산호가 낫에 베인 잡초처럼 마구 잘려 나갔다. 그 모습이 고스란히 내 고프로에 담겼다. 황급히 그들에게 다가가 소리쳤다.

"아저씨, 그렇게 서 있으면 어떡해요? 산호를 다 죽이고 있다고요."

나는 환경운동가도 아니고, 해양 생태계 보호를 위해 활동하는 사람도 아니다. 그러나 산호가 처참히 짓이겨지는 장면을 보고는 외면할 수 없었다. 인구조사관은 아들이 옆에 있어서 무안했는지 애써 내 얘기를 외면했다. 피가 거꾸로 솟구쳤고, 한국인이어서, 인간이어서 참담한 심정이었다.

곧 배로 올라와 아내에게 흥분한 목소리로 말했다. 저들이 산

호 짓밟는 영상을 유튜브에 올려 만천하에 알리겠다고, 제목은 '산호를 파괴하는 어글리 코리안'으로 달겠다고. 아내가 맞장구를 칠 줄 알았는데 의외의 반응이 돌아왔다.

"잘 모르면 그럴 수도 있지. 가이드가 주의사항을 안 준 게 더 문제야."

"칫, 저 사람, 아까 말하는 것부터 영 밥맛 없더니만."

"너무 나쁘게만 보지 마. 아들하고 잘 놀아 주고 부인한테도 엄청 다정하더라. 되게 자상한 가장 같아."

후, 한숨이 나왔다. 스노클링을 마치고 점심을 먹고 렘봉안 섬의 관광명소를 둘러보는 투어까지 인구조사관 가족과 계속 함께했다. 아내 말대로 인구조사관은 자상했다. 보트 안에서 성인인 아들과 손을 잡고 끊임없이 대화를 나눴고, 아내에게는 살가웠다. 그러거나 말거나, 무책임한 산호 파괴범일 뿐이라고 생각했다. 산호는 미역이나 다시마 같은 해초가 아니다. 먹이활동을 하고 산란을 하는 동물이다.

섬 투어를 하면서도 잘려 나간 산호가 물에 둥둥 떠 있던 잔상이 지워지지 않았다. 그러다 옛 기억이 떠올랐다. 십수 년 전, 세계 최대 산호초 군락지인 호주 케언스 앞바다에서 스노클링을 한 적이 있었다. 현지인 꼬마가 인상을 찌푸리며 내게 말했다. 산호를 밟지 말라고. 내가 딛고 선 바닥이 바위처럼 딱딱했던 터라 산호인지도 몰랐다. 꼬마의 눈에 나는 무식하고 무책임한 자연

파괴범이었을 터였다.

그래. 무심코 산호를 헤치는 인간은 히틀러 같은 희대의 악마도 아니고, 동물을 학대하는 파렴치범도 아닐 것이다. 순수한 어린이가 별 생각 없이 잠자리 날개를 뜯듯이 그 누구든 모르고 산호를 짓밟을 수 있다. 아니, 사실은 모든 인류가 산호 살육의 공범자이기도 하다. 수온 상승으로 세계 각지에서 산호가 죽어 가는 백화현상이 벌어지고 있다. 산호는 동물이지만 물고기의 집이자 피난처 역할도 하고 있어 더 큰 문제다. 인간 문명 자체가 바다를 위협하고 있다는 사실이 뼈아프다.

여행기자가 이런 이야기를 한다는 게 모순적이다. 스스로 세계의 숱한 바닷속을 들여다봤고, 심지어 거길 가라고 충동하는 글을 쓰고 있으니 말이다. 적극적으로 자연 보호를 할 것도 아니라면 피시_PC, Political Corretness_(정치적 올바름을 추구하는 것)한 척하지 말라는 비아냥이 들리는 것 같다. 어떤 노력을 해도 인류는 재앙의 내리막길을 피할 수 없다는 비관의 말도 귓가에 맴돈다. 요즘 '생태 우울증'을 호소하는 사람이 많다는데 나도 비슷한 기분을 느낄 때가 있다.

바닷속을 보고파 하는 인간의 욕망과 바다의 안녕이 함께하는 건 판타지에 불과한 걸까. 자연을 누리면서도 자연에 무해한 여행은 모순인 걸까. 어떤 여행은 이렇게 외면할 수도 없고 쉽게 답할 수도 없는 킬러 문항 같은 질문을 남긴다. 새만금을 다룬 환경 다큐멘터리 〈수라〉에는 "아름다움을 본 책임감"이라는 말이 나온다. 그 말이 내 가슴을 쿵 하고 짓눌렀다. 나도 아름다운 여행지에 발을 딛을 때마다, 기사를 쓸 때마다 부채감을 느낀다. 그 빚을 어떻게 갚아야 할까.

사람들이 알고 싶어 하지 않는 사실 혹은 알고도 눈감는 불편한 현실을 내 나름의 방식으로 알리고 함께 고민하는 일을 포기하고 싶지 않다. 그 전에 나 스스로가 자연에게도 타인에게도 무해한 여행자이고 싶다. 일회용 컵 대신 텀블러를 사용하고, 숙소에서 수건을 아껴 쓰고, 현지인에게 최대한 이익이 돌아가는 공정여행을 이용하고……. 이런 노력이 자기 만족에 불과하고 실제로 세상을 이롭게 하는 데 별 보탬이 안 된다 해도 사소한 노력조차 폄훼하진 말자고 말하고 싶다. 스스로 해로운 존재가 되지 않으려는 발버둥조차 포기하면 무엇도 할 수 없으니까.

언젠가 아내에게 바다를 비롯해
지구에는 왜 이리
귀여운 생명체가 많을까
물은 적이 있다. 아내의 대답.
"조물주가 귀여운 걸
좋아하셔서겠지."

지구의 비밀과 스쿠버다이빙

태국 수랏타니주 코타오섬

2017년 사이판에서 스쿠버다이빙 자격증을 땄다. 스쿠버다이빙 단체 파디*PADI*의 입문자 자격증 '오픈워터'는 수심 18미터까지 잠수할 수 있는 자격을 의미하지만 나에겐 그 이상을 뜻했다. 스쿠버다이빙 자격증은 나를 신세계로 인도하는 초대장이었다. 물 위에 둥둥 떠서 바닷속을 들여다보는 스노클링이 마트 시식 코너라면, 깊은 바닷속을 유영하는 스쿠버다이빙은 푸짐한 호텔 뷔페라고 할 수 있다. 오픈워터 다이버가 된 뒤 본격적으로 바다의 아름다움을 탐닉했으니 내 여행 이력의 변곡점이 됐다고 할 수 있겠다.

사이판에서 자격증은 땄지만 바다를 제대로 구경하진 못했다. 태풍 영향 탓에 바다가 뒤집어져서 수중 시야가 흙탕물 수준이었다. 자격증을 따고 한 달 만에 태국 남부 타이만에 있는 작은 섬 코타오를 찾았다. 코타오는 수중 환경도 빼어나지만 아시아에서 스쿠버다이빙 자격증을 가장 많이 발급하는 곳이기도 하다.

리조트 휴양객이 대부분인 사이판과 달리 코타오는 바다를 숭배하는 다이버를 위해 존재하는 섬이었다. 다이빙 전용 풀장을 갖춘 리조트에서 잠을 잤고 다이빙 업체가 운영하는 식당에서 밥과 커피를 사 먹었다. 하와이 노스쇼어에 갔을 때도 그랬지만 초심자가 너무 일찍 성지순례를 온 것 같아 어리둥절했다.

도착한 다음 날 '펀다이빙'에 나섰다. 펀다이빙은 자격증 소지자를 위한 프로그램으로, 강사가 소그룹을 인솔하는 방식으로 진행한다. 얄궂게도 하늘이 잿빛이었고 이따금 비가 흩뿌렸다. 하필 작은 태풍이 섬을 지나가는 중이었다. 그래도 다이빙 성지인 만큼 바닷속 사정은 다르리라고 기대했다.

미국인 강사 그랜트가 인솔자이자 나의 버디(안전을 위해 짝을 이루는 다이버)였고, 다른 다이버 두 명이 한 조를 이뤘다. 보트에서 그룹 배정을 받는 순간 나는 당혹스러운 표정을 감추지 못했다. 핀란드에서 왔다는 다이버 애나는 무려 72세였다. 코타오에 머무는 동안 다이빙을 열다섯 번 할 거라는 말에 한 번 놀라고, 체온 유지를 위해 전신 다이빙 수트를 입은 나와 달리 짧은 반바지와 반팔 차림이어서 또 한 번 놀랐다.

첫 번째 다이브 사이트 사타콧에 도착했다. 네 명이 차례대로 입수했다. 날이 흐렸는데도 바닷물은 따뜻했다. 그랜트를 따라 부력조절기 속 공기를 조금씩 빼며 물속으로 들어갔다. 시야가 점점 탁해졌다. 며칠 동안 파도가 셌던 터라 바다가 뒤집어져서 였다. 수심 20미터. 그랜트가 그만 내려가자고 사인을 보냈다. 플래시를 비춘 그랜트를 따라 바닷속을 산책했다.

갑자기 눈앞에 시커먼 물체가 나타났다. 난파선이었다. 사타 쿳은 태국 해군이 쓰던 전투함이었다. 수명을 다한 배를 깨끗이 정비하고 유해한 부품을 제거한 뒤 2011년 6월 코타오 앞바다에 빠뜨렸다. 전투함은 물고기의 집이자 놀이터였다. 함포 달린 녹슨 배와 형형색색 열대어가 어우러진 풍경이 기묘했다. 30분 만에 수면으로 올라왔다. 그랜트가 첫 번째 다이빙의 평균 수심이 27.2미터였다고 알려 줬다. 오픈워터 다이버인데 너무 무리한 거 아니냐고 물었더니, 그랜트가 말했다.

"초보치고는 나쁘지 않던데요? 내가 버디니까 걱정 마요!"

든든했다. 스쿠버다이빙을 할 때 버디의 존재는 절대적으로 중요하다. 짝을 이뤄 다니면서 서로의 상태를 봐 준다. 장비, 특히 호흡기에 문제가 생겼을 때는 버디의 장비를 함께 이용해야 한다. 그러니까 바닷속에서 버디는 단지 짝궁이 아니라 숨을 나누는 생명줄 같은 존재다.

보트에서 쿠키와 수박을 먹으며 다음 바다로 이동했다. 잔잔한 파도가 계속 일어 속이 메스꺼웠다. 차라리 빨리 바닷속으로

조용한 여행

뛰어드는 게 나을 것 같았다. 두 번째 다이브 사이트 화이트록에 도착했다. 그랜트가 말했다.

"첫 번째 사이트보다 물고기가 훨씬 많을 겁니다. 얼마나 멋진 친구들이 나타날지 기대해 보죠."

다시 네 명이 차례대로 입수했다. 이름처럼 바다 밑바닥에 하얀 바위가 깔려 있었고, 산호와 물고기도 훨씬 많았다. 고래상어나 푸른바다거북은 못 봤지만 작고 귀여운 생명체들이 시선을 사로잡았다. 바위에 달라붙어 파랑, 분홍, 주홍, 노랑으로 반짝이는 크리스마스트리웜은 갯지렁이과 생물이라는데, 이름처럼 크리스마스 트리 장식을 꼭 닮았고 뽑기 인형처럼 귀엽기도 하다. 언젠가 아내에게 바다를 비롯해 지구에는 왜 이리 귀여운 생명체가 많을까 물은 적이 있다. 아내의 대답. "조물주가 귀여운 걸 좋아하셔서겠지."

역시 색깔만큼은 육지보다 수중세계가 압도적으로 화려하다. 뭇 생명이 연출하는 찬란한 컬러의 대잔치. 내가 열대 바다를 헤집고 다니는 이유다.

다이빙을 마치고 섬으로 돌아왔다. 체력이 바닥난 나는 공기 탱크와 잠수 장비를 낑낑거리며 이고 가서 다이빙숍에 반납했다. 깊은 바다에서도 안정적으로 물질을 하던 애나는 지친 기색이 없었다. 다이빙 장비도 거뜬해 보였다. 애나와 인사를 나누는데 누군가 달려 나와서 그를 맞았다. 중학교 생물 선생님 같은 순한 인상의 남편이었다. 다이빙을 좋아하지 않는다는 그는 카페에서 책을 읽으며 아내를 기다렸다. 이날이 애나의 첫 다이빙이었는데 보름 동안 저렇게 아내를 기다린다니, 사랑꾼이 따로 없다.

코타오를 다녀온 뒤 여러 바다를 경험했다. 열혈 다이버도 많이 만났다. 지인 중에는 한 해에 네다섯 번 해외로 다이빙 투어를 나가는 이도 있다. 그들은 "바다는 지구 면적의 70퍼센트를 덮고 있다. 다이빙을 하지 않는다면 지구의 비밀을 못 보는 거다"라는 말을 삶의 신조로 삼은 것 같았다. 처음엔 알 듯 말 듯했던 저 말을 진리처럼 받아들이게 된 계기가 나에게도 있었다. 인도네시아 코모도섬을 갔을 때였다.

코모도국립공원 취재는 TV 동물 프로그램에 자주 나오는 코모도왕도마뱀이 주인공이 될 예정이었다. 그러나 정작 코모도섬에서 녀석을 봤을 때 감흥이 없었다. 사람이 지나가도 시큰둥하고 꾸벅꾸벅 졸고 있는 모습이 '공룡의 후예'라는 별칭이나 '섬의 최상위 포식자'라는 설명과 어울리지 않았다. 아마도 사슴이나 원숭이 한 마리 잡아먹고 쉬는 중이었나 보다.

오히려 별 기대가 없었던 코모도 바다가 내게는 신세계였다. 코모도국립공원은 전 세계 다이버의 버킷리스트다. 아름다운 수중 환경에 더해 푸른바다거북, 초대형 가오리 만타, 온갖 종류의 상어 등 희귀 어종을 볼 수 있어서다.

코모도 바다는 코타오를 압도할 만큼 화려했고 날씨까지 좋아서 수중 시야가 끝내줬다. 수많은 어종과 산호가 어우러진 모습이 아쿠아리움 아닌가 싶을 만큼 비현실적이었다. 매일 달리는 러너가 한 번의 멋진 레이스를 꿈꾸고, 틈만 나면 바다로 나가는 서퍼가 인생 최고의 파도를 기다리듯 다이버도 한 번의 짜릿한 다이빙을 꿈꾼다. 나에게는 코모도섬 다이빙이 바로 꿈 같은 순간이었다. 30미터 너머까지 보이는 최고의 수중 시야 환경에서 아주 편하게 다이빙을 즐겼다. 호흡기를 통해 들고 나가는 내 숨소리만 들리는 고요한 바닷속에서 약 40분 동안 아무 생각없이 바닷속을 산책했다. 이 순간 어울리는 배경음악이 있었다면 아바의 〈안단테 안단테〉가 아니었을까. 희귀 어종을 못 봐서 아쉬웠지만 고래상어나 만타가 나왔더라면 허둥지둥 촬영하느라 평정심을 유지하기 어려웠을 테다.

정작 희귀 어종은 다이빙이 아닌 스노클링을 하다가 만났다. 보트를 타고 여러 섬을 다니는 투어 프로그램을 마치고 숙소가 있는 라부안바조 지역으로 이동하던 길이었다. 계속 바다를 응시하던 가이드가 소리쳤다.

"만타, 만타가 나타났어요!"

배에 있던 여행객들은 바닷속에 황금이라도 있는 것처럼 가열하게 뛰어들었다. 물론 그 대열에는 나도 있었다. 수면 바로 아래에서 집채만 한 가오리 네다섯 마리가 우아하게 유영하고 있었다. 지느러미 좌우 길이가 5미터에 달하는 압도적인 크기 때문에 비행 물체를 보는 듯했다. 등은 검은색, 배는 하얀색이었고 활짝 벌린 입은 사람 머리가 들어갈 정도로 컸다. 녀석들이 내 바로 앞까지 다가와 겁났지만 "만타는 호기심이 많고 사람을 경계하지 않으니 겁먹지 말라"는 가이드의 말이 떠올랐다. 약 15분, 에어쇼를 마친 전투기가 퇴각하듯 만타 무리가 사라질 때까지 어울려 놀았다. 보트로 돌아와서도 맥박이 진정되지 않았다. 그리고 깨달았다. 해파리에 팔다리를 쏘였다는 사실을. 채찍으로 맞은 것처럼 쓰라렸지만 만타를 만나며 얻은 훈장이라 생각했다. 그만큼 값진 경험이었다. 역시 아름다움을 만나려면 고통이 필요하다.

코모도섬을 다녀온 뒤 한참 동안 다이빙을 쉬었다. 팬데믹의 그늘이 걷힌 뒤에야 태국 코타오를 다시 찾았다. 처음 코타오를 방문했을 때와 달리 날씨가 완벽했고, 바다 상태도 흠잡을 데가 없었다. 뭔가 좋은 일이 일어날 듯한 예감이 들었다.

'춤폰피너클'이란 사이트에서 첫 번째 펀다이빙을 했다. 입수하자마자 거짓말 같은 장관이 펼쳐졌다. 수만 마리 전갱이 무리가 나타났다. 은빛으로 반짝이는 전갱이 떼가 허리케인처럼 나를 휘감았다. 전갱이의 군무를 넋 놓고 보고 있는데 강사가 위쪽을 보라며 사인을 보냈다. 몸을 180도 돌렸다. 길이 10미터는 돼 보이는 시커먼 물체가 머리 위로 지나가고 있었다. 지구에서 가장 큰 어류, 고래상어였다. 빨판상어 수십 마리를 거느리고 유영하

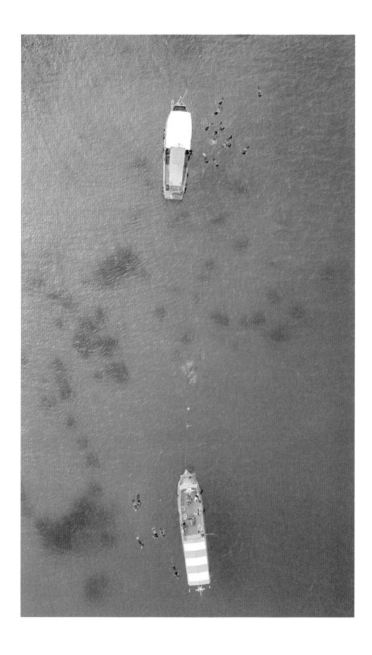

는 모습이 어뢰를 장착한 잠수함 같았다. 그 모습이 너무 압도적이고 웅장해서 〈스타워즈〉 에피소드 4편의 주제곡이 울려 퍼지는 착각이 들었다. 물속에서 호흡기를 입에 문 채 돌고래 같은 고주파 탄성을 내질렀다.

다이빙은 하면 할수록 욕심이 커진다. 지구의 70퍼센트를 경험할 순 없다 해도 멋진 바다를 누비며 신비한 해양생물을 더 많이 보고 싶다. 일주일 정도 배에서 먹고 자면서 오로지 다이빙에 집중하는 '리브어보드' 여행이 궁금해서 검색해 보기도 했었다. 그러나 이 모든 욕심이 고래상어를 만난 뒤 조금 수그러들었다.

다이빙을 하고 싶을 때면 코타오에서 만난 애나를 떠올린다. 작지만 다부진 몸으로 차분하게 바다와 노닐던 달관의 다이버. 액션캠으로 해양생물을 촬영하느라 시종 분주했던 나와 달리 지긋이 물고기를 바라보던 관록의 잠수꾼. 동시에 애나의 멋진 인생 버디, 그의 남편도 함께 생각난다. 처음엔 애나처럼 나도 70대까지 다이빙을 즐기리라는 다짐이 앞섰는데, 그 곁의 할아버지처럼 사는 것도 멋질 것 같다. 무던히 기다려 주는 사람, 아끼는 이의 취미를 적극적으로 지지해 주는 사람. 지금의 나로선 이쪽이 20배쯤 어려운 일이다. 어렵기에 꿈을 꿔 본다. 물론 함께 깊은 바닷속을 유영한다면 더 좋겠지만.

어떤 여행지는
기사로 쓰지 않고
내밀하게 마음속에만
간직하고 싶다.

내 낡은 서랍 속의 바다와 산

강원도 고성군

푸른 바다를 보고 싶을 땐 고성으로 간다. 이것저것 재고 따지기 성가실 때 양양고속도로를 타고 동쪽까지 내달린 뒤 7번 국도 북쪽 방향으로 차를 몬다. 켜켜이 쌓인 추억이 많은 바다, 남한 땅의 북쪽 끄트머리라는 지리적 조건이 묘한 감상을 불러일으키는 동네, 바다 못지않게 산과 호수도 좋은 고장이 고성이다. 그곳에 가면 이국의 바다가 아니라 익숙하고 친근한 내 낡은 서랍 속의 바다와 산이 기다린다.

군 시절 운전병 신분으로 고성과 속초 지역을 손바닥처럼 훤히 알 만큼 돌아다녔다. 화진포, 송지호, 아야진 그리고 대명리조트(현 델피노), 설악워터피아 같은 유명 관광지를 지나다닐 때마다 오묘했다. 나는 훈련하고 경계 근무를 서러 가는 곳에서 누군가는 데이트를 하고 해수욕을 하고 커피를 마시다니. 갇혀 있는 처지여서 답답하고 부럽기도 했지만 훗날을 위해 좋은 여행정보를 축적한다고 생각했다. 그리고 작은 다짐을 했다. 5톤 트럭과 함께 발도장을 찍었던 고성의 구석구석을 친구나 가족과 다시 오리라.

여행기자로 일하면서 그 바람이 현실이 됐다. 고성을 숱하게 드나들었다. 어떤 곳은 20년 전과 다를 바 없었고, 어떤 곳은 세월이 무섭게 변해 버렸다. 안타깝게 사라진 공간도 있었다. 이를테면 군인과 농민만 지나다니는 내륙에 '새들은 페루에 가서 죽다'라는 카페가 덩그러니 있었다. 군 복무 시절에 들어가지는 못하고 간판을 보며 대체 어떤 사연을 가진 집인지, 왜 저런 이름을 붙였는지 궁금증을 품은 채 그 앞을 수차례 스쳐 지났다. '새들은 죽다'가 아니라 '죽었다'가 어법상 자연스러운 게 아닌가 생각했는데 나중에서야 소설 제목이란 걸 알았다. 뒤늦게 그 소설을 쓴 로맹 가리의 애독자가 되었다. 이제야말로 '새들은 페루에 가서 죽다' 카페에 가도 좋을 것 같았지만, 이미 가게는 없어져 버렸다. 카페 주인이 속초에서 LP바 겸 카페를 운영한다는 소식을 나중에 접했다. 언젠가 꼭 그곳에 가서 고성 산골의 카페가 로맹 가리에 대한 호기심의 씨앗이 됐다고 말하리라.

고성은 갈 때마다 놀라울 정도로 달라지고 있다. 역시나 내 마음은 트렌디한 관광지보다 격정적인 변화의 바람을 비껴간 곳

으로 향한다. 문제는 그런 곳만 취재할 순 없다는 사실이다. 새로운 무언가를 다루거나, 뻔한 아이템도 색다른 시선으로 취재를 해야 뉴스가 된다. 내 취향만 내세우면 취미지 일이겠나.

몇 해 전, 가을 취재 아이템을 뒤지던 중 고성군이 화진포와 송지호에서 관광객에게 무료로 자전거 대여를 시작했다는 소식을 접했다. 기사가 될 법했다. 주저하지 않고 고성으로 달려갔다.

우선 군청에 요청해서 지역 자전거 동호회를 섭외했다. 자전거 길 안내와 사진 모델이 필요했다. 동호회에서는 50~60대 남성 다섯 명이 나왔다. 그들을 자전거로 쫓아가면서 촬영까지 하느라 진땀을 뺐다. 그 와중에도 억새가 반짝이는 화진포의 가을 풍경을 어깨너머로 바라보며 달릴 수 있어서 기뻤다. 화진포는 크고 작은 호수와 습지가 붙어 있고 자전거 코스도 다양해서 혼자서 갔더라면 꽤나 헤맸을 터였다.

취재를 마친 뒤 고성 사내들과 함께 거진항에서 동태탕을 먹으며 뒤풀이를 했다. 고깃배 선장, 열쇠가게 사장, 공인중개사 등 직업도 가지각색인 어촌 사람들의 일상 대화를 엿듣는 것도 흥미로웠다. 다들 천만 원이 넘는 자전거를 몇 대씩 갖고 있고, 무엇보다 산 좋고 물 좋은 고성에서 늘 라이딩을 한다니 도시 사람보다 훨씬 풍요로운 삶을 누린다는 생각이 들었다.

송지호는 화진포의 5분의 1 크기다. 그래도 호수 둘레를 자전거로 한 바퀴 돌고 북방식 가옥이 남아 있는 왕곡마을을 다녀오면 딱 두 시간 코스다. 곳곳에 오르막길이 있는 화진포와 달리 완전한 평지고 금강송 우거진 수변길은 어느 계절에 가도 호젓하다.

자전거 취재 당시 숙소가 애매했다. 모텔을 가긴 싫고 해변가 리조트를 가자니 하룻밤 출장비를 초과했다. 혹시나 하고 에어비앤비를 뒤졌더니 송지호에서 멀지 않은 해변에 괜찮은 숙소가 보였다. 조식까지 포함이어서 금상첨화였다.

취재를 마치고 늦은 밤 숙소에 도착했다. 객실에는 더블 침대와 싱글 침대가 하나씩 있었고 주방시설도 갖춰져 있었다. 널찍한 식탁과 큼직한 거울이 있는 점도 마음에 들었다. 무엇보다 내가 숙소를 볼 때 가장 중시하는 침대 머리맡 조명이 있었다(모텔이나 민박의 99퍼센트는 침대 옆에 조명이 없다). 화장실 수건과 세면도구도 모두 깔끔했다. 방 한편에 붙어 있는 안내문에도 딱 필요한 정보만 정중한 어투로 적혀 있었다. 비앤비 주인이 분명히 여행 경험이 많을 거라 생각했다.

이튿날 아침, 카페 공간에서 아침을 먹었다. 주인 부부가 환한 얼굴로 반겨 줘서 내 마음도 환해졌는데 직접 구운 스콘과 식사빵, 구운 채소 곁들인 샐러드를 먹으면서 만면희색을 감출 수 없었다. 붙임성 좋은 남편, 직접 만든 공예품을 팔 정도로 예술감각이 남다른 아내가 해변에서 숙소를 운영하며 다정하게 사는 모습이 보기 좋았다.

조용한 여행

출장을 다녀온 뒤 아주 가까운 지인들에게만 이 숙소를 소개했다. 숙소가 너무 큰 인기를 끌어 예약하기 어려워지진 않을까, 가격이 크게 오르진 않을까 이기적인 염려가 생긴 까닭이었다. 호스트에게 감사의 메시지를 전하고도 다른 에어비앤비 이용자를 위한 별점과 공개 후기는 남기지 않았다. 너무 치사한가? 그동안 고성의 여러 지역을 꿰고 있었는데 그제야 마음에 쏙 드는 숙소 하나를 발견한 터라 애착이 컸다. 이후에는 고성을 찾을 때마다 그 숙소에만 묵었다.

시간이 얼마쯤 흘렀을까. TV를 보다가 "안 돼" 하고 외친 적이 있다. 전국의 오지까지 관광명소로 만들고, 해외 구석구석을 여행 예능으로 띄운 모 PD가 예능 프로그램에서 이 비앤비가 있는 동네를 소개한 거다. 배우들이 해변가 허름한 주택에서 밥 해 먹고 바다에서 놀기도 하는 소소한 일상 풍경을 담았는데, 하필 배경이 내가 아끼는 동네여서 보는 내내 입맛이 썼다.

방송이 나가고 시간이 한참 흐른 뒤 고성을 방문했다. 내가 애정했던 동네가 크게 달라지진 않은 걸 보고 안도했다. 새로 생긴 카페가 몇 개 눈에 띄었고, 공사 중인 건물이 드문드문 보이는 정도였다.

정확히 말하면 예능 프로에 나온 바닷마을은 백도해변 쪽이었다. 내가 꽂힌 곳을, 이제서야 밝히자면, 백도해변 바로 북쪽에 자리한 자작도해변이다. 자전거 취재 때 처음 알게 된 뒤 수차례 찾은 이곳은 초승달 모양의 작은 만으로, 바다 주변에 눈에 거슬리는 큰 건물도 없고 백사장도 깨끗하다. 반면 편의시설은 부족하고, 줄 서서 먹는 유명 식당도 없다. 바로 그런 이유로 나는 자작도해변을 퍽 애정한다. 여름에는 스노클링을 하기도 좋다. 수중 시야가 깨끗한 편이고, 바위 주변에 다양한 물고기도 산다. 동남아 바다에 비하면 수온이 차가워 오래 물속에 머물긴 어렵지만 한국에서 이 정도 바다를 찾기 쉽지 않다.

자작도해변이 주변 바다보다 우월한 건 아니다. 주변 해변도 저마다의 멋이 있고, 적절한 상업시설(횟집, 카페, 숙소)이 필요한 사람에게 더 나은 조건을 제공한다. 고성에서 휴가를 보내던 어느 여름, 이른 아침에 조깅을 해 봤다. 자작도해변을 출발해 남쪽으로 달려서 아야진해변을 찍고 왔는데 그 사이에 있는 백도, 문암, 교암 해변도 모두 마음에 들었다. 이를테면 백도해변에는 채광 좋고 디저트 맛도 준수한 카페가 있고, 문암해변에는 구멍이 송송 뚫린 멋진 바위가 있었다. 설악산 울산바위를 배경으로 스탠드업패들(일명 SUP, 노를 저으며 즐기는 서핑)을 즐기는 사람을 봤는데 나도 언젠가 꼭 해 보리라 마음먹었다. 교암해변에는 이름도 공간도 매력적인 독립책방 북끝서점이 있고, 아야진해변에는 가끔 안부를 나누는 출판사 온다프레스가 있어서 괜히 정이 간다.

이 동네서 한 달, 아니 한 해쯤 살면서 아침마다 해변을 달리고 가끔은 자전거를 타고 질주하면 얼마나 좋을까 상상해 봤다. 고성을 수십 번 드나들고도 못해 본 스쿠버다이빙도 꼭 할 테다. 고성 바다에 고래상어나 푸른바다거북은 없지만 그래도 고성 바다만의 멋이 있을 것이다.

어떤 여행지는 기사로 쓰지 않고 내밀하게 마음속에만 간직하고 싶다. 고성 자작도가 그런 곳인데 결국 책 출간을 앞두고 타협하고 말았다. 혼자만 꼭꼭 감춰 두고 싶었던 마음을 접고 독자들에게 공유하기로 한 건 쉬운 결정이 아니었다. '조용한 여행'이라는 키워드에 마음이 사로잡힐, 나와 비슷한 취향의 독자에게라면 괜찮지 않을까 하는 마음으로 쓴다. 그렇지만 책을 인쇄할 때까지도 결정질환에 시달릴 것 같다. '자작도'를 도려내고 'ㅈ해변'으로 고칠지 말지.

| 6장 |

일상에서　멀지 않은 행복

이곳에서 매일 저녁
180명이 모여 격의 없이 어울리며
싸고 맛난 음식을 먹는다.
20~30대가 주축이긴 했으나
홀로 지팡이를 짚고 온 노인,
부랑자처럼 행색이 남루한 사람도
섞여 앉아서 빵과 음식을 나눴다.

휘게, 유행이 아닌 일상

덴마크 코펜하겐시

한국과 덴마크가 수교 60주년을 맞던 해, 양국 문화 교류의 일환으로 코펜하겐관광청이 한국 기자들을 초청했다. 덴마크 수도 코펜하겐의 라이프스타일을 한국 독자들에게 보여 주고 싶다는 취지였다. 여느 취재 때처럼 멋진 풍경, 재미난 볼거리, 색다른 음식보다는 세계행복보고서에서 단골로 1위를 차지하는 나라의 일상에 스민 정신을 탐구하고 싶었다. 정신 탐구도 어딘가를 향해 떠나는 여정이라면 일종의 여행이라 할 수 있겠다.

코펜하겐에 도착해 보니 소문대로 자전거의 도시였다. 가닥가닥 혈관을 흐르는 피처럼 도시 어디를 가나 자전거의 행렬이 끊이지 않았다. 세계 최고의 자전거 친화도시로 자웅을 겨루는 네덜란드 암스테르담에서도 느꼈지만 이런 도시는 시스템 자체가 자전거를 중심으로 돌아간다. 가장 번화한 도심도 자동차 도로, 자전거 전용도로, 인도가 거의 같은 면적으로 사이좋게 길을 공유한다. 전철역 주변에는 어김없이 광장만큼 넓은 자전거 주차장이 자리한다. 길가의 쓰레기통 높이마저 자전거 이용자에 맞춰져 있다. 국회로 출근하는 국회의원도, 양복쟁이 직장인도, 아이를 등원시키는 부모도, 시장에 장 보러 가는 할머니도 모두 페달을 힘차게 밟는다.

자전거 도시의 진면목을 보고자 가이드와 함께하는 자전거 투어를 신청했다. 다운타운을 벗어나 부촌 프레데릭스버그를 스쳐 지난 뒤 코펜하겐과학대를 관통했다. 아담한 캠퍼스는 잘 가꾼 공원이 부럽지 않았다. 대학 바깥에도 녹지가 많았다. 가이드 로먼은 "시민 누구나 걸어서 15분 안에 공원에 갈 수 있어야 한다는 게 코펜하겐시 정책"이라고 설명했다. 런던 하이드파크나 뉴욕 센트럴파크처럼 이름을 대면 알 만한 공원은 없어도 도시 곳곳에 크고 작은 공원이 웅크리고 있었다.

슬럼가에서 힙한 동네로 탈바꿈한 뇌레브로 지역으로 이동해서는 세계 챔피언 바리스타가 운영하는 커피콜렉티브에서 코르타도(농도 진한 스페인식 카페라테)를 마셨다. 서울 서촌에도 커피콜렉티브의 원두를 파는 카페가 있지만 본진에 와서 마시니 역시 느낌이 달랐다. 원두를 약하게 볶아서 화사한 맛을 극대화한 '라이트 로스팅' 커피가 코펜하겐과 어울렸다.

카페 바로 옆에는 아시스텐스 묘지가 있었다. 그런데 미루나무가 100미터가량 도열한 풍광이 전혀 공동묘지 같지 않았다. 동화작가 안데르센의 묘지 앞에 사람이 많았다. 소박한 비석 위에 사람들은 꽃이 아니라 볼펜 몇 자루를 두고 갔다. 묘지에서 나와 관광객 붐비는 항구 뉘하운을 지나 운하를 달리며 바다에서 카약이나 수영을 즐기는 사람들을 구경했다. 짭쪼름한 갯내가 전혀 안 나서 강이라고 해도 믿을 뻔했다. 그렇게 두세 시간을 자전거로 달렸다. 도시를 유람하는 동안 3단짜리 변속기어를 건드릴 일이 없었다. 코펜하겐은 완전한 평지다.

자전거를 타는 내내 머릿속에서 한 도시 생각이 떠나지 않았다. 300미터 넘는 산이 열네 개에 달하고 툭하면 언덕이 나와서 자전거 초보나 저체력 보유자를 좌절시키는 곳. 그 도시도 나름대로 자전거 활성화 정책을 펼쳤고, 어느 정도 인프라도 갖춰 저렴한 공공 자전거를 운영하고 있으나, 문제는 정책이 섬세하지 않다는 거다. 자전거 도로가 보행로 안쪽에 있다가 도로 쪽으로 나갔다가 하며 갑자기 사라지기도 한다. 결국 자전거 타는 사람도 보행자도 자동차도 모두 위험하니 서로가 서로를 천덕꾸러기 취급한다.

자전거 투어를 마친 뒤 코펜하겐관광청 직원 주세페는 도심 한복판에 있는 테마파크 티볼리공원을 추천했다. 놀이기구에게 고문당하는 기분을 좋아하지 않는 터라 시큰둥해하며 넘어가려했는데, 주세페의 말에 설득당하고 말았다.

"티볼리공원은 1843년에 개장한, 유럽에서 세 번째로 오래된 테마파크예요. 단순히 놀이기구를 타는 장소가 아니라 코펜하겐의 문화유산이라 할 수 있죠."

시내 한복판, 그것도 코펜하겐 중앙역 바로 앞에 테마파크가 있다는 게 신기했다. 공원은 작았다. 하지만 일본의 주택처럼 효율적인 공간 활용이 돋보였다. 놀이기구, 정원, 야외 공연장 등 없는 게 없었다. 공원을 산책하던 중 조명이 눈에 들어왔다. 한국에서도 명품 조명으로 인기인 덴마크 브랜드 루이스폴센의 조명이 가로등과 실내등으로 쓰이고 있었다. 공원 곳곳에서 라이브 공연도 펼쳐졌다. 트렌디한 음악보다 재즈 공연에 끌렸다. 중년 남성들로 이뤄진 6인조 밴드의 중후한 연주는 유서 깊은 테마파크와 잘 어울렸다. 작은 공원이지만 무엇 하나 허투루 만든 게 없었다.

덴마크는 조명과 가구의 나라다. 직장인이 첫 월급을 타면 좋은 의자부터 산다는 말이 있을 정도로 가구에 대한 애착이 상당하다. 코펜하겐 시내 디자인박물관에서 핵심 전시공간을 차지하고 있는 것도 의자다. 중앙역 옆에 자리한 세계 최초의 디자인 호텔 래디슨컬렉션로열호텔은 가구 갤러리를 방불케 했다. '에그체어'로 유명한 디자인 거장 아르네 야콥센이 만든 가구와 조명으로만 채워진 특별 객실도 구경했다. 디자인 문외한이지만 야콥센의 의자는 편하면서도 심미적 충족감을 안겨 주는 명품이라는

걸 단박에 알 수 있었다.

비싸고 운반도 어려운 의자는 엄두가 안 났지만 작은 탁상등은 사고 싶었다. 현지인이 추천한 빈티지 조명가게를 찾아갔다. 가게 문을 연 순간 수백 개 조명이 내 안에 잠들어 있는 물욕을 일깨웠다. 이것저것 집어들며 질문 세례를 퍼붓자 주인장이 말했다. "조명에 관심이 많으시군요. 한국 딜러 해 볼래요? 얼마 전에 손님으로 왔던 홍콩 사람하고도 계약을 맺었는데."

동공이 흔들렸다. 주인장의 훤히 드러난 정수리가 벌건 걸 보니, 점심 때 칼스버그(덴마크 국민 맥주)를 2천 시시쯤 들이켠 것 같았다. 혈중 알코올 농도가 높아지니 기분이 들떠서 흰소리를 한 걸까. 조명가게에서 번뇌에 시달리다 1980년대 독일제 탁상등 하나만 사서 나왔다. 나중에 한국으로 돌아와 빈티지숍에서 같은 모델의 조명을 발견한 적이 있다. 가격이 내가 산 금액의 세 배였다. 속으로 쾌재를 부르다가 생각했다. 조명가게 사장의 제안이 진심이었으려나?

코펜하겐의 음식 문화도 흥미로웠다. 음식이 아니라 음식 문화 말이다. 솔직히 음식이라면 발음도 어려운 스뫼레브뢰드 *smørrebrød*, 그러니까 오픈샌드위치 말고는 기억이 안 난다. 덴마크 사람들은 유별나다. 어울려 밥 먹는 걸 즐긴다. 아는 사람과 끼리끼리만이 아니라 낯선 이와 음식을 나누는 것도 좋아한다. 전 세계에 '휘게(아늑함, 행복 등을 뜻하는 덴마크어)'를 전파한 《휘게라이프, 편안하게 따뜻하게 함께》의 저자 마이크 비킹을 코펜하 겐에서 만났을 때, 그도 함께 어울려 밥을 먹는 게 휘게의 핵심이 라고 강조했다. 대화를 나누며 식사하니 천천히 먹게 되고, 그래 서 소화도 잘되고, 즐거운 식사 경험이 뇌에 오래 남는다고. 그러 면서 한마디 덧붙였다.

"한국에서 '혼밥'이 유행이란 말을 들었어요. 솔직히 안타깝 습니다."

비킹의 말을 듣고 나니 덴마크에서는 혼밥을 하면 안 될 것 같았다. 그래서 소셜 다이닝에 참여해 봤다. 옛 교회 건물을 활용 한 일종의 사교장 압살론으로 향했다. 이곳에서는 매일 저녁 180 명이 모여 격의 없이 어울리며 싸고 맛난 음식을 먹는다. 코펜하 겐의 음식값은 만만치 않다. 스뫼레브뢰드에 음료 한 잔 마시면 170크로네(3만 원)가 훌쩍 넘는다. 반면 압살론 밥값은 65크로네 (약 1만 2천 원) 수준이다.

가로수 그늘 아래 마련된 야외 식탁에 자리를 잡았다. 합석한 40대 여성 마리아, 조세핀과 인사를 나눴다. 테이블마다 큰 접시 에 담겨 있는 샐러드와 유럽식 시골빵, 라자냐를 나눠 먹는 방식 이었다. 음료는 애플사이다가 제공됐다. 음식 가짓수는 많지 않 아도 신선하고 건강한 맛이었다. 마리아, 조세핀과 음식을 떠 주 기도 하면서 스몰토크를 나눴다. 그들은 한국은 물론 아시아에 별로 관심이 없는 것 같아서 내가 질문을 많이 했다. 몇 가지 숫자가 기억에 남는다. 덴마크의 법정 노동 시간은 주 37시간, 연차 휴가는 최소 25일이다. 부러운 표정을 감추려고 쿨한 척 주억거리며 "그렇군요", "대단하네요"라고 말했다.

이날 가장 인상적이었던 건 다양한 연령, 계층이 두루 섞여 있는 모습이었다. 20~30대가 주축이긴 했으나 홀로 지팡이를 짚고 온 노인, 부랑자처럼 행색이 남루한 사람도 섞여 앉아서 빵과 음식을 나눴다. 이들이 영양가 있는 한끼를 싸게 먹을 수 있다는 게 좋아 보였다. 일종의 소셜 활동이라지만 딱딱한 규칙은 없었다. 밥만 먹고 자리를 뜨는 사람도 있었고, 하염없이 수다를 떨거나 교회 건물로 들어가서 탁구를 치는 이들도 있었다.

언제라도 나를 매혹하는 건 낯선 도시의 일상 풍경이다. 게다가 북유럽 가정집은 내 오랜 호기심의 대상이었다. 이사를 앞두고 에어비앤비 앱에서 북유럽의 가정집을 한참 들여다본 적도 있다. 한국 인테리어 플랫폼 '오늘의집'에서 남의 집 구경하듯 말이다. 과감하면서도 자연스러운 색, 손때 묻은 가구가 특히 예뻤다.

덴마크 출장에서 사진으로만 보던 현지인의 집을 방문할 기회가 생겼다. 여행객을 가정집으로 초대해 함께 식사하는 프로그램 '밋 더 데인스Meet the danes'를 만든 아넷과 그 남편의 초대를 받았다. 5층짜리 주상복합 건물 꼭대기층 현관을 열자마자 집을 훑어봤다. 정사각형으로 탁 트인 거실이 호텔 라운지처럼 넓었다. 거실 중앙에 긴 식탁이 있는 모습을 보니 사람들을 초대해

식사하는 게 일상 같았다. 조도가 낮은 샹들리에를 비롯해 십수 개의 보조 조명과 십수 개의 불 밝힌 양초가 곳곳에 있었다. 에그 체어처럼 비싼 가구도 보였다. 은은한 무드의 탁상등을 골똘히 보는 나를 향해 아넷이 말했다. "그거, 이케아 거예요."

버섯샐러드와 오븐에 구운 닭고기, 타르트까지. 저녁 메뉴는 현란하지 않으면서 건강한 덴마크 가정식이었다. 약 세 시간 동안 천천히 저녁을 들며 끊임없이 이야기를 나눴다. 두 나라의 음식과 대중문화로 시작해서 어쩌다가 덴마크자치령인 페로제도의 돌고래 학살 같은 심각한 주제까지 식탁에 올랐다. 부부는 어떤 주제든 솔직하게 얘기했고, 심지어 결혼 이력도 웃으며 들려줬다. 시종 분위기가 화기애애했다. 나는 바로 이런 순간을 휘게라고 하는 건지 아넷에게 물었다. 아넷은 준비해 둔 대사를 외듯 말했다.

"예쁜 조명과 양초를 켜고 비싼 덴마크 디자인 의자에 앉아 차를 마셔야만 휘게가 아니에요. 진짜 휘게란 사람들과 좋은 감정을 나누는 모든 순간을 말하죠."

한국에서도 한때 휘게라는 말이 유행했다. 패션과 대중문화가 그렇듯 한국은 언어의 유행 주기도 짧다. '욜로', '소확행' 이런 말처럼 휘게도 첨단 트렌드로 등장했다가 지금은 카페 이름 정도로만 남았다.

여기까지 읽으면 마치 덴마크가 지상낙원에 가까운 나라 같겠지만 지구에 그런 나라는 없다. 코펜하겐에서 만난 사람들이 유독 많이 한 말이 있다. "코펜하겐 카페에서는 테이블에 노트북을 두고 화장실을 다녀와도 됩니다. 심지어 유모차에 아이를 두고 자리를 비워도 별일이 일어나지 않죠." 한데 이를 어쩌나. 하필 함께 취재를 갔던 다른 언론사 기자가 버스정류장에서 에코백에 들어 있던 지갑을 소매치기 당했다.

그와는 별개로 내 머릿속에서는 코펜하겐을 떠날 때까지 '도시란 무엇인가', '도시인의 삶은 어때야 하는가' 같은 질문이 떠나지 않았다. 무척 낯설고 신비한 나라를 여행한 것처럼 여운이 깊었다. 소박하고도 안정돼 보이는 그들의 일상이 우리와 너무 달라서, 아니면 우리가 잃어버린 무엇이어서 그랬던 걸까? 여행지에서 내가 떠나온 도시를, 그 도시에 대한 안타까움을 내내 놓지 못한 경험은 처음이었다.

조명이 휘게의 본질은 아니라지만, 코펜하겐에서 산 조명을 거실 책장에 두고 불을 밝히면 분위기가 꽤 아늑해진다. 누군가를 집으로 초대해 함께 식사한 지 너무 오래되었다.

서울숲은 달랐다.

내 정원 같았다.

입장료 없이 언제든 드나들 수 있는

내 마당이었고,

작은 세상을 통해 우주를 만나는

나만의 영화관이자 도서관이었다.

집 가까이 공원이 가르쳐 준 것들

서울시 성동구 서울숲

덴마크 코펜하겐에서 모든 시민이 15분 안에 공원을 갈 수 있도록 도시를 설계했다는 말을 들었을 때 '참 인간적인 도시구나', '역시 북유럽 복지국가는 다르네' 하고 무릎을 쳤다. 사대주의에 젖었던 걸까. 잠시 잊고 있었다. 내가 사는 집에서도 걸어서 10분 거리에 멋들어진 공원이 있다는 사실을. 그리고 도처에 산이 있고 대중교통이 발달한 서울도 손쉽게 녹지를 찾아갈 수 있는 도시라는 사실을. 이렇게 나는 품속의 파랑새를 못 볼 때가 많다.

지금은 다른 동네 주민이지만 성수동에 살던 시절, 서울숲공원을 내 마당처럼 자주 드나들었다. 성수동에 최소한 4년, 길게는 8년을 살면서 서울숲을 누릴 작정이었다. 교통이 편한 데다 문화시설까지 두루 갖춘 동네라는 점도 마음에 들었다. 집에서 10미터 거리에(거짓말이 아니다) 성수도서관이 있었고, 슬리퍼 신고 걸어갈 만한 거리에 메가박스도 있었다. 금속, 피혁 등 작은 공장들이 건재해서 노동자를 위한 저렴한 밥집도 많고, 한국의 커피문화를 선도하는 쟁쟁한 카페도 수두룩했으니 내 명의의 집은 아니어도 오랫동안 눌러 살기에 완벽한 조건이라고 생각했다. 공장지대에서 힙한 문화 도시로 거듭난 뉴욕 브루클린이 부럽지 않았다. 무엇보다 전세 계약을 할 때 임대인이 한 말을 또렷이 기억했다. 전라북도 억양이 묻어 있는 구수한 말투에서 진심이 느껴졌다.

"최대한 오래 사세요. 두 분이 사시기에 딱 좋은 집 같아요. 못해도 6년, 아니 그 이상 사셔야죠. 이 동네 정말 살기 좋아요. 서울숲도 가깝고."

1년 6개월 정도 살았을 무렵, 업무 시간에 집주인의 번호가 휴대폰에 떴다. 모든 임차인은 직감적으로 안다. 그다지 반가운 소식일 리 없다는 걸. 예감은 틀리지 않았다. 집주인은 죄송하다며 말을 이리저리 돌렸지만 결론은 네 글자였다. "방 빼세요."

별탈 없이 지내던 시절, 서울 집값이 요동친다는 소식이 연일 뉴스를 달궜다. 임대차 3법이 직접적인 요인인지는 모르겠으나 성수동 일대의 집값은 마구 날뛰었다. 재개발 기대 심리가 크고, 서울숲 덕분에 핫플레이스로 뜬 곳이라 1~2년 새 집값이 70퍼센트가량 뛴 집도 있었다. 집주인은 때를 놓치지 않고 집을 팔았다.

처음 연락을 받았을 때는 이럴 수 있냐고 소리치고 싶었지만 이성을 붙잡았다. 그는 악덕 집주인도 아니었고, 욕망에 눈먼 사람도 아니었다. 들썩이는 집값을 보면 누구라도 그랬을 것이다. 아내와 나는 허술한 부동산 정책에 분통을 터뜨리다가 자산이 넉넉지 않은 우리가 문제라며 눈물지었다.

자괴감을 덜기 위해 할 수 있는 건 산책뿐이었다. 성수동을 떠나면 서울숲을 잃는 게 가장 아쉬울 것이기에 숲에서 더 많은 시간을 보냈다. 아침에 한 번, 저녁에 한 번은 기본이었고, 세끼 챙겨 먹듯 하루 세 번 서울숲을 방문한 날도 있었다. 임차인도, 무주택자도 차별 없이 포용해 주는 공원이 좋았다. 조지 오웰이 "전쟁의 반댓말은 정원"이라고 쓴 것처럼 전쟁 같은 세상에서, 자비 없는 도시에서 나의 정원 서울숲만이 평화로운 안식처였다.

'방 빼' 통보 이후, 공원 방문 횟수가 늘면서 나만의 공원 이용법이 쌓였다. 인적이 뜸해서 사색하며 걷기 좋은 구역, 캠핑의자 펼치고 책 읽기 맞춤한 장소, 산책보다 자전거가 어울리는 코스를 구별해서 즐겼다. 계절에 따라 멋진 장소가 다르다는 것도 알았다. 피크닉 나온 사람들로 붐비는 봄, 가을에 상대적으로 한갓진 나만의 스폿, 한때 유행했던 말로 '케렌시아(안식처, 도피처)'도 갖게 됐다.

이쯤에서 서울숲을 즐기는 나만의 노하우를 공유해 볼까. 어쩌다 공원을 방문하는 외지인이 가장 많이 찾는 장소는 축구장처럼 잔디가 깔린 문화예술공원 주변이다. 봄, 가을이면 주변 카페나 식당에서 '피크닉 세트'를 사 와서 돗자리 깔고 와인을 마시는 젊은이들로 발 디딜 틈이 없다. 이렇게 사람이 많을 때 나는 공원 북쪽 습지생태원으로 숨어들어 간다. 이 구역은 동네 어르신의 아지트다. 흐느적거리는 버드나무를 바라보며 여유를 만끽하기에 어울리는 곳이다. 벚꽃철에는 사슴 방사장에서 곤충식물원가는 길을 추천한다. 전철역과 가까운 공원 입구보다 덜 북적인다. 한산한 수준은 아니지만. 나는 '주민 찬스'를 활용해 이른 아침 벚꽃놀이를 즐겼다. 부지런한 사진 동호회 사람들과 동네 어르신 외에는 사람 마주칠 일이 없었다. 자전거를 탄다면 성수고등학교 옆 샛길로 빠져서 중랑천으로 접어드는 코스가 좋다. 비행기를 갈아타고 새로운 목적지로 이동하는 기분이 든다.

공원을 보다 깊게 누리고 싶다면 '나의 나무'를 정해 보는 것도 좋다. 유심히 한 나무를 관찰하며 마음을 주면 어느 순간 나무가 나에게 말을 걸어온다. 나는 문화예술공원 남쪽에 수형이 예쁜 목련 한 그루에 각별한 정을 품었다. 그 아래서 자주 커피를 마셨고 공원을 거닐다가도 안부가 궁금해서 가만히 다가가 올려다보곤 했다. 기다렸던 봄이 오고 꽃이 폭죽처럼 펑펑 터지는 모습을 볼 때마다 합격 소식을 들은 수험생처럼 가슴이 벅찼다.

서울숲과 친해지며 미세한 계절의 변화를 감지하는 촉수를 얻었고, 비슷해 보이는 식물도 삶의 리듬이 제각각이라는 걸 깨달았다. 이를테면 살구꽃이 벚꽃보다 1~2주 빨리 핀다는 사실, 돌배꽃은 벚꽃과 달리 이파리와 함께 핀다는 사실을 알게 됐다. 박완서 선생이《못 가 본 길이 더 아름답다》에 쓴 것처럼 신록의 빛깔은 온통 연두색이 아니라 수종에 따라 녹두색, 갈색, 보라색으로 다채롭다는 것도 확인했다.

여행기자의 일이란 계절을 중계한다는 점에서 기상캐스터와 비슷하다. 봄이면 동백부터 매화, 벚꽃 명소를, 여름에는 시원한 계곡과 바다를, 가을에는 단풍이나 억새 군락지를, 겨울에는 눈꽃 명소를 취재한다. 계절에 따라 지역 특산물이나 별미를 맛보고 소개하기도 한다. 세상 부럽다는 말을 듣기도 하지만 모르시는 말씀이다. 이건 일이지 여행이 아니다. 멋진 풍경도 내 것이라고 느낀 적은 없었고, 매년 반복되는 기사 내용도 식상할 때가 많았다. 매너리즘에 빠졌을 때는, 매화와 산수유꽃 다음에 벚꽃이 피는 자연의 순환이 일주일마다 손톱을 깎는 일처럼 대수롭지 않게 느껴졌다. 그러나 서울숲은 달랐다. 내 정원 같았다. 매일 찾아도 지겹지 않았다. 어떤 꽃도 못나 보이지 않았다. 서울시 소유의 공공정원이지만 그런 건 중요하지 않았다. 입장료 없이 언제든 드나들 수 있는 내 마당이었고, 작은 세상을 통해 우주를 만나는 나만의 영화관이자 도서관이었다.

대충 스마트폰으로만 사진을 찍다가 큰 카메라를 들고 공원을 찾는 날이 많아졌다. 특히 서울에 큰 눈이 여러 차례 내렸던 겨울에는 처음 눈을 본 강아지처럼 신나게 공원으로 달려가서 원 없이 사진을 찍었다. 새하얀 서울은 세상 어느 도시보다 아름다웠다.

이사 가기 전, 이른 아침 아내와 마지막으로 공원 산책에 나섰다. 4월 초, 벚꽃이 만개하기 직전이었다. 가슴이 울렁였다. 주책맞게 눈가가 촉촉해졌다. 살구나무 아래 벤치에 앉아 텀블러에 담아 온 커피를 마셨다. 활짝 웃는 얼굴로 셀카도 찍었다. 원 없이 공원을 누렸기에 미련 없이 공원과 작별인사를 나눌 수 있었다.

드라마 〈나의 해방일지〉에 자주 찾아보는 장면이 있다. 구씨(손석구 분)가 개천 너머로 날아간 미정(김지원 분)의 모자를 가져오기 위해 멀리뛰기 선수처럼 도약하는 장면이다. 이때 구씨와 미정이 언젠가 나눴던 대화가 나직하게 깔린다.

"확실해? 봄이 오면, 너도 나도 다른 사람이 돼 있는 거?"

"확실해."

산책자는 운명적으로 봄의 추앙꾼이 될 수밖에 없다. 간절히 기다리던 봄을 마주했을 때 내가 조금이라도 다른 사람이 됐는지, 1센티미터라도 나은 사람이 됐는지는 자신할 수 없었지만 내 안에 꽃이 피기를 열렬히 바라는 순정이 싹텄다는 사실만은 확실했다.

예정된 식사 시간을 훌쩍 넘겼고,
이후에도 일정이 빡빡했지만
누구 하나 시계를 쳐다보는
사람이 없었다.

프로방스에서 만난 사람들

프랑스 프로방스 지역

"도시, 시골 중 어떤 곳을 좋아하세요? 아트, 미식, 해변 중 관심 분야는요? 선호하는 숙소 형태도 알려 주세요."

프랑스 프로방스 지역으로 출장 계획이 잡혔을 때, 내 관심사를 최대한 반영해서 취재 일정을 짜겠다는 프랑스관광청의 연락을 받았다.

"시골 소도시가 좋고요. 하이킹이든, 자전거든 아웃도어 체험도 해 보고 싶습니다. 가능하다면 농장이나 가정집 같은 곳에서 묵었으면 합니다."

오래 준비해 온 대답처럼 간명하게 요청사항을 전달했다. 몇 주 뒤 일정표를 받아들고 에어프랑스 비행기에 올라탔다. 한국에서 늘 비대면 여행지만 소개하고, 동네 공원이나 캠핑장만 다니다가 약 2년 만에 외국을 나가게 되니, 대학 시절 배낭여행 떠날 때의 흥분 같은 게 느껴졌다. 기내식으로 나온 바게트와 브리오슈를 맛본 순간, 이미 프랑스에 도착한 기분이었다. 프랑스 여행에 어울릴 것 같은 책을 챙겨 와 읽었다. 카뮈의 《결혼·여름》, 프랑스에서 인정받는 소설가 이승우의 《캉탕》. 긴긴 비행 시간이 소중했다.

프로방스는 넓다. 알프스산맥 남쪽부터 지중해까지 아우르는 광대한 지방을 일컫는다. 지중해 쪽이라면 십수 년 전에 니스, 칸, 이런 동네를 가 봤다. 그러나 프랑스인들은 말한다. 관광객이 점령한 해변 휴양지나 이름난 도시들이 아니라 내륙 산자락이야말로 진짜 프로방스라고. 이를테면 뤼베롱산 주변과 보클뤼즈 지역 같은 곳. 여름이면 보랏빛 라벤더가 물결을 이루고, 최고급 올리브와 와인을 생산하고, 시간이 멈춘 듯한 중세 마을이 모여 있는 곳이 바로 이 동네.

마르세유공항에서 현지 여행사 대표 크리스토프를 만나 북쪽으로 이동했다. 첫 번째 목적지는 뤼베롱산 자락에 있는 카바용 마을이었다. 크리스토프에게 물었다. 동선에서 크게 벗어나지 않는다면 루르마랭을 들를 수 있냐고. 프랑스 발음으로는 루흐마헝*Lourmarin*. 소설가 알베르 카뮈가 살던 동네다. 다행히 가는 길이란다.

1957년 《이방인》으로 노벨문학상을 거머쥔 카뮈는 상금으로

루르마랭에 집을 샀다. 불과 2년밖에 못 살고 교통사고로 숨졌지만, 마을은 지금까지 작가를 기린다.

카뮈의 딸이 살고 있는 생가는 일반인이 들어갈 수 없었다. 대신 카뮈의 단골 카페에서 점심을 먹고 그의 묘소를 방문했다. 이름과 생몰 연도만 적힌 카뮈의 묘는 공동묘지에서 가장 소박해 보였다. 작은 조약돌 하나 얹어 두고 나왔다.

프로방스는 1년 중 300일이 '맑음'일 정도로 날씨가 쨍하다. 카뮈가 루르마랭에 정착한 것도 그의 고향 알제리를 닮은 날씨 때문이었다. 그는 파리에서 작가 생활을 하는 동안 날씨를 늘 못마땅해했다고 한다. 멀리 아시아에서 온 이방인에게도 루르마랭의 바삭바삭한 10월 햇볕은 마냥 따사로웠다. 카뮈도 60년 전 이 햇볕을 만끽하며 마을을 쏘다녔겠지.《이방인》의 주인공 뫼르소가 방아쇠를 당기도록 충동한 게 햇볕이었다는 게 아이러니다. 역시 카뮈의 말처럼 생은 모순투성이다.

루르마랭을 나와 다시 카바용으로 이동했다.《프로방스에서의 25년》을 써서 많은 독자에게 프로방스의 로망을 심은 영국 작가 피터 메일이 살던 동네다. '마스호노랏Mas honorat'이란 올리브 농장 겸 숙소를 찾아갔는데 메일이 책에 묘사한 전형적인 프로방스식 농가였다. 뤼베롱산에서 채취한 돌로 지은 집. 메일의 표현을 빌리자면 "옅은 꿀색도 아니고 옅은 회색도 아닌 그 중간의 빛바랜 색" 건물은 딱 봐도 오랜 세월 강렬한 햇볕과 바람을 견딘

옹골찬 인상이었다. 허름한 외관과 달리 객실 내부는 세련된 부티크호텔 분위기였다.

숙소로서 시골 농가를 선호하는 건 유년의 기억 때문이다. 중학생 시절까지 방학 때마다 살다시피 했던 영암 시골집은 최고의 은신처이자 놀이터였고 무한한 탐험의 세계였다. 할머니 방은 세상에서 가장 아늑했다. 400년 된 고택에서 세월의 흔적을 머금은 물건들, 이를테면 할아버지의 고서적과 옛날 동전, 찬장 속 잡동사니를 뒤적이며 상상의 나래를 펼쳤다. 낡은 것, 옛것의 가치를 아는 유럽에서 농가에 머물 때면 어린 시절의 나로 돌아간다. 잃었던 평온을 회복하고 딱딱하게 굳었던 뇌에 피가 돈다.

농가가 좋은 또 다른 이유는 어느 나라의 농가에나 할머니가 있어서다. 할머니는 다 귀엽다. 할머니는 다 정겹다. 할머니는 다 짠하다. 그런데 웬걸. 마스호노랏에는 할머니가 없었다. 대신 파타고니아 재킷에 멋스러운 중절모와 뿔테 안경을 걸친 초로의 사내, 프레데릭이 있었다. 프로방스의 멋과 여유를 장착한 미중년 프레데릭. 그를 따라 잘 여문 올리브와 끝물에 접어든 포도, 무화과 등을 수확했다. 보통 나무 한 그루에서 1년에 올리브유 1리터가 나온단다. 할머니가 해 주시는 프랑스 시골의 가정식을 기대하고 농가를 택했던 나는 싱그러운 올리브나무와 포도나무, 무화과나무를 곁에 두고도 배달음식으로 저녁을 해결했다. 프로방스까지 와서 웬 배달음식인가 싶었지만 실망하기엔 아직 일렀다.

숙소 인근에 유명 셰프가 운영하는 식당이 있었고, 배달된 음식은 제법 준수한 3코스 정찬이었다. 구운 대파를 활용한 샐러드, 퀴노아 소스를 곁들인 가자미구이. 약간 난해했지만 새로운 미각 경험이었다. 근사한 고택 거실에서 좋은 와인을 마시며 프랑스 정부로부터 문화예술훈장을 받은 나윤선의 음악을 들었다. 충분히 낭만적인 저녁 만찬이었다.

뤼베롱산이 보이는 아담한 방에 몸을 뉘었다. 고흐의 그림 〈올리브나무 아래서〉 속에 드러누운 기분이었다. 농장과 주변 풍광이 너무 환상적이어서 아르바이트생이나 워킹홀리데이 일꾼은 안 쓰는지 묻고 싶을 지경이었다.

이튿날에는 또 다른 농장 페르므레칼리스*Ferme Les Callis*를 찾았다. 역시 숙소와 농장 체험을 겸하는 곳인데 음식으로도 유명하다. 이 숙소에 묵으면 텃밭에서 직접 채소를 수확할 수 있고, 허브를 따서 차로 끓여 마실 수 있다. 숙소 직원들, 동네 주민 몇몇과 함께 식탁에 둘러앉았다. 점심 메뉴는 순무샐러드와 프로방스식으로 해석한 인도네시아 볶음밥 나시고랭이었다. 현미와 대파, 고수, 껍질콩을 볶아 낸 밥은 동남아와 프로방스 향기가 공존하는 묘한 맛이었다. 프로방스 사람은 제 고장 먹거리에 대한 자부심이 남다르다. 두 시간 내내 음식과 식재료 자랑을 들었다. 예정된 식사 시간을 훌쩍 넘겼고, 일정이 빡빡했지만 누구 하나 시계를 쳐다보는 사람이 없었다. 쨍한 햇볕을 만끽하며 느긋한 사람들과 어울리니 프로방스식 행복에 전염되는 기분이었다.

　이후 일정이 있었지만 그냥 모두 접고 수영장에서 일광욕을 즐기며 마을 산책이나 하고 싶었다. 그래도 스케줄을 따라야 하는 게 출장의 현실. 프랑스에서 가장 아름다운 마을로 꼽히는 고르드, 아비뇽유수 때부터 교황이 마셨다는 와인의 산지 샤토네프뒤파프 같은 소도시를 둘러봤다. 고르드는 근사하긴 했으나 그냥 딱 그림엽서 같았고, 샤토네프뒤파프에서는 세계적인 와인을 맛보고도 큰 감흥을 느끼지 못했다. 술맛을 잘 모르니까. 다만 샤토네프뒤파프에서 재미난 한순간이 있었다. 현지 관광사무소 직원이 마을을 안내해 줬는데 약속 장소에 허름한 차림의 남성이 함께 있었다. 지역신문 기자였다. 팬데믹 이후 아시아 기자가 마을을 방문한 게 처음이어서 취재하러 나왔단다. 얼마나 뉴스거리가 없는 동네인 건가, 이곳은. 어딜 가나 기자라는 작자들은 심드렁한 표정에 옷차림이 허름하다는 공통점을 확인한 순간이기도 했다. 그나저나 신문에 내 기사가 어떻게 나왔는지 확인도 못 했다. 발음도 어려운 이름이 제대로 들어갔으려나.

　자전거 타고 프로방스를 질주했던 순간은 정말 꿈같았다. 크리스토프는 프로방스의 자전거 전문 여행사 사장이다. 그와 함께 전기자전거를 타고 보클뤼즈 지역의 작은 마을을 둘러봤다. 자동차로는 갈 수 없는 농로, 비좁은 마을길을 달리며 보석 같은 풍광을 만났다. 르바루, 수제트 등 중세에서 시간이 멈춘 듯한 마을도

예뻤지만 깊은 가을 울긋불긋 물든 포도밭 옆을 달리는 시간 자체가 황홀했다. 길섶에 타임, 로즈메리 등 향이 진한 허브가 많아 개처럼 코를 벌름거리며 달렸다.

마지막 밤은 '봄드브니즈'란 동네의 와이너리에서 보냈다. 와이너리에서 하룻밤이라니, 술에 열광하는 이라면 진탕 와인을 마실 기대에 부풀었겠으나 나는 그저 피곤했다. 한데 노부부의 환대에 완전히 마음이 녹아 버렸다. 장 뤼크, 코린(드디어 할머니!!) 부부와 저녁을 함께했다. 닭고기버섯조림, 감자수프는 많이 짰다. 그러나 꾸밈없는 집밥이었기에 황송한 마음으로 그릇을 싹 비웠다. 고급 프렌치 레스토랑의 코스 음식이야 돈만 있으면 사 먹겠지만 이렇게 수수하고 사람 냄새 진한 프로방스 식탁을 경험하기란 쉽지 않으니까.

나는 프랑스어를 못하고 부부는 영어를 못하니 소통이 어려웠다. 구글 번역기를 써 가며 대화를 나눴다. 장 뤼크 아저씨는 어떻게 하면 자신이 만든 와인을 한국에 잘 팔 수 있겠냐고 물었는데, 얄팍한 사심을 담은 질문이 아니었다. 평생 포도를 기르고 와인을 만들어 온 사람으로서 본인의 작품을 소개하고 싶은 심정이었으리라 해석했다. 식사를 마치고 포도밭 가운데 자리한 오크통 모양의 통나무집에서 달콤한 잠에 빠져들었다.

이튿날에는 숙소에 놀러 온 다른 여행자들과 어울려 아침을 먹었다. 역시나 말은 안 통했지만 빵을 쪼개 먹고 커피를 따라 주며 눈빛으로 이야기를 나눴다.

이 지방에는 좀 웃기는 커피문화가 있는데 일반적인 잔이 아니라 손잡이가 없는 국그릇 크기의 사발에 커피를 담아 숭늉 들이켜듯 두 손으로 들고 마신다. 시리얼, 아니면 수프? 사발의 용도를 모르겠어서 두리번거리고 있는데 숙소 주인 부부와 그들의 지인이라는 연로한 손님들 모두 보온병에 담긴 커피를 사발에 들이부었다. 매일 아침의 리추얼처럼 아주 자연스럽게. 크리스토프가 웃으며 말했다.

"우리 아버지도 저런 사발에 커피를 마시는데 이해할 수 없어요. 전 그냥 작은 잔에 마시는 게 좋습니다."

프로방스 여행은 고흐, 세잔, 샤갈 같은 유명 화가의 흔적을 좇는 게 핵심이라 할 수 있다. 그들이 살던 마을을 산책하고 화폭에 담긴 풍경을 찾아가는 여행은 물론 멋진 일이다. 그러나 내게 더 각별한 기억으로 남은 건 몸을 부려서 자연을 느끼고 현지인과 어울린 순간들이었다. 올리브를 따고, 자전거 타고 이름 모를 조용한 마을을 스쳐 가고, 짜디짠 닭고기버섯조림을 먹고, 사발 커피를 들이켠 시간들. 어쩌면 프로방스가 아니어도 할 수 있는 경험이었지만 프로방스였기에 소소한 시간도 특별했다고 말해야 맞을 것 같다.

캘리포니아 휴가는

어떤 여행보다 오래 준비했고

그만큼 기대도 컸다.

그러나 최고조의 기쁨을 만끽한 건

일상적인 순간에서였다.

자전거와 피자, 그리고 피정

미국 요세미티국립공원과 오하이

가끔 독자에게 이메일을 받는다. 대뜸 욕부터 하는 매운맛 이메일도 있지만 드물게 기사가 유익했다고, 고맙게 잘 읽었다며 어깨를 토닥여 주는 고마운 독자도 있다. 2017년에는 외국인에게 영어 이메일을 받았다. 미국 캘리포니아 '오하이'라는 산골 소도시를 다녀와서 기사를 쓴 뒤였다. 오하이 출신이라는 그는 내 고향을 너무 아름답게 묘사해 줘서 고맙다고, 서울에서 영어를 가르치는데 기사 덕분에 향수를 달랠 수 있었다고 했다.

당시 캘리포니아 출장을 갔을 때 오하이는 스치듯 반나절만 머물렀지만 기사는 크게 썼다. 존 레논과 유명 작가들이 이 도시를 사랑했고 맥도날드, 스타벅스 같은 체인 브랜드의 진입을 허용하지 않는다는 점이 흥미로웠다. 그리고 생각했다. 캘리포니아를 다시 간다면 반드시 오하이에서 며칠은 머물겠다고. 기억 속 오하이의 이미지는 프로방스와 비슷했다. 특출난 구석은 없지만 찬란한 햇볕과 질 좋은 공기만으로 사람을 치유하고, 사람도 풍경도 여유롭고 고요한 산동네 말이다.

정확히 6년 만에 캘리포니아를 다시 가게 됐다. 그때는 출장, 이번엔 아내와 함께하는 여행이었다. 여행 콘셉트는 로드트립이었다. 맨 먼저 오하이 숙소를 정했다. 오하이를 명상의 도시로 만든 인도 철학자 지두 크리슈나무르티가 살았던 '크리슈나무르티 리트릿'의 객실을 예약했다.《채털리 부인의 연인》을 쓴 데이비드 허버트 로렌스의 이름을 딴 방을 선택했다. 존 레논의 방이 가장 끌렸으나 너무 비싸고 쓸데없이 넓었다.

몇 달 뒤 우리는 샌프란시스코공항에 착륙했다. 이틀간 도시를 돌아다니며 시차에 적응한 뒤 요세미티국립공원으로 차를 몰았다. 요세미티는 오하이와 함께 이번 여행에서 가장 중요한 목적지였다. 미국이 처음인 아내에게 가장 보여 주고 싶은 곳은 역시 국립공원이었다. 그랜드캐니언이나 다른 국립공원도 가려다가 포기했다. "도장깨기 하는 건 싫다"는 아내의 말을 듣고 요세미티 한 곳에만 집중하기로 했다. 각기 다른 권역에 있는 숙소 세 곳을 1박씩 예약했다. 지리산으로 휴가를 가면서 남원, 구례, 산청에 숙소를 잡은 식이었다.

드넓은 요세미티에서 가장 먼저 찾은 곳은 해발 2,484미터에 자리한 테나야호수였다. 요세미티 여행 코스는 아내를 위한 것이었지만 나의 욕심을 채우는 여정이기도 했다. 요세미티를 여러 번 찾았지만 길이 폐쇄된 탓에 보지 못한 곳들이 여럿이었다. 가서 발도장을 찍고 싶었다. 그러고 보니 내가 은연중 도장깨기를 하고 있었다.

호수는 사진으로 본 그대로였다. 바닥이 훤히 비치는 맑은 물이 바다처럼 일렁였고 호수 주변은 빙하가 할퀸 흔적이 또렷한 바위산이 둘러싸고 있었다. 9월 말, 물이 얼음장처럼 차가운데도 비키니를 입고 물놀이를 즐기는 청춘들이 보였다. 발이라도 담가보면 좋을걸, 우리는 수건을 왜 안 가져왔을까 자책하며 망연히 물빛만 감상했다.

호수를 나와 요세미티 북부에서 가장 높은 전망대인 옴스테드포인트(2,566미터)로 이동했다. 상상할 수 없을 정도로 큰 빙하가 방금 전에 미끄러지며 V자 협곡을 만든 것 같은 풍광이 펼쳐졌다. 요세미티의 상징인 하프돔이 멀찍이 보였다. 바위 협곡의 웅장함 못지않게 풍경을 즐기는 사람들의 모습이 눈길을 끌었다. 백두산 높이 산까지 드레스를 입고 와서 웨딩사진을 찍는 커플, 절벽 바로 앞에 캠핑의자를 펴고 앉아서 맥주를 홀짝이며 일몰을 기다리는 청춘들. 우리는 차를 타고 순식간에 고산지대로 이동한 탓에 가벼운 고산증을 앓았다. 숨이 가빴고 계속 목이 말랐다.

국립공원 외곽 숙소에서 하룻밤 묵은 뒤 요세미티밸리로 이동했다. 밸리 지역은 요세미티의 심장부로 관광객 대부분이 여기에만 머물다 간다. 해발 2~3천 미터 산이 즐비한 공원 안에서도 거짓말처럼 너른 평지가 펼쳐지는 낙원 같은 곳이다. 밸리를 찾은 사람들은 각자의 방식으로 논다. 기념사진만 찍고 나가는 사람도 있고, 캠핑장이나 숙소에서 푹 쉬는 사람도 많다. 고난도 하이킹, 암벽 등반에 도전하기도 한다. 아내에게 제안했다.

"우리도 온몸으로 요세미티를 느껴야지? 중급 이상 하이킹 코스도 꼭 걷자."

"일단 쉬운 코스부터 다녀온 뒤에 그다음 걸 결정하는 게 어때? 나도 해 보고 싶은 게 많아."

그래서 선택한 게 미러레이크트레일이었다. 왕복 3킬로미터의 완만한 코스라는 설명만 보고 길을 나섰다. 오솔길은 한국의 등산로와 크게 다르지 않았다. 호수에 도착했다. '에계, 이게 뭐야?' 호수라고 하기엔 민망한 작은 연못이었다. 한데 가까이 다가가자 완전히 다른 장면이 펼쳐졌다. 하프돔을 비롯해 위용 넘치는 바위산이 오롯이 호수 안에 담겨 있었다. 물에 비친 산이 더 신비해서 시선을 호수에 고정했다.

이날도 우리는 수건을 안 챙겨 와서 티격태격했으나 후회할 순 없었다. 양말을 벗고 무릎 깊이까지 걸어 들어갔다. 머리칼이 쭈뼛 서는 동시에 엔도르핀이 솟구쳤다. 물은 얼음장 같았으나 햇볕은 따사로웠다. 작은 호수는 우리에게 충분한 안식을 선사했

다. 그래. 거대한 호수나 힘차게 흐르는 강물이 아니어도 괜찮다. 사슴이 와서 목 축이고 아이도 겁내지 않고 놀 수 있는 작은 연못도 소중하다. 작은 품으로도 큰 세상을 넉넉히 품을 수 있다.

다시 밸리로 내려왔다. 점심시간이 한참 지나서 허기가 급습했다. 대충 아무 음식이나 먹고팠지만 아내는 그럴 수 없다고 했다.

"요세미티에 괜찮은 피자집이 있대. 내가 말했지? 나도 꼭 하고 싶은 게 있다고."

"아침에 느끼한 머핀 먹어서 좀 그렇지 않아? 마트에서 한국 컵라면도 팔던데."

"피자를 꼭 먹고 싶다고."

지도에도 없는 피자집을 간신히 찾았다. 미국식 피자를 썩 좋아하지 않는 터라 툴툴거리며 주문했다. 야외 테이블에 앉아서 콤보 피자를 베어 물었다. 이게 웬일. 나폴리 피자 장인이 만든 정통 이탈리아 피자보다 맛있다니. 우리는 소식가답지 않게 눈 깜짝할 새 한 판을 해치웠다. 피자를 맛보기 전에 1인 1판씩 해치우는 사람들을 보며 "맛없는 냉동 피자 잘도 먹네"라고 말한 걸 후회했다. 아내 앞에서 자존심이 상했다. 요세미티를 세 번째 찾았는데 피자집의 존재조차 몰랐고, 얕잡아 봤던 미국식 콤보피자가 이렇게 꿀맛이라니. 아내가 말했다.

"당신 이렇게 피자 잘 먹는 거 처음 봐."

요세미티에서의 두 번째 밤은 공원 남쪽 권역에 있는 와워나 호텔에서 묵었다. 1876년 빅토리아 양식으로 지은 호텔로, 미국의 역사기념물로 지정됐다. 공용 화장실을 쓰는 가장 싼 객실을 예약했다. 호텔은 정말 모든 게 불편했다. 주차장과 프론트데스크, 우리가 배정받은 객실이 뚝뚝 떨어져 있었다. 걸음을 내디딜 때마다 마룻바닥에서 신음 소리가 났고, 난방은 옛날식 라디에이터였다. 침대는 점프를 해야 할 정도로 쓸데없이 높았으며, 휴대폰을 충전할 플러그는 애매한 위치에 있었다. 결정적으로 객실 밖 화장실까지 가는 게 너무 성가셨다. 9월 말, 해가 진 뒤 요세미티는 한겨울 날씨였다.

그런데도 아내는 신난 눈치였다. 낡은 멋을 그대로 간직한 호텔이 마음에 들었나 보다. 손때 묻은 문고리와 수도꼭지부터 방에 걸린 100년 전 사진들, 빈티지 조명, 따뜻한 톤의 커튼과 베갯잇까지. 모든 소품이 시간여행을 떠나온 듯한 분위기를 완성했다. 객실에서 와이파이는 물론 전화 신호 자체가 안 잡혔다. 투숙객 대부분이 60세 이상 백인이었는데 누구도 이런 환경을 불편해하지 않는 듯했다.

이튿날은 호텔 인근 마리포사숲을 찾았다. 자이언트세쿼이아라는 초대형 침엽수 군락지다. 최대 높이 64미터, 밑동 둘레 30미터에 이르는 집채만 한 나무가 도열한 풍경은 놀라웠지만 큰 감흥은 없었다. 서둘러 밸리로 향했다. 이제 아내의 제안을 따를 차례였다. 자전거를 빌리러 갔다. 요세미티에서 자전거를 빌려 탈 수 있다는 사실을 몰랐다. 또 자존심이 상했고, 고난도 하이킹을 하고팠으나 마리포사숲으로 아내에게 실망을 안겨 준 탓에 할 말이 없었다.

오후 4시에 자전거를 빌렸다. 자전거 전용도로를 따라 햇볕이 잘 드는 분지 쪽으로 향했다. 완벽한 날씨, 유화 같은 풍경, 쾌청한 공기가 우리 기분을 고양시켰다. 자전거를 타고 가다가 세계 최대 수직 절벽인 엘캐피탄을 기어오르는 클라이머를 구경하고, 숲에서 갑자기 뛰쳐나온 아기 사슴과 인사도 나눴다.

해 질 무렵, 콧노래 부르며 자전거를 반납하러 가는 길이었다. 우당탕! 철퍼덕! 뒤쪽에서 반갑지 않은 소리가 났다. 아내가 중심을 잃고 쓰러졌다. 자전거를 팽개치고 달려갔다. 무릎과 손바닥이 흙바닥에 쓸려 피가 뚝뚝 떨어지고 있었다.

"아이고, 정말 아프겠다. 괜찮아?"

"에휴, 당신 자전거 타는 뒷모습 찍어 주다가 이렇게 됐네. 더 이상 자전거는 못 탈 것 같아."

반납 장소까지는 약 500미터. 자전거를 끌고 갈 수밖에 없었다. 천천히 걸으면서 우리는 별말을 하지 않았다. 이날 두 시간의 자전거 투어는 우리가 요세미티에서 경험한 최고의 순간이었다. 딱 사고가 나기 전까지 말이다.

지극한 기쁨 속에서도 한 톨의 불안감이 가시지 않을 때가 있다. 큰 기쁨에 젖어 있을 때면 내면에서 누군가 묻는다. 100퍼센트의 행복이나 만족 같은 게 가능하냐고. 너무 큰 행복의 순간은 동전이 쉽게 뒤집히듯 나락 같은 불행으로 뒤바뀔 수도 있는 걸아냐고. 그럼 나는 속으로 답한다. 순도 100퍼센트의 희열 따위는 필요 없다고. 차라리 약간의 불안과 불만, 그리고 감내할 만한 고통이 섞여 있는 즐거움 쪽이 더 편하다고. 요세미티에서 최고조의 기쁨을 누리던 순간에 내가 아닌 아내가 고통의 희생양이 되다니, 마음이 많이 쓰렸다.

빨간약과 반창고를 바르고 이튿날 요세미티를 떠날 때까지 쉬엄쉬엄 지냈다. 더 가고 싶은 곳도, 더 하고 싶은 것도 없었다. 그러나 움직임에 제약이 생긴 게 나쁘지만은 않았다. 온실처럼 따뜻한 식당 창가자리, 야외 벤치에 앉아서 마신 2.5달러짜리 브루 커피, 서서히 가을빛을 띠는 단풍잎. 한국에서도 일상적으로 보고 누리는 사소한 것들이 애틋하게 다가왔다.

내게는 요세미티 아래쪽의 구릉이, 이를테면 참나무와 굽이굽이 이어진 황금빛 언덕들에서 느껴지는 익숙한 환대와 검소한 아름다움, 그런 풍경 사이로 구불구불 이어지는 도로들, 대단히 놀랄 만한 변화는 없지만 끊임없이 달라지는 풍경이 더 만족스러운 즐거움을 선사했다. 위대한 경관을 보면 절로 감탄이 나오기는 하지만 내가 사적인 친밀함을 느끼고 사랑하는 풍경은 그런 구릉의 풍경, 내 유년기의 풍경이다.

-리베카 솔닛,《야만의 꿈들》에서

우리는 요세미티를 나오며 리베카 솔닛의《야만의 꿈들》속 문장과 비슷한 감상을 나눴다. 경이로운 대자연을 보면 우리 안에도 어떤 경이로움이 차오르고 그로 인해 나도 더 크고 넓은 사람이 될 수 있을 것 같지만 꼭 그런 건 아닌 것 같다고. 그렇다면 위대한 풍경을 찾아다니는 행위가 모두 무의미한 걸까. 이 질문에 대해선 나도 아내도 답하지 않은 채로 오하이를 향해 차를 몰았다.

일찌감치 예약해 둔 크리슈나무르티리트릿에 도착했다. 한적한 구릉지대에 자리한 숙소의 투숙객은 우리뿐이었다. 짐을 풀고 객실을 둘러봤다. 여기까지 책을 읽으셨다면 아시겠지만 우리는 숙소에 진심인 편이다. 1960~1970년대 미국을 휩쓸던 히피운동에 큰 영향을 끼친 철학자의 공간이니 숙소도 남다르리라 기대했다. 그러나 의아하게도 침대를 비롯한 가구와 조명이 모두 이케아 제품이었다. 이튿날 직원에게 부탁해 '존 레논의 방'도 둘러봤는데 딱히 다르지 않았다. 레논이 머물 때부터 있었다는 일부 소품 말고는 대부분 한국의 신혼집 가구 같은 이케아 제품이었다. 아침도 특별할 줄 알았다. 이를테면 인도 철학자의 가르침에 따라 채식주의를 실천한다거나 유기농 식재료만 고집한다거나

(오하이는 비건, 유기농으로 유명한 도시다). 하지만 아침식사는 미국 모텔보다도 별로였고, 빵과 잼은 편의점에서 파는 제품 같았다. 다만 딸기, 멜론 같은 과일 맛은 기막히게 달고 향도 강렬했다.

호텔도 리조트도 아니고 리트릿retreat이라는 숙소 명칭 때문에 기대가 더 컸던 것 같다. 리트릿은 우리말로 후퇴, 도피 정도로 번역하는데 뉘앙스는 가톨릭에서 쓰는 피정避靜에 가깝다. 피해서 고요히 머무는 것. 얼마나 아름다운 말인가. 나는 이 숙소에 가톨릭 '피정의 집'처럼 고요하고 엄숙하면서도 독특한 감성이 묻어 있길 기대했다.

다행히 숙소 정원은 아름다웠다. 오렌지나무, 올리브나무, 온갖 종류의 허브가 어우러진 정원을 거닐던 중 강렬한 향이 후각을 자극했다. 개처럼 나무와 풀을 킁킁거리다가 알게 됐다. 주인공은 후추나무였다. 정원 곳곳에 있는 키 큰 후추나무에 빨간 후추가 주렁주렁 열려 있었다. 식용 후추는 아니라는데 그 향이 웬만한 허브보다 고혹스러워서 나무 아래 드러누워서 낮잠을 자고 싶을 정도였다.

이튿날은 종일 흐리다가 급기야 비까지 내렸다. 햇볕이 최고의 자랑인 동네에서 태양이 숨어 버리다니. 빈티지숍, 비건 식당, 중고서점 등을 둘러봤지만 우중충한 날씨 탓에 흥이 안 났다. 우리는 숙소에서 라면과 햇반으로 저녁을 때우며 여행을 갈무리했다. 이 도시가 실망스럽다는 말을 꺼내진 않았다. 그러면 그 말이 우리 기분을 더 끌어내릴 것 같아서 날씨 탓만 했다.

마지막 날 아침. 로스앤젤레스공항으로 가는 길, 빗발은 더 굵어졌다. 산골을 벗어나 해변도로에 가까이 다가가니 비구름이 슬슬 걷혔다. 푸른 하늘이 드러나기 시작했다. 구글맵을 보고 시간을 확인했다. 갑자기 어떤 생각이 머릿속에 번쩍 떠올랐다.

"우리 좀 일찍 출발했는데 바다나 보고 갈까?"

"괜히 무리했다가 비행기 놓치면 어쩌려고."

"괜찮을 것 같아. '벤투라'라는 해변 도시가 바로 앞이거든. 파타고니아 브랜드가 탄생한 도시야."

고속도로에서 샛길로 빠졌다. 6년 전 갔던 벤투라해변을 찾았다. 차를 세우고 바다로 달려갔다. 서퍼들이 멋들어지게 파도를 타고 있었고, 조각구름이 둥둥 떠 있는 하늘은 유난히 짙푸르렀다. 딱 5분. 우리는 손을 꼭 잡고 해변에 서서 비 갠 뒤의 맑은 공기와 볕을 온몸으로 받아들였다. 정말 찰나였지만 더 바랄 게 없었다.

9일간의 캘리포니아 휴가는 어떤 여행보다 오래 준비했고 그만큼 기대도 컸다. 그러나 여느 여행이 그랬듯 기대는 실망으로 뒤집히기 일쑤였고, 최고조의 기쁨을 만끽한 건 대수롭지 않은 일상적인 순간에서였다. 여권에 찍히는 도장이 늘수록 이런 어긋남을 줄일 수 있을 만한데 쉽지 않다.

여행도 인생도 잘 포장된 탄탄대로만 달릴 순 없고, 방어운전만 한다고 해서 사고가 안 나는 것도 아니다. 그러니 기대라는 시동을 아예 꺼 버린 채 살거나 출발하지 않는 게 이득이라고 믿진 말자. 기대와 실망, 예기치 않은 행운의 순간을 반복해서 경험하다 보면 지극한 열락 말고도 여행이 주는 선물을 발견할 수 있을 것이다. 일상과 여행의 거리가 좁혀지고, 여행하는 나와 일상의 나가 가까워지는 것, 그것이 조용한 여행이 나에게 안겨 준 선물이다.

조용한 여행 플레이리스트

조용한 여행

Quiet Travel

© 최승표, Printed in Korea

1판 1쇄 2024년 8월 15일
1판 2쇄 2024년 11월 25일
ISBN 979-11-89385-51-4

지은이. 최승표
펴낸이. 김정옥

편집. 김정옥, 조용범, 눈씨   마케팅. 황은진   디자인. 위미디자인
제작. 정민문화사   종이. 한승지류유통

펴낸곳. 도서출판 어떤책
주소. 03706 서울시 서대문구 성산로 253-4 402호
전화. 02-333-1395   팩스. 02-6442-1395   전자우편. acertainbook@naver.com
홈페이지. acertainbook.com   페이스북. www.fb.com/acertainbook
인스타그램. www.instagram.com/acertainbook_official

안녕하세요, 어떤책입니다. 여러분의 책 이야기가 궁금합니다.

홈페이지 acertainbook.com
페이스북 www.fb.com/acertainbook
인스타그램 www.instagram.com/acertainbook_official

점선을 따라 가위로 오려서 보내 주세요. 우표 없이 우체통에 넣으시면 됩니다. ✂

보내는 분

이름

주소

이메일

03706 서울시 서대문구 성산로 253-4 402호

a
certain
book

도서출판 어떤책

우편요금
수취인 후납
발송유효기간
2023.7.1~2025.6.30
서대문우체국
제40454호

저희 책을 읽어 주셔서 감사합니다. 독자엽서를 보내 주시면 지난 책을 돌아보고 새 책을 기획하는 데 참고하겠습니다.

1. 《조용한 여행》을 구입하신 이유

2. 구입하신 서점

3. 이 책에서 특별히 인상 깊은 부분이 있다면 무엇인가요?

4. 최승표 작가에게 하고 싶은 말씀이 있다면 들려주세요. 대신 전해 드립니다.

5. 출판사에 하고 싶은 말씀이 있다면 들려주세요.

보내 주신 내용은 어떤책 SNS에 무기명으로 인용될 수 있습니다. 이해 바랍니다.